ははのれんあい

HAHA NO RENAI

窪 美澄

MISUMI KUBO

角川書店

もくじ

写真　羽田誠
装丁　アルビレオ

第一部

第一章　かぞくのはじまり

「今日はまた、ずいぶんと冷えるなあ」

隣に座っていた義父の茂雄《しげお》がつぶやいたその言葉で、義母の邦子《くにこ》はミシンを動かしていた足を止め、壁の時計を見上げた。

「もうこんな時間だ。お三時にしなくちゃね」

邦子は肩を叩《たた》きながら立ち上がり、作業場横にある台所に向かう。由紀子《ゆきこ》がついていこうとすると、「由紀ちゃんはいいから」と手で制する。

はい、と由紀子は頷《うなず》いたものの、作業場の入り口にある小さなテーブルの上を片付け始めた。そうしている間にも、おなかの子どもは回転するように、ぐるん、ぐるんと、動く。

「痛いのか？」

おなかに手を当てた由紀子に気づいたのか、夫の智久《ともひさ》が心配そうに聞いた。

「ううん、そうじゃないの。よく動くから」

由紀子が言うと、智久は安心した顔をして、邦子が用意した茶菓子に手を伸ばした。

「よく動くうちはね、まだ産まれないっていうからね。産まれる日が近づくと、動かなくなるもんなんだよ。赤んぼうの頭がね、由紀ちゃんの骨盤に収まるから」

そう言いながら、邦子は四つの湯飲みに手早く煎茶《せんちゃ》を注いだ。二人の子どもを産んだ邦子の言葉を、どこかありがたいような気持ちで聞いた。

仕事中は時折、仕事についての会話も交わされたが、三人はほとんど黙って作業を続けている。午前十時と午後三時の休憩中は、邦子が何かを言っては、夫の茂雄がそれに答え、由紀子は話のほとんどを（たとえ、それがわからない話でも）笑みを浮かべて聞いていた。

それに反して、智久は、自分の両親の話など、まるで聞こえていないかのように、黙って茶を飲み、菓子をつまんでいた。

窓の外では、この土地、この季節特有の冬の乾いた風が大きな音を立てている。いつもの作業場の、いつもの三時の風景だった。

由紀子が智久と結婚したのは、二年前のことで、由紀子は結婚前まで地元のデパートに勤めていたが、結婚を機に夫の実家の家業である婦人服の縫製を手伝うようになった。

最初の頃は怖々動かしていた足踏みミシンも、今ではすっかり手慣れたものだ。

「お産ぎりぎりまで働かせる気なの!?」と由紀子の母は、電話の向こうで苦々しい声を上げたが、働かせてほしい、と申し出たのはむしろ由紀子のほうだった。

妊娠がわかった直後は、ひどいつわりに悩まされた。けれど、ミシンを踏み始めると、いつのまにか不快な症状はどこかに消えていた。いまや、ミシンを踏むことは、由紀子にとって、心の安定剤のようなものだった。週に一度、休日の日曜日、一日ミシンを踏まないと、なんだか落ち着かない。

由紀子の父は勤め人だったから、一家総出で、一日中、ひとつの部屋にこもり、同じ仕事をするということに、「由紀子、そんなおうちで本当に大丈夫なの？　やっていけるの？」とやたらに心配したのはやはり心配性の由紀子の母だった。

けれど、父が勤め人で母が専業主婦だったからこそ、今の暮らしが由紀子にとって新鮮だった。智久とも一日中いっしょにいられる。茂雄も邦子も、穏やかな人だ。

作業に不慣れだったときも、茂雄や邦子や智久に叱られたことや、ましてや怒鳴られたこともない。何もわからない由紀子に、一から丁寧に教えてくれた。

智久と結婚をするとき、家業を手伝ってほしい、と言われたわけではなかった。ほかの同僚たちに倣って、結婚を機に仕事はやめてしまったけれど、専業主婦になりたかった、というわけでもない。

作業場に智久の弁当を届けに来たのが最初で、そのまま帰ってしまうのも人寂《ひとさみ》しくて、なんとなく作業場の掃除をするようになり、智久に「アイロンがけならできるよね」と言われて手伝い、「ここのところだけまっすぐに縫って」と茂雄に頼まれるまま縫い、「由紀ちゃんは手先が器用だね。飲み込みが早い」と邦子に言われた頃には、もう、ミシンを動かすことが大きな楽しみになっていた。

もしかしてミシンを踏む振動が、おなかの赤んぼうに悪いのではないだろうか、とふと心配になり、かかりつけの産科医に尋ねると、

「産まれるぎりぎりまで農作業してる人もいるんだから」と笑い飛ばされた。

北側の壁に二台、南側の壁に二台、業務用のミシンが並べられ、北側に茂雄と邦子、南側に智

久と由紀子が並んで座って作業をしていた。作業中は皆、必要なこと以外、話をしない。ミシンの動く音と、外からの風の音しかしない。赤んぼうにもこの音が聞こえているんだろうな、と思いながら、由紀子はミシンを踏み続けた。

作業はよほどのことがない限り、午後六時には終わる。忙しい時期は茂雄と智久の二人が作業場に残った。

玄関を出ると、外はもうすっかり暗い。作業場の隣にある母屋に戻る茂雄と邦子に「また明日《あした》よろしくお願いします」と頭を下げ、由紀子は智久の運転する車に乗り込んだ。

近くのスーパーマーケットで夕飯の買い物をし、作業場から車で十分ほどの平屋建ての借家に戻った。朝のうちに、炊飯器はセットしてあるから、あとは簡単なものを作ればいい。鈍い痛みを感じる腰をさすりながら、野菜を切っていると、「代わるから、あっちで横になってな」と、智久がそばに来て言う。

「ありがとう」という言葉にも智久は表情を変えずに、由紀子より上手に包丁を使う。口数は少ないし、ぶっきらぼうだけど、やさしい。結婚をして、二人で暮らすようになってからも、智久の印象は変わらなかった。

帰ってからいつの間にか智久が取り込んでおいてくれた、ぱりぱりに乾いた洗濯物を畳みながら、由紀子はしみじみと思った。いい人と結婚したなあ、と。

三年前、職場の友人に連れられて行った飲み会で、智久はいちばん喋《しゃべ》らない男の人だった。由紀子だって口数が多いほうではない。その夜、その場にいた女子のなかではいちばん喋らなかった。高校を出て、デパートに就職して四年が経っていた。ぽつり、ぽつりと、同級生や同僚たちから結婚の報《しら》せを聞いた。お見合い結婚をする人も多かった。それまで由紀子は男の人とつきあったことが一度もなかったから、私もお見合い結婚をするのかな、とぼんやり思っていたところに誘われた飲み会だった。男性三人、女性三人、そのなかの男女一組は直接の知り合いではなかったが、結婚を前提につきあっているのだとあとから聞いた。

喋らないけれど、気持ちのいい食べ方をする人だ。それが智久に対する由紀子の第一印象だった。きれいな歯で、気持ちのいい音をたてて胡瓜《きゆうり》を齧《かじ》り、ごくごくとビールを飲む。それでもお酒にそれほど強くはないのか、コップ一杯ほどで、すぐに顔を赤くしていた。

その飲み会の二週間後、職場の友人から、「あのおとなしい人が由紀子にもう一度会いたいって」と言われて、由紀子は驚いた。

会いたい、などと男の人に言われたことは今まで一度もなかった。容姿も頭も、どう客観的に見ても、ほかの女子より秀でていると思えない。なんで自分なんかと会いたいのだろう。そう思いながらも、由紀子は智久と会った。

自分より二歳年上で、父親の仕事、婦人服の縫製を手伝っているという、それだけの自己紹介をすると、あとは何も言わず、由紀子にも何も尋ねず、二人でただツツジが咲く五月の公園の中を歩き回った。

智久も由紀子も遊び慣れている若者ではなかったから、そのあとも同じ公園に行った。

二回目に会ったとき、由紀子は手作りの弁当を持って行った。何もできないけれど、料理には少し自信があった。唐揚げ、卵焼き、たこの形にしたウインナー、ほうれん草のごまよごし。早起きして作った弁当を、「うまい、うまい」とだけ言って智久は平らげてくれた。

春にはツツジ、梅雨の時期には花菖蒲《はなしょうぶ》と紫陽花《あじさい》、夏には花蓮《はなばす》、冬には蠟梅《ろうばい》を二人で見た。智久も由紀子も花や植物がとりたてて好きだったわけではない。こういうときに若い人たちがどこに行くのかもわからなかったからだ。でも、行く場所はどこでもよかった。

それまでの由紀子は、男の人を少し怖い、と思うようなところがあった。父は穏やかな人だったが、祖父はよくお酒を飲んで、大きな声を出し、聞きたくないことを言った。どんな男の人が好きかはわからないが、祖父のようにお酒を飲んで、普段と変わるような人だけはいやだった。智久といっしょにいても、祖父の前にいるときのような緊張感がない。もしかしてこういう人と結婚するのが私にはいいんじゃないかな、と思い始めたときに、智久から結婚を申し込まれた。

いつも会っていた公園、広げたビニールシートの上で、智久はポケットから小箱を取り出し、ぱかっと蓋《ふた》を開けた。赤い石の指輪だった。その小さな石が五月の太陽の光を受けて、きらきらと輝いている。なんてきれいなんだろう、と思ったら、由紀子の目からつーっと涙が零《こぼ》れた。

智久の両親も智久に似た穏やかな人だった。唯一、由紀子の母だけが、「同じ県内なのにずいぶんと離れた町に行ってしまう」と不満げだったが、それ以外に、二人の結婚に反対する理由はなかった。

結婚式でいちばん泣いたのは由紀子の母だった。泣いている母を見て由紀子も泣いた。

「一人娘だから仕方ないよ」

母の体を抱える父の目にも涙が光っていた。

智久と由紀子の新婚生活もまた、二人の性格のように穏やかに過ぎていった。大きな喧嘩《けんか》をしたこともない。智久は由紀子の作ったものをおいしそうに食べてくれる。それだけで幸せだった。

妊娠がわかったのは、結婚をして二年が過ぎた頃で、由紀子はもう少し先でもいいのではないかとも思っていた。智久には東京で働く弟がいるが、由紀子はひとりっ子だ。赤んぼうに触れたこともない。子育てなんて、自分にできるのだろうかと不安になった。それでも、料理も洗濯も、智久はなんでもやってくれるし、妊娠がわかってからは、書店に行くたびに名付けの本を買ってきたりする。自分はいいお母さんになれるかわからないけれど、きっと智久はいいお父さんになるだろう。ひとつの家に一人、いい親がいるだけで安心だ。由紀子はそう自分に言い聞かせて、次第に大きくなっていくおなかを抱えながら、ミシンを踏み続けていた。

「できたよ」

智久が声をかけた。肉と野菜を炒《いた》めた香ばしいにおいに由紀子のおなかが鳴った。

「よっこいしょ」

言いたくはないが、最近では口癖のようになっている。座卓に手をかけて、ゆっくり立ち上がろうとした。そのとき、ぱちん、とゴム風船が弾《はじ》けるような音がした。

足の間を何かが流れていく。

「あれ？　あれ？」

同じ言葉をただ繰り返すだけの由紀子に智久が近づき、顔をのぞきこむ。

「あのね、もしかしたら、私、破水というのをしたかも。病院に行かないといけないかも」

心のなかは慌てふためいているのだが、智久を怖がらせたくはなかった。破水のことは、母親教室で聞いたばかりだ。

「入浴はしないで、おしりにバスタオルを敷いて、速やかに病院へ」

この前、医師から聞いたことを由紀子が口にすると、「よしっ」と智久が返事をした。

由紀子と智久の住む借家から車を走らせて二十分のところにある産婦人科に向かった。由紀子は後部座席でおなかに手をあて窓の外を等間隔で流れていく街灯を眺めていた。腰のあたりに時折、鈍い痛みが走るが、おなかはまだそれほど痛くはない。予定日だってまだ二週間も先なのだ。だから余計に、このままお産になるのかどうか、現実感がなかった。けれど、さっきからおなかのなかの赤んぼうは動かない。邦子が言ったように、赤んぼうは自分の骨盤に頭をすぽっと収めているのだろうか。まぜこぜな不安を抱えたまま、由紀子は車の揺れに身を任せていた。

「あ、臍帯《さいたい》脱出してるね、これ、帝王切開だ」

内診をした医師が、由紀子の開いた脚の向こうで声をあげた。さいたいだっしゅつ。ていおうせっかい。医師の言葉を胸のうちでくり返してみるが、その言葉の意味がうまくつかめない。戸惑う由紀子の表情に気づいたのか、内診台の横に立っていた助産師がこう言った。

「へその緒がね、赤ちゃんより先に出てしまっているの。だから帝王切開でおなかを切って赤ちゃんを取り出すね」

わかりやすく説明してくれたはずなのに、そのわかりやすい言葉が由紀子を一瞬で不安にさせた。

「赤ちゃんは大丈夫ですか?」

由紀子がそう聞いたのに、助産師も医師も何も答えず、そのまま手術の準備を続けている。腕に点滴の針が刺された。

「くわしいことは、旦那《だんな》さんにお話しするからね。ゆっくり数を数えて……」

助産師さんが由紀子の手を握ってくれた。一、二、三、四……。心のなかで数えているうちに、意識はいつしか途絶えた。

どれくらい時間が経ったのかわからない。ゆっくりと目を開けると、あたりがやけにまぶしい。由紀子は長い夢を見ていた。幼稚園の頃の自分が、家の近くにあった川で父と石切りをして遊んでいる。由紀子はただ力まかせに石を投げることしかできないが、父が投げると、おもしろいように水面《みなも》を石が跳ねていく。石が水の中に落ちたところに目をやると、川の向こう岸に由紀子と同じ年くらいの男の子が立っている。思わず、手を振った。男の子も手を振り返す。男の子のきれいな乳歯が日の光を受けて輝いているのが見えた。

こめかみに鈍い痛みを感じて、由紀子は目を閉じ、もう一度目を開けた。心配そうな智久の顔がぼんやりと見えた。

「男の子だったよ。大丈夫だよ」

智久がそう言うのなら、大丈夫なんだろう。由紀子は何かを言おうとしたが、舌がもつれてうまく話せない。目を閉じると、温かい沼にはまるような深い眠りに引きずりこまれていった。

真夜中にもう一度、目を覚まし、病室に様子を見にやってきた助産師から、赤んぼうの心音が落ちて一時は命が危うかったこと、今は保育器の中で過ごしていることを聞かされた。助産師は智久のように、大丈夫とは言わなかった。明日からは歩いて、赤んぼうのいる新生児治療室まで顔を見に行けるらしい。自分の身に起こったことなのに、うまく現実のこととして考えられない。赤んぼうの顔をまだ一度も見ていないからだ。早く歩いて、私の子どもの顔を見に行かなくちゃ。由紀子はもう一度、目を閉じた。

意識がなくなる間際に頭に浮かんだのは、今日の夜、家で智久が作ってくれた肉と野菜の炒めもののことだった。あれは智久が食べたのだろうか。それとも……。そう考えたときには、再び深く眠っていた。

翌日、由紀子は看護師に支えられながら、同じ病院内にある新生児治療室に向かってそろそろと歩いた。進むたび、おなかの傷が響くように痛む。

新生児治療室に入る前に、専用の石鹸《せっけん》で肘《ひじ》までよく洗い、専用のガウンを着、髪をまとめてベレー帽のようなものをかぶり、マスクをした。治療室にはいくつかの保育器が並んでいて、由紀子はそのなかのひとつに寝かされた赤んぼうに目をやった。

驚くほどに小さな、手のひらほどしかないようにも見える、鳥の雛《ひな》のような赤んぼうがいた。由紀子の胸がちくりと痛んだ。治療室の看護師に促されるまま、部屋を進む。ひとつの保育器の前で看護師の足が止まった。

「元気ですよ。今のところ大きな問題はないので、明日にはここを出られると思います」

マスク越しの看護師の目が、笑ったときの形になった。由紀子は保育器の中にいる赤んぼうを見た。新生児というものを生まれて初めて間近に見たが、小さくも大きくも見えなかった。薄い皮膚はその下の血の色を透かして赤かった。

赤んぼうは紙おむつだけをつけた姿で、眠っていた。閉じられた瞼《まぶた》にはしっかりと睫毛《まつげ》が生えていた。左右の手で小さな拳《こぶし》を作り、顎《あご》の下に添えている。呼吸をするたび、薄い胸が上下した。

かわいい、という感情はまだ生まれてこない。昨日の夜まで自分のおなかのなかにいたものだとも思えなかった。けれど、なぜだか、その子を見て、懐かしいと思った。いつかどこかでこの子に会ったような気がした。

「ここから手を入れて触れますよ」

看護師に言われ、保育器の中に手を入れた。指の先に赤んぼうの小さな足があった。由紀子はその足の裏をそっと撫《な》でた。赤んぼうはくすぐったいのか、ゆっくりと足の指を曲げる。触れられていることをわかっている。

足の指の先に小さな爪が並んでいるのを見て、人間だ、と思った。当たり前のことなのだけれど、自分の体とまったく同じだ、ということにおののいた。

こんなに小さな体の世話を自分ができるのだろうか。ふいに不安が襲ったが、そのとき、さっき通り過ぎた保育器の中から、大きな泣き声がした。鳥の雛のような、あの小さな赤んぼうでも、大人が耳を塞《ふさ》ぎたくなるような声で泣けるのだ。その声が、由紀子には生きたい、と泣いているように聞こえた。育てなくちゃ。自分のどこかから声がする。その声は、昨日、手術で切られたおなかのあたりから聞こえてくるような気がした。

世話をしなくちゃ。おっぱいをあげて、おむつを替える。体を洗って、清潔な下着をつける。抱っこをして、頬ずりして、子守歌も歌ってあげる。

何をしたい、とか、これをしないといけない、とか、由紀子は今まで意識したことがほとんどなかった。けれど、目の前の赤んぼうの世話をすることが自分のすべきことだと、強く思った。それは、智久と結婚したときに、この人においしいものを食べさせなくちゃと感じた思いに近かった。

「明日は抱っこできますからね」

看護師に促されて保育器から離れた。出口に向かうときに、まだ大きな声で泣いている雛のような赤んぼうの保育器にそっと手を触れた。保育器を震わすような、びりびりとした振動が由紀子の手のひらに伝わってきた。

退院後、由紀子は一週間、実家で過ごした。けれど、母は「由紀子は寝ていなさい。私がやるから」と言うばかりで、赤んぼうの世話をさせてくれない。

授乳のときだけ、赤んぼうは由紀子の腕のなかにいたが、授乳が終わるや否や、母がひったくるようにして連れ去ってしまう。

「私、もう帰りたい……」

そう言って涙ぐんだ由紀子に智久は驚き、

「由紀子の体が大丈夫なら」

と、その日のうちに荷物をまとめてくれた。翌日、赤んぼうと共に、智久の車の後部座席に乗り込んだ由紀子を見て、涙ぐんだのは母だった。

「また、絶対に帰って来るのよ～」

まるで今生の別れのように、走り去る車に大きく手を振る。その姿を見て、由紀子の心は痛んだが、これでやっと私一人でこの子の面倒を見られる、と胸を撫でおろした。

赤んぼうを抱え、見慣れた借家の一室に戻り、座卓の前に座ると、智久が熱いほうじ茶を淹《い》れてくれた。私の家はここなんだ、と改めて由紀子は思った。

この前、この部屋を出たときにはいなかった人間がいる。二人が三人になった。この部屋に赤んぼうがいることが不思議でならなかった。腕のなかの赤んぼうは、すやすやと眠っている。智久が顔を近づけて顔をのぞきこんだ。入院中も、実家にいたときも、智久はこの子をしっかりと抱いたことがなかった。由紀子が「抱っこする?」と尋ねると、慌てて首を振り、

「よく寝ているからあとで。それよりも……」

と、穿《は》いていたズボンの後ろポケットから、小さく折りたたまれた紙片を取り出した。その紙を広げて由紀子に見せる。

「智晴」という太いマジックで書かれた文字の横に、ひらがなで「ちはる」とある。

「由紀子の名前の一文字でも考えたんだけど、画数があんまりよくなくて……男の子だから、俺の名前から取ってみたんだ……」

智久の言葉はどこか言い訳めいて聞こえたが、「ちはる」という言葉のやさしい響きに、由紀子はいっぺんでその名前が気に入った。

「ちはるだから、ちーくん、かな? ちーくん、ちーくん」

由紀子が名前を呼ぶと、赤んぼうはうっすら目を開け、由紀子の目をまっすぐに見た。

「智という文字には、賢いという意味があるだろう。だから、ちーくんは賢い男の子なんだ。……晴という文字を入れたのは、ちーくんが生まれたときに晴れていたから。晴れていると、このあたりはずっと寒いけれど、寒ければ寒いほど、空は澄んだように晴れる。ちーくんの人生もずっとずっと晴れているよ」

水音とともに、浴室から聞こえてくる智久の声に、由紀子は笑いをこらえた。生まれたばかり

の智晴を沐浴《もくよく》させるのは、仕事を終えた智久だった。すきま風が入る借家、底冷えのする浴室は、あらかじめ、石油ストーブで暖められていた。

浴室の床に邦子の友人の娘から譲ってもらったプラスチックのベビーバスを置き、やかんでわかしたお湯を水でうすめ、沐浴にちょうどいい温度にする。石油ストーブは浴室を暖めたあと、台所に置かれ、風呂《ふろ》上がりの智晴が寒くないように、ここも暖かい室温に保たれていた。襖《ふすま》を閉めた居間も、ガスストーブで暑いほどだ。そこには、清潔なタオルと肌着がすでに用意されていた。

智晴を風呂に入れるたび、智久は同じ話を繰り返している。由紀子に対して、智久はたくさんの言葉を発しない。由紀子の前でも、智晴に何かを語りかけたりしない。それなのに、智晴と二人きりになると、堰《せき》を切ったように話し出す。

由紀子は今まで知らなかった智久の一面を見た。智晴の父親として喜ばしい一面であったけれど、それと同時に、結婚をして、子どもまでなした智久のなかに、まだまだ自分が知らない智久がいるようで、どこか恐ろしい気持ちにもなった。

自分が知らない自分、というのも、自分のなかにいるのだろうか。そう考え始めたとき、浴室から「おーい、出るよー」と声がして、由紀子はその考えを止めた。

沐浴後の智晴の皮膚はゆで上がった蛸《たこ》のように真っ赤だ。体と、頭皮にはりついた髪の毛を拭《ふ》き、まだとれていないへその緒を消毒液をふくませた綿棒でくるりと拭く。耳と鼻もきれいにする。最初は、次に何をしたら、とあたふたしたが、今はもう手が迷わない。肌着の袖《そで》を腕に通し、ロンパースを着せて抱き上げ、そっと乳頭を口に含ませると、智晴は勢いよく母乳を飲み始めた。

「一日の三分の二はねんねの毎日です」

出産前に由紀子が読んだ育児書にはそう書いてあったのに、智晴はちっとも眠らない。母乳を与えているると、飲んでいるうちに疲れてしまうのか、皮膚の薄い瞼が閉じてくる。しばらくの間、腕のなかに抱いていて、ああ、寝たわ、と思って布団に移すと、体をびくっとさせて泣き始める。由紀子は智晴を抱き上げて、再び授乳する。そして、また、瞼が閉じ、眠ったと思って布団に下ろすと、泣き出す。それが昼となく夜となく続く。智晴が生まれて一カ月くらいまでは、そんな日々のくり返しだった。

授乳して、おむつを広げると、さっき替えたばかりのおむつがもう濡《ぬ》れている。スーパーでも薬局でも紙おむつは売られているし、病院でも使われていた。けれど、由紀子と智久の暮らしのなかでは、まだ、気軽に使える品、というわけではなかった。

由紀子の母からは、粉ミルクや紙おむつが定期的に送られてきたが、今のところ、粉ミルクを使わなくても大丈夫そうだ。紙おむつも、いざ、というときのためにとっておこう、と、由紀子は押し入れの中にしまった。

義母の邦子は麻の葉模様のさらしの布で、使いきれないくらいの布おむつを作ってくれた。ミシンで細かな婦人服の縫製をこなす邦子にとって、布を裁ち、ただ、直線で縫うだけのおむつを作ることは、息をするくらい簡単なことだった。

おむつを替えるたび、由紀子は不思議な気持ちになった。由紀子はひとりっ子なので、小さな子どもや赤んぼうと暮らしを共にしたことがない。智晴の足の間にある小さなもの。それを目にするたび、由紀子は恥ずかしくなる。

ぬるま湯に浸した脱脂綿でおしりと足の間をきれいにしたあと、邦子が作ってくれた布おむつとおむつカバーをつけた。智晴はまた、か細い声で泣き始めた。由紀子はセーターをまくり上げ、授乳の準備をする。

「欲しがったら何度でもあげてね」

助産師さんはそう言ったけれど、欲しがるだけあげていたら、私はごはんを食べる時間もないんだけどなあ、と眠気でぼんやりとした頭で由紀子は思った。

窓の外には今朝、智久が洗濯をして干していってくれた布おむつが風にはためいている。

「産後一カ月はあんまり水仕事をしたらだめだよ。ましてや由紀ちゃんはおなかの傷もあるんだから。家のことはあんたがちゃんとやらないと」

邦子がそう言ってくれたおかげで、智久は洗濯だけでなく、炊事も掃除もゴミ出しも、なんでもしてくれた。けれど、授乳だけはできない。智晴はおなかが空《す》いたから、というよりも、抱っこをされていないと泣くのではないか、と由紀子は薄々感じていた。

智晴を産んで一カ月、常に由紀子の腕のなかには智晴がいて、二人が離れている時間のほうが短いくらいだ。食事も、行儀が悪いとは思いながら、智晴を腕に抱えたまま、かき込むように済ませていた。

新生児とはいえ、智晴の泣く声は母親の由紀子にとっても、大きく耳に響くし、体が疲れているときには、正直なところ、うるさい、と思ってしまうこともある。

「赤んぼうの泣き声ってうるさいですよね」

そんなことを母親である自分が口に出したら、どんな目に遭うのだろうか。由紀子は実際のところ、その思いを誰かに伝えたことはないのに、智晴の声をうるさいと思うたび、見えない誰かに責められているような気になった。

智晴は夜もよく泣いた。せめて、一時間、続けて眠ってくれればいいのに。由紀子は目の下に茶色いくまを作りながら思った。寝室にしている和室に、夫婦の布団が並べて敷かれ、由紀子の布団に由紀子と智晴が寝ていた。赤ちゃん布団も用意していたが、智晴は由紀子から離れれば泣くので、今のところ出番はなかった。

真夜中、オレンジ色の常夜灯の下で授乳し、おむつを替えた。枕元の時計は午前四時に近い。隣に寝ている智久は、穏やかな寝息を立てている。それを見ていたら、なぜだか無性に腹がたって、由紀子は手にしていたガーゼを智久に向かって投げた。由紀子が投げたガーゼはふわりと智久の顔の上に落ちた。しばらくの間、智久は動かなかったが、違和感があったのか、大きな寝返りを打って、こちらに向けていた顔を反対側に向けてしまった。

「自分ばっかりゆっくり眠って」

そう考えた瞬間、〈そんなことを思ってはいけない〉と、由紀子の心のなかで、また誰かの声がした。

母親は寝食も忘れて、子育てに専念しなくてはならない。今までそんなことを誰かに言われたことはなく、学生時代に教えられたわけでもなかった。それなのに、母親はこうであるべき、という母親像が由紀子のなかに確かにあるのだ。

由紀子の心のなかがそんなふうに動いている間も、智晴は由紀子の睡眠時間を奪って、乳を吸い、いついかなるときも、由紀子がそばにいることをこんな小さな体で望んでいる。それはもちろん叶《かな》えてあげたい。だって、智晴はこの世に生まれてきたばかりで、一人ではなんにもできないのだから。由紀子は冷静に考えようとした。そう思おうとすればするほど、目の前でぐっすりと眠っている智久が憎らしい。

そう思ってはっ、とした。

智久のことが好きで結婚したのだ。智久とずっと一緒にいたくて、家族になりたくて、智晴を産んだ。そのことに迷いはなかった。なのに、今、眠い目をこすりながら授乳をしている自分のことにすら気づかず、智久は夢のなかにいる。そのことが憎たらしい。とっても、とっても憎たらしい。

でも、智久だってよくやってくれている。智久のいいところを由紀子は頭のなかでひとつずつ数えた。あんまり悪いところはないと思う。悪い夫でも、悪い父親でもない。だけど、今、こんなに憎らしいのはどうしてだろう。その気持ちを抑えつけようとすればするほど、由紀子は苦しくなった。

由紀子は、布団の横に畳んであった布おむつを智久に投げた。布おむつが背中に当たる。それでも智久は起きない。由紀子はもう一度、布おむつを投げた。やっぱり起きない。智久の布団の上に重なっていく布おむつを、常夜灯だけが照らしていた。

「布おむつなんて洗うのも畳むのも大変でしょうに。紙にしなさい、紙に……」

しばらくぶりに由紀子の家を訪れた母は、乾いた布おむつを畳んでいた由紀子を見てそう言った。

「私が送ったミルクちっとも飲んでないのね、ちーくんは」

布団でさっき寝たばかりの智晴に母は顔を近づける。由紀子は口に人さし指をあて、「しーっ」と歯を剝《む》いて見せた。足音を立てないように和室を出て、母も追い出し、由紀子は後ろ手に襖を閉めた。

「由紀子はなに、自然派育児を実践したいわけ?」

母がひそひそ声で言った。

「そんなんじゃないけど。おむつはお義母《かあ》さんが縫ってくれるし、母乳だって出るし……」

強気な口調の母に言葉を返すとき、由紀子はいつも口ごもってしまう。

「帝王切開の傷だって痛むだろうし。楽なほうにしなさいよ」

そう言いながら、母はバッグの中から次々とタッパーを取り出し、テーブルの上に置いた。ひとつのタッパーの蓋を開ける。由紀子の好きな母の料理、牛肉とごぼうのしぐれ煮が入っていた。思わず指を伸ばし、牛肉をつまんで口に入れた。

「おいしい……」

そう思った途端、なぜだか涙がにじんできた。馴染《なじ》みのある母の料理を口に入れたら、自分のどこかがゆるゆるとほどけていく気がした。

「行儀がわるい!」

母は台所に向かい、戸棚を開けて、小皿と箸《はし》を持ってきた。由紀子はそれを受け取り、小皿に山盛りにしぐれ煮を載せた。

「ちょっと、ちょっと。ゆっくり! 良く嚙《か》んで食べなさい」

智晴を産んで一カ月というもの、自分では炒めものくらいしか作れなかったし、智久の料理だって同じようなものだった。誰かが作った手のこんだものを、久しぶりに口にした。滋養、という言葉が由紀子の頭に浮かぶ。母が時間をかけて煮た牛肉とごぼうは体に染み渡るようにおいしかった。

「それ食べたら少し横になりなさい。由紀子、なんだか顔色が悪いもの」

気がつくと、テーブルには母の持参した料理が並べられ、母が白米を盛った茶碗《ちゃわん》を差し出している。

「一人で気も張ってるだろうに。だから、うちで面倒みると言ったのに」

そうはいっても……。由紀子は箸を手にしながら思った。退院後、実家にいるときに自分がしたことといえば、智晴の授乳だけ。それ以外のことはなんでも母がやってしまう。それはそれで、由紀子は嫌なのだった。智晴のことはできるだけ自分でやりたかった。

とはいえ、智久に泣きついてこの家に帰っては来たものの、やはり智晴に授乳しているだけで一日が終わってしまう。実家にいた頃には、母の助けで気づかなかったが、新生児にかかる手間と時間は、由紀子が考えていた以上だった。

襖の向こうで智晴の声がする。それを聞いて立ち上がろうとした由紀子を、母が手で制した。

「あんたはそれをきちんと食べなさい」

母は隣の部屋から智晴を抱いて戻り、そのまま食事をしている由紀子の向かいに座った。智晴が泣きやまないだろうと思えたが、母が抱いていたら、不思議なことに、また、すやすやと眠り始めた。

「少しくらい泣かせておいても大丈夫。食事だけはちゃんと取らないと倒れるわよ」

それから、母の話は、由紀子を生んで、いかに義理の母（つまりは由紀子の祖母）に干渉されて大変だったか、その苦労話に変わっていった。

「母乳が出ないからって、いじめられて。あのとき言われたこと、私、今だって忘れないんだから」

由紀子にとっては優しい印象しかない祖母だが、母の話を聞いていると、まるで、悪い鬼婆《おにばば》のように思えてくる。

「智久さんや、智久さんのお母さんに言われることなんて、気にしちゃだめよ」

「何にも、そんなこと言われてないもの」

そう言ったものの、真夜中、智晴がどれだけ泣いても起きない智久の姿が頭に浮かんで、由紀子の胸はざわざわと波打った。

母の作ってきてくれた食事をおなかいっぱい食べ、布団に少し横になろう、と思っていただけなのに、由紀子はずいぶんと長く眠ってしまったようだった。

「いびきかいて寝てたわよ。よっぽど疲れてたんだ」

由紀子が飛び起き、襖を開けると、智晴が母の腕に抱かれ、ほ乳瓶でミルクをごくごくと飲んでいる姿が目に入った。

「ちーくん、おなか空いてたのね。ほ乳瓶を嫌がる赤ちゃんも多いけど……」

智晴は瞬く間にミルクを飲み干し、満足そうに母の顔を見つめている。そんな二人を見ていたら、急に体の力が抜けた。

母は自分の肩に小さな智晴の頭を置き、背中を上下にさすった。しばらくすると、げふう、という大人じみたげっぷを出したので、母と顔を見合わせて笑った。

窓の外はもうすっかり暗かった。干したままだった洗濯物は部屋の隅に畳まれ、部屋の中もなんとなく片付いていた。台所のほうからは、お味噌汁《みそしる》の香りが漂ってくる。昼寝をする前に母の持ってきた料理をおなかいっぱい食べたはずなのに、その香りで由紀子のおなかが鳴った。

「ごはんもできてるし、お風呂も沸いてるわよ。本当は由紀子にゆっくりお風呂に入ってもらいたかったけど、お父さんも待ってるし。お母さん、もう帰るわ」

そう言って智晴を由紀子の手に抱かせると、母は慌ただしく帰り支度を始めた。

「なんにでも頼って、手を抜きなさいよ。紙おむつなんかいくらでも送ってあげるんだから」

そう言われて、また、目に涙がにじんだ。実家にいたときは、小言ばかり言われ、のんびりした性格の由紀子は、活動的な母が疎ましく思えたこともあった。正直に言えば、父のほうが性格も合うし、好きだ、と思っていたが、子育てに疲れた今になってみると、母の言葉が身に染みる。母は私の母だけど、母親としての先輩でもあるんだ、と由紀子は思った。

母が帰ってほどなくして智久が帰ってきた。

「おかえり」と声をかけると、「ん」と返事をし、手を洗い、うがいをして、由紀子がおむつ替えをしていた智晴に近づく。由紀子の手元を見て「あれ」と、智久が声をあげた。

「母さんのおむつじゃないんだ」

「あ、あのね今日、お母さんが来てね、それでいつも送ってもらっている紙おむつ、使わないのももったいないから、それでね」

どう説明しても言い訳みたいに聞こえるなあ、と思いながらも由紀子は話し続けた。

「お母さん、おかずもたくさん作って持って来てくれた。智久さんが好きなものも」

由紀子が話しかけているのに、智久は何も言わずに立ち上がり、台所に向かった。冷蔵庫を開け、缶ビールを手にして戻ってくる。

「今日ね、ちーくん、ミルクも飲んだの。お母さんがあげたら、ごくごく。母乳だとミルク嫌がる子もいるのに、最初から嫌がらないで飲んだよ」

缶ビールを開け、一口ぐびりと飲んだあと、智久はそばで寝ている智晴に目をやった。ミルクを飲んだからなのか、おむつを替えたばかりだからか、智晴はぐずりもせず、座布団の上で手足を動かしている。

智久は智晴をあやす、ということをしない。沐浴をさせるときだけは話しかけるが、それも智晴と二人きりのときで、由紀子がそばにいると、浴室にいるときのように言葉はかけない。智久はまだあまり動けない自分の代わりになんでもしてくれる。それでも、自分だけが授乳をしている今、智晴はいつも自分とくっついている。沐浴以外のときももう少し、智晴を抱っこしてくれるといいんだけどな。

智晴の口が歪《ゆが》み、小さな泣き声をあげ始める。

ふと思いついて由紀子は言った。

「ねえ、ミルク、あげてみない？」

ぎょっとした顔で智久が由紀子を見る。けれど、嫌だ、とは言わない。由紀子は立ち上がり、台所でミルクを作った。

居間に戻り、智晴を抱き上げ、智久に差し出した。ぎこちない手つきで智晴を腕に抱く。「はい」と由紀子はほ乳瓶を差し出した。智久が智晴の小さな口にほ乳瓶の先を差し入れると、智晴は噛むように口を動かす。笑ってはいないが、智久の口角が上がっている。嫌じゃないんだ、と思って由紀子はほっとした。

「え、智久がミルクを」

邦子が驚いた声をあげた。

智久の腕のなかでこきゅっ、こきゅっと音を立てて智晴はミルクを飲んでいる。あの夜以来、仕事から帰ってくると、智久は智晴にミルクをあげるようになった。昼間はなるべく由紀子が授乳しているが、産後一カ月を過ぎて、由紀子が夕飯の支度をしているとき、智晴が泣くと智久は自らミルクを作り、腕のなかに抱いてミルクを飲ませてくれる。

今日は仕事終わりに、茂雄と邦子が智晴の様子を見に来た。

「まあ、驚いた。この子がこんなことまで」

邦子は口を開けたまま、智久と智晴を見つめている。そこに由紀子を責める調子はないが、由紀子の心はどことなく落ち着かない。

実際のところ、もう邦子の縫ってくれた布おむつはほとんど使っていない。紙おむつの便利さに慣れていくうち、布おむつを洗濯し、干し、乾かして畳む、という手間を、あっという間に面倒に感じるようになった。けれど、それを邦子には話していない。邦子が家にいる間は、おむつ替えをしないほうがいいかなあ、と由紀子は部屋の隅にある紙おむつのパックを見ながら思った。

「これからの時代、男もこれくらいできるようにならないとなあ。……どれ、わしにもやらせてくれよ」

茂雄はそう言って智久の腕から智晴を抱き上げようとする。授乳を邪魔されて、一瞬で泣き顔になった智晴だったが、祖父に抱かれ、すぐさま、ほ乳瓶の乳首が口に差し込まれると、さっきと同じように音を立ててミルクを飲み始めた。その顔を見つめる茂雄の顔はまるでとろけそうだ。茂雄にとっても、邦子にとっても、智晴は初孫だ。可愛くないわけがない。

智晴はあっという間にミルクを飲み干した。

「どれ、今度は私に」

邦子が智晴を縦抱きにし、背中をさする。すぐに大きなげっぷをした。

「今度はおむつかね」

そう言って邦子が座布団に智晴を寝かす。ベビー服のホックを外すと、ぱんぱんに膨らんだ紙おむつがあらわになった。

「あら」邦子の声に由紀子はどきりとした。

「あの、えーと、私の母が送ってくれるので、その……」

由紀子はしどろもどろになった。

「このおむつじゃ、私にはお手上げだわ」

邦子はそう言って智晴のそばを離れた。

小走りで紙おむつを取りに行き、由紀子は瞬時に智晴のおむつを替えたが、胸がかすかにどきどきしている。

「いや、今日もね、時間があったから、少し縫ったのよ」

邦子はそばにあった手提げから布おむつを取り出した。

「でも、こんなにいいものがあるんじゃ、もうこれはいいね。孝雄《たかお》の子どもが生まれたときにでも使ってもらおう」

智久の弟の名前を口にしながら、邦子は布おむつを手提げにしまう。由紀子は何も言えないまま智晴を抱き上げた。ミルクも飲んで、おむつも替えてもらって、ご機嫌だ。この居間のちょっと重苦しくなった雰囲気など、智晴にわかるはずもない。

「男もミルクをあげる。紙おむつだっていいじゃないか。智晴は今の子どもなんだから」

沈黙を破るように茂雄が口を開いた。

「もちろん、私だって、わかってますよ。若い人には若い人のやり方があるんだもの」

邦子はそう言って目を伏せたまま、由紀子がさっき淹れたお茶を口にする。

結婚する前も、結婚してからも、由紀子は邦子を、悪い人だと思ったことは一度もない。けれど、今日はなぜだか、邦子の言葉がちくりと胸に刺さる。

ちらりと智久に目をやると、畳の上に広げた朝刊に目をやっている。ええっと。こういうときは、智久さんに何か言ってほしいなあ。そのほうが私が何か言うより、この重苦しい空気も丸く収まるのではないかな。

「智晴は俺と由紀子の子どもだから、二人のやり方で育てるよ」とか……。

智晴をしばらくあやして邦子と茂雄は帰って行った。夕食をテーブルの上に用意して、お味噌汁の椀《わん》を手渡すと、智久はぽつりと言った。

「母さんが来るときは、母さんの縫ったおむつ使ったほうがいいぞ」

えーっと、そういうことでいいのかな。智久から言われた言葉が胸のなかに残ったまま、由紀子は何も話さず、食事を済ませた。台所で使った食器を片付けていると、

「智晴、風呂にいれるよ」と、智久が由紀子の背中に声をかけた。

「うん。お願いします」

洗いものの手を止めて、由紀子は智晴の着替えを準備した。

智久の下着を手にしたまま、由紀子は考える。思い返せば、母親である邦子に対して、智久が何か意見のようなことを言ったり、反抗している姿を見たことはない。仕事場では茂雄もそうだ。智久には、「そうじゃないだろう」「なにやってんだ」と声を荒らげることがあるのに、妻に対しては、そんなことは一言も言わない。邦子が間違ったことをしても、責めることはない。どこか気を遣っている。

そうか、智久の家族では、邦子がいちばん強いのか、と由紀子は思った。そして、自分の育った家庭を思い浮かべた。母は思ったことをぽんぽんと何でも口にする性格だが、それは父も同じだった。二人の言い合いは喧嘩とも呼べず、掛け合いの漫才を見ているようなものだった。由紀子の家族のなかでは、父と母は同じくらいの力を持っていて、上下関係などなかった。

母は由紀子が何か言う前に、娘の気持ちを察して言葉にしてしまう人だ。そうじゃない、と思うことは多々あったが、まあ、それでだいたい合っています、という消極的な姿勢を常にとっていた。とっているうちに、それが由紀子という人間のかたちを作っていった。学生時代も、デパートに勤めているときもそうだった。何かに強く反抗したり、大きな声で意見を言ったりしたこ

とはない。それは智久に対しても同じだった。今まで、智久に対して大きな不満を持ったことがなかったからだ。

だけど、今日は……。

「ちーくんはミルクも飲むし、紙おむつだって使うもんなあ」

浴室から智久の大きな声が聞こえる。それをそのまま邦子に言ってほしかったな。由紀子は小さくため息をついた。


智晴の首がしっかりすわるようになった頃、由紀子と智久の暮らす町にも春がやってきた。相変わらず風は強いが、真冬のような鋭い寒さはすっかり消え去り、風に吹かれていることすら心地良いと感じられるようになった。

ある日曜日、由紀子と智久は智晴を連れて、結婚前によく行っていた公園まで足を延ばした。赤紫のツツジが咲く公園を、去年は二人で歩いたのに、そこに智晴という人間が加わったことを由紀子は不思議に思った。

公園の片隅、直射日光の当たらない場所にビニールシートを敷いて、お弁当を広げる。由紀子と智久と智晴以外にも、家族連れが同じようなことをしていた。仲間入り。なぜだかそんな言葉が頭に浮かぶ。どこの仲間だろう。由紀子はしばらく考える。社会、という場所かな。社会の仲間入り。では、社会ってどういうところだろう。由紀子はまわりを見回す。自分と同じような家族連れだけが社会を形作っているわけではないと思う。

けれど、なぜだか、智晴、という子どもを持って初めて、社会という目には見えない場所の仲間に入れてもらえたような気がした。

智久は由紀子が作ったおにぎりをおいしそうに頬張っている。ビニールシートに寝かされた智晴は、自分の顔に映る木々の影を小さな手でつかまえようとする。

子育てにはずいぶん慣れてきた、と自分でも思う。夕方になると智晴が泣き止まなくなるのは悩みの種だが、智久さえいれば、智晴をベビーカーに乗せて外に連れ出してくれる。夜も智晴はまとめて寝てくれるようになった。睡眠不足でできた目の下のくまも、いつの間にか消えていた。智晴が生まれて生活は大きく変わったけれど、少しずつ、生活は元に戻っているんだ、とも由紀子は思った。この頃は昼間、智晴が昼寝をしている間は、手持ち無沙汰《ぶさた》になることも多い。そんなとき、由紀子が考えることはただひとつだった。それを今日、智久に伝えるつもりでいた。

智久は二個目のおにぎりに手を伸ばす。水筒の蓋にお茶を注ぎ、智久に渡しながら、由紀子は言った。

「私、早く、ミシンが踏みたいな」

「えっ……」

食べかけのおにぎりを手にしたまま、智久は驚いた顔をして由紀子を見つめている。どうして智久は驚いているのだろう。

出産してはや三カ月、智晴だけにかかわっていた今までの時期は、由紀子にとっては短い育休のようなつもりだった。出産ぎりぎりまでミシンを踏んでいた。その頃は、茂雄、邦子、智久、そして自分の四人では、さばききれないほどの仕事に追われていた。

「由紀ちゃんがいなくなったら、明日から二倍働くしかないなあ。これから新しい職人雇ったって由紀ちゃんほど早くは仕事を覚えてくれないだろうし」

そう茂雄に言われたこともある。茂雄の言葉に邦子だって頷いていた。

由紀子は出産前から、ちょうどいい頃合いが来たら、仕事場に戻るつもりでいたし、智久もそのつもりなのだと思っていた。保育園に入れるのは来年の四月になってしまうが、それまでは、自分のそばに籐《とう》のかごを置いて、毛布でも敷き、智晴を寝かせておけばいいだろう。由紀子はそんなふうに考えていた。

智久は食べかけのおにぎりを弁当箱に戻し、お茶を飲んでから言った。

「ミシンの音もうるさいし、ハサミも針も使う仕事だぞ。智晴が動くようになって、もし何かあったら」

「でも、私、ミシンを踏みたい」

自分で言いながら、これでは子どもが駄々をこねているようだと思った。

智久は何かを言おうとして口ごもる。ぐずり始めた智晴を由紀子は抱き上げてあやした。

「それに……」

「それに、……今は前ほど忙しくはないんだよ。受ける仕事が少しずつ減っていて……」

智久は遠くを見てまぶしそうに目を細めた。

でも、お給料……。私たちのお給料はどうなるのだろう、と由紀子は思った。出産前までは智久と自分の分を茂雄からもらっていた。出産してからは智久一人分。節約をすれば家族三人なんとか暮らしていけるけれど、ぎりぎりの生活だ。これからはどんどん智晴にもお金がかかるだろう。どうしたらいいんだろう。

智久はそれきり黙ってしまった。腕のなかに抱いている智晴が泣きやまない。由紀子は混乱する頭のなかを整理するために、「少しそのへんを歩いてくるね」と、智晴を抱いたまま立ち上がった。

生まれてこのかた由紀子はお金について本気で考えたことがない。由紀子の家族はお金持ちではなかったし、家も保険会社でサラリーマンをする父がローンで買ったものだが、それ以外に大きな借金はない。母がずっと専業主婦のままでいられるほどのお金を父が稼いできたのだと思う。父一人が稼いでいれば、母と私が贅沢《ぜいたく》をしない限り、生活ができていたのだ。

智久と結婚しようと思ったとき、由紀子がまず考えたのは智久の人柄がいいということで、実際のところ、結婚をして、月末に智久から「はい」と渡されて初めて、彼がいくら稼いでいるかを初めて知ったくらいだった。由紀子がデパートで働いてもらっていたお給料と大きな差がなかったことに多少驚きはしたが、ああ、この人と結婚して失敗した、と思うような打撃ではなかった。

由紀子がミシンを踏むようになってからは、智久よりは少ないものの、茂雄からお給料（それまで由紀子がデパートでもらっていた給与の半分くらいだった）が手渡されたし、仕事が多い月は、智久と由紀子が受け取る金額にも多少色がついた。

自営業なのだから、サラリーマンのように毎月決まった金額が渡されるわけではなく、月によっても年によっても上下する、ということは由紀子だってわかっている。

だけど……。

よくよく冷静になって考えてみると、縫製の仕事が少なくなっている、ということ以上に、智久は、私が仕事場に復帰するつもりとは初めから思ってはいなかった、ということに衝撃を受けているのではないか。由紀子がそこまで考えたとき、ぽん、と肩を叩かれた。振り返ると、智久が表情のない顔で立っている。

「寒くなってきたから、そろそろ戻ろう」

その言葉に頷いて、由紀子は歩き出した智久の背中を追った。

走り出した車の中で、由紀子はずっと考えていた。自分はもっとこれからの生活のことを、きちんと考えないといけないのではないか。智久が好きだ、という気持ちだけで結婚し、智晴を産んだことに迷いはなかった。それが間違いだったとは思わない。

けれど、もっと智久と、私と、智晴のことを考えなければ、三人の生活は川に浮かぶ笹の舟のように、ただ流されていくだけなのではないか。ミシンが踏めないことは寂しい。でも、仕方がない。あの仕事場でできないのなら、自分にできることを考えなくちゃ。由紀子は運転している智久に目をやった。

今までは、智久の顔を見れば、好きだ、という思いだけが湧き上がってきたが、今日はなぜだか、ほんの少しだけ頼りなく見えてしまう。そう考えてしまう自分に戸惑った。それでも、智久のことは好きなのだ。嫌いになったわけじゃない。だけど。

そうだ。私が今までより、ほんの少し強くなればいいのだ。今の生活に不満はない。智久は三人の生活の行き先に向けて、ぐい、と大きく舵《かじ》を切ってくれていたわけではなかった。これからは、私が舵を取ればいい。だからといって、智久の上に立とうと思っているわけではない。今まで、私がぼんやりしていただけなのだ。強くならなくちゃ。

だって、私は母親なんだもの。智晴の母親なんだもの。密《ひそ》かに由紀子は決意した。智晴の生活を守るためなら、なんでもやる。なんだってできる。

由紀子の頭のなかに、子どもの頃、父と二人で見た、脱皮したばかりの蟬の姿が浮かんだ。透き通るように白いその姿は、いつ天敵に襲われてもおかしくはないくらいか弱く見えた。母親になった自分は、今は茶色い殻から出たあの蟬くらいに頼りない。だけど、いつかは耳をつんざくように鳴いて、空に飛んでいきたいのだ。

ふいに智久が由紀子の顔を見た。ちょっと困ったような顔をしている。

「……あのさ、なにか怒ってる?」

「ううん、なんにも」

由紀子は笑顔を返した。

智久の言葉を疑っているわけではないが、縫製の仕事が本当に減っているのか、自分がもう必要とされていないのか、由紀子は自分の目で確かめてみたかった。

とある日の午後、智晴を乗せたベビーカーを押して、由紀子は仕事場まで歩いた。まわりは見渡すばかりの田圃《たんぼ》が広がる。植えられたばかりの稲はまだひょろっとしていて幼い。水面は青空と雲を映している。見渡す限り人はいない。ただ静かに風が吹いている。

ベビーカーをのぞきこむと、智晴も由紀子の顔を見上げた。近頃の智晴は、体重も増えて、体もぷくぷくとして、いかにも赤ちゃんらしい。由紀子の顔を見て、「だー」「あー」と言葉にならない声をあげると、自分の拳を小さな口の中に入れた。何をしてもかわいいなあ。由紀子は智晴に笑いかけ、まだ頭髪が十分に生えそろっていない頭を撫でると、再び歩き出した。

「あら、由紀ちゃん」

作業場の戸を開けると、邦子がミシンを動かしていた手を止めて、近づいてきた。

茂雄も由紀子と智晴に目を向け立ち上がった。智久だけは、由紀子を見て「お」という顔をしたが、アイロンがけをしている手を止めなかった。

「また、大きくなった。先週会ったばっかりなのにねえ」

邦子はすぐさま智晴を抱き上げ、頬ずりをせんばかりの勢いだ。智晴は邦子に抱かれて、にこにこしている。それを見る茂雄も満面の笑みだ。おじいちゃんとおばあちゃん。智晴に愛情を注いでくれる茂雄と邦子がいてくれることを、素直にありがたいと思う。けれど、今日は、聞きたかったことをきちんと聞かなければ。由紀子は自分が緊張していることを感じながら、智晴を代わる代わる抱っこする二人を見ていた。

「作業場は危ないからね、ここで」

邦子は玄関の上がり框《がまち》に湯呑《ゆの》みを乗せたお盆を置いた。茂雄は仕事に戻った。奥の作業場から聞き慣れたミシンの音がする。

「忙しいときに来てすみません」

「いやなに、今はそうでもないのよ」

邦子はほつれた髪を耳にかけながら言った。

「ちーくんは本当に健康ないい子だねえ」

そう言いながら、邦子は智晴の手首をやさしくつかんだ。智晴は由紀子の膝《ひざ》の上で、家から持ってきたフェルトのくまを口に入れたり、振り回したりしている。由紀子は大きく息を吸い、そして吐いた。

「お義母さん、私、あの……」

ん、という顔で邦子が由紀子を見る。

「また、ミシンを踏みたいと思っていて、そのつまり、また、ここで仕事をしたいと思っているんです」

一息に言った。邦子は由紀子の顔をしばらく見つめたあと、自分の服についた糸くずを手でつまんだ。

「智久は由紀ちゃんに、なんか言っている？」

はい、と言葉に出さずに頷いた。

「仕事場に智晴がいるのは危ないし、それにあの……」

由紀子は口ごもりながらも続けた。

「お仕事そのものが前ほどは……」

最後まで由紀子は言葉にできなかった。

邦子はわかってる、というように深く頷き、湯呑みに口をつけた。

「ちーくんが保育園に行くようになったら、由紀ちゃんにもまた仕事に戻ってもらいたい、そう思っていたのよ、だけどね」

邦子はお茶を飲み、続ける。

「うちに仕事を持ってきてくれてた昔からの大口のお客さんが二つ、三つ、急にね、海外に縫製工場ができたからって、それでね……」

邦子は目を伏せる。由紀子はその顔を見ていられず、膝の上の智晴のつむじを見下ろしていた。

「ほかの仕事は小さいものばっかりで。私とお父さんさえいれば済んじゃうのよ。だから……」

由紀子は顔を上げて邦子を見た。

「この仕事場はね、私とお父さんで続けて、仕事がなくなったら、もうそこで畳もうと。年も年だしね。二人とも目は悪くなっているし、体中ガタがきているし」

由紀子は心臓がどきどきしてくるのを感じていた。

「だからね、智久には、何か違う仕事を見つけてもらうしかないか、って」

「………」

由紀子がかすかにため息を漏らすと、膝の上の智晴がこちらに手を伸ばし、由紀子の口の中に自分の指を入れようとする。

「由紀ちゃんにも智久にも、ずっとここで働いてもらいたいと思っていたけれど、仕事がなければこればっかりはね……」

邦子は湯呑みを盆に戻し、由紀子に頭を下げた。

「ちーくんも生まれたばっかりなのに、こんなことになって本当に申し訳ないと思ってる」

「お義母さん、そんなの、やめてください」

由紀子はそう言いながら、思わず邦子の手をつかんでしまった。

「だけどね、智久も由紀ちゃんもまだ若いんだもの。仕事なんか探せばいくらでもある。なんとでもなるわよ。うちみたいな零細企業じゃなくて、もっとちゃんとしたところ、お給料くれるところはいくらでもある。だから、大丈夫よ。私とお父さんだって、たった二人でこの仕事始めたんだから」

邦子の言葉は邦子自身に言い聞かせているようにも聞こえた。

仕事場からは絶え間なくミシンの音がしている。あのミシンをもう踏むことがないのか、と思うと、由紀子の心のなかに大きな穴が空いたような気がした。邦子と話をしている間、智久が顔を出すことはなかった。

「ちーくん、ばいばいね」

邦子にそう言われながら、由紀子はそこを後にした。ミシンの音が少しずつ遠のいていく。

由紀子が来たときよりも日は傾いてはいたが、アスファルトの道は照り返しが強い。ベビーカーに乗せられた智晴がぐずり始める。仕事場で一度ミルクをやり、おむつも替えるつもりだったが、邦子の話を聞いたら、すっかり忘れてしまった。智晴の泣き声が段々大きくなる。ベビーカーを押しながら、由紀子が声をかけるが、智晴は体をよじらせて泣き叫ぶ。

足を止め、ベビーカーから智晴を抱き上げた。「泣かないのよ」と声をかけたが、泣きたいのは私も同じだよ、ちーくん、と由紀子は声に出さず智晴に語りかけた。


由紀子はテーブルの上にいくつかの皿を並べていたが、その置き方がつい雑になり、耳障りな音を立てた。

智晴は午後の外出で疲れたのか、この時間には珍しく向こうの和室で寝息を立てている。

由紀子と智久は黙ったまま食事を始めた。二人とも食事の時間にテレビをつける習慣はなかったから、黙ったままでいると、壁にかけた時計の音だけがやけに部屋に響く。

智久は瞬く間に一膳《いちぜん》分のごはんを食べてしまい、二杯目をよそうために立ち上がった。由紀子はあまり食欲もなく、小皿に乗せた漬け物を口に運んで、かりかりと音を立てて噛んだ。気詰まりな食事はすぐに終わってしまい、由紀子は食器を片付けながら、お茶を淹れるため、やかんに水を満たして、火にかけた。

ふと、居間に目をやると、智久は畳に横になったまま、広げた新聞を読んでいる。それは食後のいつもの姿だったが、今日の由紀子にはそれが不愉快なものに思えた。

二人分のお茶を淹れて、居間に運ぶ。智久の近くに湯呑みを置きながら、由紀子は口を開いた。

「お仕事、探さないといけないの?」

智久は何も言わない。

「お仕事、探さないといけないんでしょう?」

もう一度言うと、智久はこちらを向いた。怒っている表情ではない。どちらかといえば、無表情なのに、由紀子は智久の顔を怖い、と思った。

「わかってる」

智久はそれだけ言うと、また、新聞に視線を戻した。

この人は。目の前にいる智久という人間に対して、この人、という言葉が浮かんできたことに、由紀子は自分でも驚いた。

この人は大事なことをちゃんと話してくれない。仕事場を畳むことも、新しい仕事を探すことも、今日、邦子から聞かなければ、自分は知らないままだった。私たちは家族なのに。家族のこれからを左右する大事な問題なのに。由紀子のなかで、わ――っと台風のように言葉が巻き起こったが、それを口にするのは怖かった。でも。私はもう母親なんだ。言いたいことは言わなくちゃ。

「大事なことだから、ちゃんと聞きたいの」

自分の声が普段より低くなっていることに由紀子自身も気がついていた。由紀子は正座をして智久に向き合った。それなのに、智久は寝転がったまま、新聞から目を逸《そ》らさない。私が真剣に話を聞きたいと言っているのに、この人って。心のなかで小さな怒りの火花がぱちっと弾けるような気がした。

喜怒哀楽。人間が普段覚える感情のなかで、怒りは一番由紀子に縁遠いものだった。母の小言に対しても、学生時代、いじわるをされたときも、デパートに勤めていて理不尽な目に遭ったときも、由紀子はそれに対して、「私は怒っています」という感情をあらわにしたことはないし、態度に表したこともなかった。だけど、今は怒らないとだめだ。

由紀子の心のなかで、もう一人の自分が発破をかけている。智晴を産んで、由紀子は今までと違う人間になりつつあった。ならざるを得なかった。だって、夫婦の問題だけではない。二人だけだったら、どうとでもなる。だけど、今は、生まれたばかりの智晴がいるのだ。家族三人が乗った草の舟を川の底に沈めるわけにはいかないのだから。

「お仕事、探しているの？」

そう聞いても、智久は黙ったままだ。なおも由紀子は言葉を続けた。

「私は智晴を保育園に預けてミシンの仕事をしたかったの。……だけど、今日、お義母さんに仕事場のことを聞いて……どうして今まで私に話してくれなかったの？」

由紀子は正座をしたまま、ずいと近づき、智久が目をやっている新聞紙を畳んだ。今日の由紀子からは逃れられないと思ったのか、智久がのろのろと体を起こす。

「なんとかなるよ。大丈夫だから」

由紀子は、こめかみのあたりがかーっと熱を持つような気がした。

「……なんとかなる、って……」

「仕事もすぐ見つかるだろうし……」

噛み合わない二人の会話は、このあと深夜まで続いた。

隣の部屋では何も知らない智晴がただすやすやと眠っていた。

第二章　せかいのひろがり

一歳になり、二度目の春を迎える頃、智晴を保育園に預けることになった。家から自転車で十分、お寺と墓地のすぐそばにある保育園は今でもそこにある。その日は、智晴が父と母しかいない小さな家庭のなかから、世のなか、という世界に一歩を踏み出した日でもあった。

保育園の先生にいきなり抱き上げられた智晴は、何かに気づいたのか、先生の腕のなかから逃れようとした。けれど、一歳の赤んぼうが二十代の先生の力にかなうはずもない。わけもわからず、智晴は声の限りに泣いた。由紀子の腕のなかに戻ろうとして手を伸ばしたが、先生がその手を強引に持って振ろうとする。

「ママ、ばいばーい。いってらっしゃーい」

甲高い先生の声に智晴が顔をしかめている。ママ、と先生に呼ばれて、由紀子はどこかこそばゆくなった。そもそもママとは誰なのか。家では自分のことをお母さん、と呼ばせている。智晴にとっても由紀子は、ママではなく、お母さんだろう。まだ、言葉ではっきりとはそう呼べなかったけれど、由紀子のことを、お母さん、と認識してるはずだ。

先生が乳児室の戸を音を立てて閉めると、由紀子はぺこりと頭を下げて、園庭を横切っていった。背中から智晴の泣き声が追いかけてくるような気がした。身を切られる、とはこんな思いのことを言うのだろうか。思わず、目の端に涙が浮かびそうになって、由紀子は走り去るように園をあとにした。その日の出来事を、由紀子は先生との連絡ノートで知った。

〈ママと離れていたときには、少し泣いていましたが、おむつを替えたら、すぐに泣きやみ、ほかのお友だちと仲良く遊んでいました〉

先生と呼ばれる人は智晴のクラスには三人いるらしく、皆、桃色のエプロンをつけていて、全員が女の人だった。

朝、智晴の手をむんずとつかんで、強引に「ばいばーい」と叫んだ人がそのなかでいちばん若く、智晴の担当なのだとあとでわかった。ほかの先生から、渚《なぎさ》先生と呼ばれている。もう一人の先生は、由紀子と同じくらい、もう一人は邦子と同じくらいに見えたが、実際のところ、この人は、邦子より若かったようだ。智晴のいるひよこ組は、赤んぼう五人に対して先生は一人、そういう分担になっているらしかった。

慣らし保育は二時間。由紀子はそのまま自宅に戻った。家に帰ったらすぐに、溜《た》まった家事をこなそうと思っていたのに、智晴が保育園という新しい場所にいるかと思うと気もそぞろだ。時計ばかりを気にしてしまう。智晴が生まれてから一年、それこそ、コアラの親子のようにくっついて過ごしてきた。そばに智晴の肌のぬくもりさえあれば良かった。由紀子の世界は十全に満たされていた。

ミルクのような、ひなたのような、智晴のにおいは由紀子にとって精神安定剤のようなものだった。いつのまにか眠り、智晴が真夜中にぐずって目を覚ますことはあっても、由紀子はすぐに智晴の面倒をみ、背中を優しく叩《たた》いた。智晴は再び、穏やかな寝息をたて始める。また、少し眠ると、朝が来て、昨日と同じ一日が始まる。そういう日々がずっと続いていくと思っていたのに。私はいったい、なんてことを始めてしまったのだろう。もやもやとした思いを抱えながら、それでも由紀子は洗濯物を干し、掃除機をかけた。智晴を迎えに行く午前十時まではあっという間だった。さっき、走って帰って来た道を、由紀子は再び、小走りで駆けて行く。ちーくん、ちーくん、今、迎えに行くよ。園庭に飛びこみ、ひよこ組の戸を開ける。

「あ、智晴君、ママ来たよー」

渚先生が大きな声をあげた。由紀子の顔を見ると、いきなり、うわーんと智晴が泣き出した。たった二時間離れていただけなのに、智晴はいつまで経っても泣きやまない。

「智晴君、とっても良い子にしてましたよ。ママの顔見て、安心したのかな」

こんなに泣いていても、良い子と呼ばれるのかな、と由紀子は思ったが、智晴の口からはただ、うわーん、という泣き声だけが漏れる。

智晴を抱いて、そのにおいを嗅《か》いで由紀子は心からほっとした。

「本当にありがとうございました」

由紀子が渚先生に頭を下げる。

「明日《あした》もよろしくお願いします」

そう言いながら、明日も智晴と離れている時間に耐えることができるだろうかと由紀子は思った。どこか気落ちしているようにも見える智晴をベビーカーに乗せ、声をかける。

「ちーくん、おりこうさんだったなあ」

智晴はまっすぐ前を見たまま、何の反応もしない。

「ちーくんがおりこうさんだったから、お母さんもお仕事の準備ができたよ」

由紀子は自分を元気づけるように言った。本当は家事をこなしただけで二時間経ってしまい、仕事の準備まで手は回らなかったのに。

「慣らし保育は一週間。来週になれば、朝から夕方まで預けられるの」

と、もう幾度も伝えてきたことを、由紀子は夕食の席で智久に話した。智久はただ頷《うなず》くだけだ。智晴を保育園に預けて自分が外に働きに出ることを、あまり良くは思ってはいない、ということを感じてはいたが、もう始めてしまったことだ。後ろには引き返せない。どこか気詰まりな夕食に、智晴も何かを感じたのか、自分の茶碗《ちゃわん》を手で払った。中のお味噌汁《みそしる》が床にこぼれる。

「こら」と怒った顔をしてみたものの、智晴にとっても今日が大変な一日だったということがわかるので、強くは叱れない。智晴は夕飯も食べずに泣き、お風呂《ふろ》の中でも泣き、布団に入っても泣いた。そんな智晴を見るのは、生まれてから初めてのことだった。智晴の背中をさすりながら、本当に保育園に預けてよかったのかな、という気持ちが浮かぶ。朝、自分と別れたときの智晴の泣き顔を思い出して胸が痛んだ。でも、私が弱気でいたらだめだ。由紀子は自分に発破をかける。仕事をすると決めたのだ。保育園に慣れるまでは時間がかかるかもしれないけれど、私がしっかりしなくちゃ。そう思いながら由紀子は目をぎゅっと閉じた。

翌朝、部屋の入り口で智晴が由紀子の腕から渚先生に半ば強引に抱き取られたとき、智晴は体を反らし、大声を張り上げて泣いた。それが智晴の精一杯の抵抗にも思え、由紀子の胸は痛んだが、渚先生の力は強い。由紀子は「よろしくお願いします」と頭を下げ、智晴の泣き顔を見ないようにして、足早に部屋をあとにした。

智晴が保育園で生まれて初めての共同生活に右往左往しているとき、由紀子も新しい仕事の準備を始めていた。来週から、由紀子には仕事が待っている。

由紀子の新しい職場は由紀子が住む町の最寄り駅の、改札口の脇にある売店だった。雇ってくれるならなんでもいい、と思って探し始めたものの、仕事が決まるまでには時間がかかった。

「子どもが、しかも、一歳の子がいるなんて、すぐに休むだろう。仕事はあまりできなくてもいい。毎日、きちんと同じ時間に仕事に来てくれる人が欲しいんだ」

何社目かの面接の際に、駅前の衣料品店で由紀子の父親ほどの店長にそう言われたときには、子どもがいて再就職することの難しさが身に染みた。由紀子が住む町には食品工場や自動車工場もいくつかあり、どうしても仕事が決まらないときには、そこに勤めようと思っていた。けれど、結婚前に勤めていたデパートのように、できれば人を相手にした仕事がしたかった。その後もなかなか決まらず、工場に勤めようと心に決めたある日、偶然通りかかった駅の売店で「レジ担当募集（未経験可）」という張り紙を見つけた。すぐさま、若い女性店員に「この張り紙を見て」と伝えると、ここに行くようにと地図を渡された。そのまま駅の構内にある控え室で店長と面接をした。もう何度もつっかえされた履歴書はバッグの中に入っていた。店長は女性で、由紀子の母親くらいの年齢に見えた。真っ赤なフレームの老眼鏡をかけて履歴書を見ながら、店長は言った。

「うちはお子さんいる人が何人もいるわよ。保育園とか学校の行事とか、事前に言ってくれれば休むことはできます。ただね、当日、急に休まれるのはやっぱりね……。一歳なら、突然熱を出したりするでしょう？　そういうときどうする？」

「………」

ああ、やっぱりそこなのか。

「あの……夫の母も近くにいますし、私の母も元気です。どちらかに見てもらいます」

義母の邦子にも自分の母親にも、智晴が病気のときは預かってほしい、などという話は、一度もしていない。そもそも、智晴を保育園に預けて働く、という話すらまだしていないのだ。

「ああ、それなら安心ね。で、いつから来られる？」

店長は壁にかかっているカレンダーをめくりながら言った。

話があまりにスムーズに決まっていく。いつから来られるってことは……。

「……あの、私、採用ですか？」

「ええ、もちろん。最初の三カ月は試用期間でこの時給。半年ごとに……」

そこまで言うと店長は眼鏡に手をやった。

「ほんの少しずつだけど時給は上がっていきます。パートという扱いだけれど、長年勤めている人のなかには正社員になった人もいるわよ」

店長が指で示した書類の時給があまりに安いことにはぎょっとしたが、私は採用されたんだ、正社員にもなれるんだ、と、由紀子はただ舞い上がっていた。仕事が決まれば保育園にも入れる。

その夜、智久に駅の売店で働くことになった、と伝えると、「え、ああ、そうなの」と気の抜けたような返事をされた。

「よかったね」「がんばって」とも言ってはくれなかったが、「だめだ」とも言わない。今ではそんな智久の物の言い方に慣れっこになってもいた。

智久はタクシー会社で運転手として働くことが決まっていた。作業場の仕事は春までにやり終え、四月から新しい職場に勤める。智久の給料も決して高いとはいえないが、二人で働けばなんとかなるだろう。

自分の仕事がやっと見つかったことにほっとしつつ、その夜、由紀子は邦子に電話をかけた。仕事が決まったことと、もし智晴が病気になったときは、お世話になるかもしれない、ということを伝えると、「そんなのお安い御用よ。由紀ちゃん、仕事決まって良かったね。慣れないうちは大変だろうけど頑張るんだよ」と言ってくれた。

問題は由紀子の母だった。電話をかける前から憂鬱《ゆううつ》になる。それでも、智久が智晴を風呂に入れている間に伝えてしまおうと、由紀子は心を決めた。

由紀子の予想したとおり、母の反応は不満げだった。

「なんで働かなくちゃいけないの」

「ちーくんだって、まだ小さいのに、保育園なんて可哀想！」

話しているうちに興奮してきたのか、母の声量は次第に大きくなる。こうなると、由紀子は何も言い返せない。それでも母の言葉を遮るように言った。

「あのね、近いうちにちーくん連れてそっちに行くね」

ふー、とため息をついて、由紀子は電話を半ば一方的に切った。

由紀子が智晴を連れて実家に帰ったのは、それから三日後のことだった。由紀子の実家までは電車で約一時間かかる。

改札口を通る前に、由紀子を雇ってくれる売店をのぞいた。お昼前のこの時間は忙しいのか、この前話した、若い女性の店員が、やってくるお客さんを次々にさばいている。

「あんなこと、ほんとうにできるのかな」と由紀子は不安になったが、「できるのかな、じゃなくて、やるんだ」と思い直した。

智晴は電車が好きだ。ホームの向こうには、出発を待つ特急電車が止まっている。抱っこひもで抱かれた智晴は、電車を指差して、

「ちゃ、ちゃ」と興奮している。

「そうだね、ちゃがあるね」

由紀子がそう言って智晴を見ると、口からよだれが溢《あふ》れ出しそうになっている。笑いをこらえながら、それをガーゼで拭《ぬぐ》った。

「ちー――く――――ん」

実家のある駅に着くと、由紀子と智晴を見つけた母が改札口で、全力で手を振っている。あまりに大きな声なので、由紀子は少し恥ずかしかった。

ロータリーに停めた母の車に乗り込む。ばたん、とドアが閉まると、さっきまでの笑顔はすっかり消え去り、母が、きっ、と由紀子を睨《にら》む。車を発進させると同時に、その口から機関銃のように言葉が飛び出す。赤信号で車が止まるたび、母は手を伸ばして、智晴の頭を撫《な》でた。

「こんなに可愛い子を保育園なんかに放り込んで」

母の言葉を要約すれば、すべて智晴が可哀想ということになる。その気持ちは由紀子もわからないではない。自分だって、もう少し、智晴と二人でいたほうがいいのかもしれないと気持ちは

揺れている。実際のところ、保育園がどんなところかわからないから、不安もある。

実家に到着して家の中に入ってからも母の言葉は続く。由紀子は、まずは黙ってそれを聞いていようと思ったが、智晴が可哀想、由紀子が可哀想だ、という話に変わってきたので、今日は自分の思っていることを母にきちんと伝えないといけないと改めて思った。

母は由紀子の腕のなかから智晴を奪うように抱き上げると、台所に行ってしまった。居間のテーブルの上には、ラップをかぶせたちらし寿司《ずし》が見えた。由紀子の好物だった。

実家の懐かしいにおいを感じながら、由紀子は自分がこの家にいたときからある古いソファに腰を下ろした。母に抱かれて居間に戻ってきた智晴は新しい電車のおもちゃを手にしている。

「もう智晴がわがままになるからやめて」と何度も言ったのに、来るたびに用意してある。

「だって、お父さんが買ってくるんだもの」と悪びれた様子もない。

「ほら、食べなさい」と母はラップを剝《は》がしながら、由紀子にちらし寿司を勧める。

しかし、食べる前に話しておこうと思った。思えば、面と向かって母に何かを言った経験というのが、由紀子にはほとんどない。デパートに就職を決めたのは、父の知り合いがいたからだったし、結婚を決めて智久を連れてきたときも、由紀子はほとんど口をきかず、智久が話してくれた。

「お母さん、私、働かないといけないの」

「智久の稼ぎが悪いのが悪い」

母が智久を呼び捨てにするのを初めて聞いた。そこからは、母の独壇場だった。智久の新しい仕事のことも母には伝えてあったが、母は気に入らないらしかった。

「私は、由紀子を職人さんに、嫁にやったつもりだったのに」

「やった、って……お母さん、私は物じゃないんだから……。仕事しないといけないの。だから、働くの。智晴はまだ赤ちゃんだけど、いつかは保育園か幼稚園には行くんだもの。それが少し早くなっただけだよ」

由紀子は一息に言った。

「智晴のことも私のことも、お母さんに可哀想なんて思われるのは悲しい。私、自分のこと、可哀想なんてちっとも思ってないよ。もともと、智晴を産んでもミシンを踏みたいと思ってたんだもの。それはお母さんにも話していたでしょう」

「智久さんのご家族と働くのなら、私だって不満はないわよ。だけどね、由紀子、よその店で働くって……」

「だけど、私、なんとかなると思う。不器用だから、最初はもたもたして怒られると思うけど……でも、頑張る」

そう言う由紀子の顔を母はじっと見つめている。智晴は母がくれた電車のおもちゃで機嫌良く遊んでいたが、由紀子と母の会話にただならぬ気配を感じたのか、時折、由紀子の膝《ひざ》の上に登って抱っこをせがんだ。由紀子は智晴を抱き、言葉を続けた。

「だけどね、ほら、智晴が熱を出したときとか、急に休めないときもあるでしょう。智久さんのお母さんにもお願いしたんだけど、毎回、毎回ってわけにもいかないし、だからね、お母さんにも」

「由紀子……」

母が由紀子の言葉を遮った。

「あんた、変わったね」そう言いながら、電気ポットから急須《きゅうす》にお湯を注ぐ。

「変わった？」

「うん、変わった」

母が二つの湯呑《ゆの》みにお茶を淹《い》れる。

「なんか、智晴産んで、強くなった」

母が急に鼻をぐずぐずさせたので、由紀子はたじろいだ。巻いていたエプロンの端で目頭を拭う。こんなふうに泣いているのを見るなんて初めてじゃないだろうか。変わったのは母のほうだ。こんな弱い母を見たくはなかった。

「だけどね、由紀子」

母はお茶を一口飲んで言った。

「あんた、智久さんと結婚したこと、いつか後悔するよ」

呪いの言葉で釘《くぎ》を刺すところはまったく変わってないな、と由紀子は気弱に笑いながら思った。

「とにかく、ちーくんに何かあったらすぐに連絡するのよ。なんでも手伝うからね」

由紀子が改札口を抜けて、ホームに向かうと、その背中に母が声をかけた。

「うん。わかった。ありがとうね」

由紀子は振り返ってそう言った。

実家の最寄り駅まで、来たときと同じように母が車で送ってくれた。母が帰る間際に手渡してくれた紙袋の中には、野菜や果物、母の料理を詰めたタッパーが入っていて、ずしりと重い。

実家で時間を確かめておいたとおり、電車はすぐにやってきた。抱っこベルトの中の智晴は眠そうだ。由紀子が電車に乗り込むと、音もなくドアが閉まる。母は改札口から身を乗り出すようにして、由紀子に手を振っている。その姿を見たら、胸のあたりがきゅっと苦しくなった。由紀子も負けじと手を振った。智晴の腕をとって振ろうと思ったが、いつの間にか、ぐっすりと眠りこんでいた。

母の姿が見えなくなり、由紀子は椅子に腰を下ろし、小さく息を吐いた。

「智久さんと結婚したこと、いつか後悔するよ」と、さっき母に言われたことが小さな棘《とげ》のように刺さってはいたが、そんなわけがあるわけがない、と由紀子は心のなかで首を振った。

縫製の仕事ができなくなったのは、予想外だったが、それでも私は結婚したことも、智晴を産んだことも、駅の売店で仕事をすることも後悔なんてしない。今も、これからも。ずーっと。

車窓から差し込む午後の光が、眠る智晴の顔を照らし、不可思議な影を描いて去っていく。由紀子は智晴の頭を撫でた。生まれたときにはまばらだった髪の毛も今ではずいぶん濃くなった。長い睫毛《まつげ》も、茱萸《ぐみ》のような赤い唇も、お餅《もち》のような頬も、どこもかしこも全部かわいい、と由紀子は思った。

私は、この子のためなら、なんだってできる。

駅の売店の販売員は大変な仕事だとわかっているけれど、智晴のためなら、どんなことでも我慢しよう、頑張って仕事ができるようになろうと、由紀子は電車に揺られながら、心のなかで誓った。

「あなた、暗算は得意？」

赤い眼鏡をかけた佐々木《ささき》さんという店長が、駅の中にある控え室のような部屋でロッカーの場所を示しながら、由紀子に尋ねた。

「ええっと……」

由紀子は口ごもった。子どもの頃から、算数よりも国語が得意なタイプだった。クラスで九九が覚えられなくて、居残り勉強をさせられたこともある。正直なことを言えば、暗算は苦手だった。黙ってしまった由紀子に佐々木さんが再び、口を開く。

「まあ、それは慣れね。最初は誰でもまごつくけれど、慣れてくれれば、速くなるから。……制服はええと、Mサイズでいいわね」

そう言いながら、紺色のベストとスカートを由紀子に手渡した。

「前にも言ったけれど、下に着る白いブラウスは自前で……今日、持ってきた？」

由紀子は紙袋の中から、白いブラウスを取り出して佐々木さんに見せた。

「うん。それでいい」

佐々木さんが口角を上げて笑う。眼鏡のフレームと同じ色の口紅が、よく似合っていた。

「最初の一週間は午前九時からお昼まで、慣れてきたら夕方五時まで。お昼は一時間、午後にも休憩が三十分とれる。大丈夫よね？」

「……はい。大丈夫です」

「あなたと組むのは、城島《じょうしま》さんというベテランだから、わからないことはなんでも聞いてね。ちょっと怖い人みたいに見えるけれど、いい人だし、若いのに仕事もできる。じゃあ、ここで着替えてね。外で待っているから」

「はい」

由紀子は一人、部屋で制服に着替えた。

ロッカーの鏡で顔を確認し、髪の乱れを整えて、念のため、ピンクの口紅を塗り直した。その口紅を使うのは、結婚前、デパートに勤めていたとき以来のことだった。なんだか油臭いような気もしたが、今はそれどころではない。

朝から緊張している自分に気づかないふりをしていたが、ロッカーの鏡に映った顔はどことなく強張《こわば》っている。由紀子は一度、鏡に向かって思いっきり笑ってから、ぱたり、とロッカーの扉を閉めた。制服に着替えた佐々木さんと二人、売店に向かって歩いた。佐々木さんの足は速い。遅れないように由紀子は自然と小走りになった。佐々木さんがふり返りながら、口を開く。

「ここの駅にたまたま欠員があったから、あなたはこの駅になったんだけど、将来は別の駅で働いてもらうことになるかもしれないから……まあ、でも、小さいお子さんがいるんだから、勤務先は近いほうがいいよね。それは配慮します」

「はい。ありがとうございます」

「昼番で入ってもらうときは、本当は朝の五時からというのは話したね。それは大丈夫？」

「……大丈夫、だと思います」

由紀子の声が小さくなる。

由紀子が働こうとしている売店は、鉄道会社の子会社が経営していて、正社員になれば、ボーナスも出ると聞いた。そうはいっても、それは由紀子にとって、遠すぎる夢だった。今は、とにかく慣れて、なるべく早く仕事を覚えなくては。そう思うと、肩におのずと力が入る。

売店では由紀子が数回見かけた若い女性が一人で仕事をしていた。途切れなくやってくるお客さんを瞬く間にさばいている。客足が途切れたところで、佐々木さんが女性に声をかけた。

「城島さん、今日から入る河野《こうの》さん。よろしく頼みます。新人さんだから慣れないことも多いけれど、いろいろ教えてあげて」

城島さんと呼ばれた女性が由紀子を見る。由紀子は慌てて頭を下げた。

「じゃ、私はここで。河野さん、頑張ってね」

そう言うと、佐々木さんは由紀子を一人残して、控え室のほうに戻っていく。残された由紀子は突然不安にかられた。ただ呆然《ぼうぜん》と売店の前に立っている間にも、人はどんどんやってくる。いったい、どうしたら、と由紀子が思っていると、

「突っ立ってないで。こっち入って」と城島さんが売店の横を指さした。由紀子がそちらを見ると、ドアのようなものがある。そこからおずおずと中に入った。

まず驚いたのは、売店の中の狭さだった。大人二人が入ればもう身動きができない。そして、商品の多さにたじろいだ。新聞、雑誌、煙草、ガム、キャンディ、お茶、ビール、ポケットティッシュ、ハンカチ、マスク、冠婚葬祭用のネクタイまでぶら下がっている。

「お釣り三十円。ありがとうございます」

立ち尽くす由紀子の隣で城島さんは仕事を続ける。手元には、硬貨ごとに分けて収納されたコインケース。そこからまるで手品のように小銭をつまみ出し、週刊誌の上に置く。

新聞一部だけ買ってくれる客なら、由紀子だってすぐにでも対応できそうだが、もちろんそん

な客ばかりではない。新聞に雑誌、それにガム。あ、それにこれもと、商品が追加されることも多かった。合計をすばやく頭のなかで計算し、出されたお金から引いて、お釣りを渡す。客のなかには、細々とした物をいくつか買って、一万円札を出す人もいて、そうなると、もうお手上げだ、と由紀子は思った。

「まずは、ここにある商品全部の値段を覚えて」

城島さんが由紀子に言った。

「はい」

そう答えながら、由紀子はスカートのポケットに入れた小さなメモ帳とペンを取り出した。

「今、やらない！」

城島さんにいきなり怒られ、

「すみません！」と由紀子はあやまった。

その間にも人はやってくる。一人のおじいさんが由紀子の前に立った。売店で買い物をする人は、大抵商品を差し出すか、商品の名前を口にするが、おじいさんは何も言わない。城島さんは、黙って週刊誌一冊とハイライトをひとつ出し、おじいさんから千円札を受け取る。お釣りを渡したあとに城島さんが言った。

「あの人、毎週水曜日、ここで『週刊潮流』とハイライトを買うから」

「はい！」

わけもわからず由紀子は返事をした。

「早く早く！　電車出ちゃうよ。早くしてよ」

城島さんのすばやい対応すら待ちきれず、不満をぶつけてくる客も多かった。

一人の客が由紀子に向かって新聞名をあげて怒鳴っている。まごついていると、城島さんが新聞を一部引っ張り出し、客からお金を受け取り、お釣りを渡す。由紀子はそれを見ながら、ただ呆然と立っているだけだった。

昼は城島さんと交代で食べることになっていた。

「昼、先行って」

城島さんは由紀子の顔も見ずにそう言った。売店を出ると由紀子がいなくなった分、広くなった空間で、城島さんは伸び伸びと仕事をしているようにも見えた。

控え室で、由紀子はメモ帳を取り出し、覚えたばかりの新聞と雑誌の値段を記す。ええと、それから、あのキャンディと、お茶は……。記憶を辿《たど》って数字を書いた。

「はあああ……」

メモ帳を閉じると、口から思わずため息が出た。たった三時間、立っていただけなのに、足が棒のようになっている。こんなことで、朝から夕方まで仕事ができるようになるのかな。弱気になりながら、朝、作ってきた弁当の蓋《ふた》を取った。自分と智久用に作った弁当には、昨日の残りのおかずを詰めた。

冷めたコロッケを口にしながら、今頃、智久はどこでこの弁当を食べているのだろう、と思った。そして、智晴のことを考えた。

先週までは午前中だけの保育だったが、今日初めて夕方までを保育園で過ごす。お友だちと仲良くしているかな。お昼は残さず食べられたかな。朝、保育園で「いってらっしゃーい！」と保育士さんに無理矢理手を振らされていた智晴の不安げな顔を思い出して、胸のあたりがざわざわとした。こんなに早く、保育園に預けて良かったのかな。

「ちーくんだって、まだ小さいのに、保育園なんて可哀想！」

「こんなに可愛い子を保育園なんかに放り込んで」

母に言われた言葉が耳に蘇《よみがえ》る。

ううん、と由紀子は思う。智晴は可哀想なんかじゃない。私も、智久さんも智晴も、みんな、新しい場所で頑張っているんだ。最初が大変なのは、みんないっしょだ。だから、早くこの仕事に慣れなくちゃ。由紀子は、悲観的なほうに傾いていく思いの方向を無理矢理変える。頑張る。頑張る。頑張る。頑張らなくちゃ。そう心のなかでつぶやきながら、猛然と弁当の残りを食べ始めた。


由紀子はトントンと、ひよこ組のアルミの戸を叩いた。先生が戸の鍵《かぎ》を開けると、赤んぼうたちは何をしていても一斉に戸のほうを見る。自分のお母さんが来たんじゃないか、と思うからだ。智晴も同じだった。由紀子の顔を見つけると、智晴は満面の笑みを浮かべ、遊んでいたおもちゃを投げ出して高速ハイハイでこちらに向かってきた。渚先生が抱き上げてくれたが、智晴はその腕から逃れるようにして、由紀子の胸に飛び込んだ。

智晴は由紀子の首筋にかじりつき、足を由紀子の体に巻きつける。

「ちーくん、ベビーカーに乗ってくれないかなあ……」

由紀子が泣きそうな声で言ったが、由紀子の体から離れようとしない。

仕方なく、由紀子は智晴を抱っこひもで抱き、家までの道を急いだ。

「お母さん、今日はお仕事で疲れちゃった……」

家に帰り、居間の絨毯《じゅうたん》の上にそっと智晴を下ろすと、由紀子は肩にかけた荷物も下ろし、その場にうつぶせに寝てしまった。

いつもなら、とっくに夕飯の準備を済ませ、お風呂を洗ったり、洗濯物を畳んだりと、休む暇もなく動いている時間なのに、今日の由紀子はもう一歩たりとも動くことができなかった。

母親の様子がおかしいことに気づいたのか、智晴が小さな手で由紀子の背中を叩いたが、由紀子は顔すら上げることができない。智晴はずりずりと背中に上がり、まるで亀の子が親亀に乗るように、由紀子の背中でうつぶせになった。

「あー、ちーくんが乗ってくれたら、腰が楽だわあ……」

うつぶせになったまま由紀子は思わずそう言った。

「ミシンを踏んでる仕事は楽だったな……」

そう言いながら、由紀子は足をバタバタさせた。しばらくの間、うつぶせになっていた由紀子は、背中に腕を伸ばして、智晴の体をくすぐった。なぜだか、智晴はくすぐられることが好きだった。由紀子は背中で笑う智晴をおんぶするように立ち上がり、居間の中をゆっくりと一周した。カーテンも閉めていない掃き出し窓は真っ暗で、照明に照らされた由紀子と智晴を映し出している。

「ああ、洗濯物をしまわないといけない」

由紀子は朝から干したままの洗濯物に目をやった。

「でも、力が出ないの……」

そう言って背中の智晴を揺さぶる。その振動がおもしろくて智晴がまた笑った。

「ちーくんもお母さんも、今日はずいぶん頑張ったねえ」

由紀子が背中の智晴に声をかける。そのとき「ただいま」と声がして智久が帰ってきた。

「おかえりなさい」と由紀子は智久に声をかけた。智久はうん、と声に出さずに頷き、洗面所に向かった。手を洗い、うがいをする音が聞こえてくる。

居間に戻った智久は、由紀子が背負っていた智晴を抱こうとした。智晴は、今日は由紀子と一瞬たりとも離れたくないようだった。いつもは智久が伸ばした腕に喜んで体を預けるのに、今日はむずかり、顔を横に振る。

「今日のちーくんはあまえんぼうさんみたい」

由紀子がそう言うと、

「保育園、一日預けっぱなしだったものなあ」と智久が答える。預けっぱなし、という言葉に由紀子の胸がちくりとした。なんだか自分のせいで、智晴を保育園に預けている、と言われたような気がして。

けれど、由紀子は「その言い方はちょっと違うと思う」と夫に言えるような強い性格ではなかった。今までも、智久の言葉に違和感を持っても、右の耳から左の耳に流すように努めていた。できれば智久と喧嘩《けんか》や、喧嘩につながるようなことにはなりたくない。疲れきっている今日はなおさらだった。

「飯は？」

「うん、これから」

今さっき帰ってきたばかりなのだから、食事の支度ができているわけはない。

「腹減ったなあ」

「ごめんなさい」

思わず由紀子はそう言ってしまったが、あやまる必要はないのでは、とも思った。だって、私は一日、足が棒のようになるまで働いて、智晴を迎えに行って、今さっき帰ってきたばかりなのだから。

「なんか食べに行くか」

「うん……」

食事の支度をしないでいいのは有り難い。けれど、我が家の経済状態を考えれば、毎日外食するわけにもいかない。

明日からは、朝出かける前に夕飯の準備をしておかないといけないなあ、と由紀子は思った。子どもがいて共働き。妊娠しているときには、それが具体的にどんな生活なのか、イメージできなかったけれど、自分が考えている以上に、大変な生活なのかもしれない。そう思ったら、急に足もとから冷たい風がさっと吹き上がったような気がした。


売店で一冊の週刊誌を買った女性客に由紀子はお釣りを差し出した。

「五十円のお釣りになります。ありがとうございました」

そう言うと、女性が不思議そうに由紀子の顔を見る。すかさず、城島さんが、二十円を付け足した。

「すみません。七十円のお釣りになります。ありがとうございます」

人がいなくなると、城島さんは由紀子にぼそっと言った。

「『週刊ウーマン』は三百三十円」

「すみません！」

由紀子は、朝から、もう何度もすみませんを連発していた。今のは、ほかの週刊誌と値段を勘違いした。仕事中も、仕事が終わったあとも、商品の値段を覚える努力を続けていたが、まだ完《かん》璧《ぺき》ではない。三百三十円の雑誌一冊とか、八十円の新聞を一部、という客には何とか対応できるようになったが、違う週刊誌を一冊ずつとか、一万円札を出す人、五十円玉でお釣りをもらうために、余計に十円玉を出してくる人がいると、途端に頭が混乱する。

新米の由紀子から見ても、城島さんの仕事は完璧だった。売店の中にいるとき、売店全体が城島さんの体のように思えることがある。動きに無駄がないし、計算は絶対に間違えない。もう三年ここで働いている、と仕事の合間に教えてくれたが、自分がこの仕事を三年続けても、城島さんと同じようにできるようになるとは由紀子にはとても思えなかった。

売店の仕事といっても、ただ物を売ればいいわけではない。品出し、お釣りの小銭の用意、仕事を終えるときには、レジの精算がある。計算が合わないときはすべて、由紀子のせいだった。それでも由紀子は頑張った。この仕事で城島さんのように正社員になるのだ、と心に決めた。

午後一時を過ぎた頃、売店の中にある電話が鳴った。由紀子が受話器を取ると、店長が出た。

「お子さん、熱出したみたいよ。保育園から今、電話があって……」

「えっ……」

「仕事は早退扱いにするから、早く迎えに行ってあげて」

店長の言葉に由紀子は動転していた。今朝はとっても元気に朝ごはんを残さず食べて、保育園に行ったのに。とにかく、迎えに行かないといけない。由紀子はおずおずと城島さんに声をかけた。

「……あの、すみません」

そこまで言いかけたとき、一人の客がやってきた。お茶とビールと週刊誌。すばやく城島さんがお金を受け取り、お釣りを出す。

「何?」

その声に由紀子の体がぴくりとした。

「子どもが熱を出したみたいで……」

そう言う由紀子の顔を城島さんが睨む。

「は――――」と大きなため息をついた。体がすくむ。

「もうここはいいから」とだけ言って、城島さんはやって来る人たちをさばき続ける。

「すみません！　本当にすみません！　明日は子どもを義母《はは》に預けて仕事に来ますので。すみません！」

由紀子は何度も城島さんに頭を下げて、売店を飛び出した。

「ちーくん、ちーくん。今すぐ行くよ」

心のなかでつぶやきながら、控え室で着替えを済ませ、保育園までの道を走った。園庭を横切り、ひよこ組の保育室の戸を叩くと、智晴が渚先生に抱っこされているのが見えた。

「すみません。遅くなって」

「あ、お母さん。智晴君、遊んでいるときに一回吐いてしまって。念のためにお熱を測ったら、三十八度二分でした。おなかにくる風邪がひよこ組さんで流行《はや》っているので、智晴君もそうかもしれないですねえ」

熱でとろんとした目をして、それでも由紀子の顔を見て安心したのか、智晴は由紀子のほうに腕を伸ばす。由紀子は智晴を抱いた。体が熱い。このあと、すぐ小児科に行かなくちゃ。それと、明日はお義母《かあ》さんに預けないといけない。その連絡もして。頭のなかでやることリストがすばやく出来上がる。まずは小児科だ。智晴をベビーカーに乗せて、由紀子はかかりつけの小児科をめざした。

小児科についたのは、午前の診療が終わる少し前で、それでも待合室は具合の悪い子どもたちと付き添いの大人で溢れ返っていた。

受付を済ませ、人工皮革の黒いソファの隅に由紀子は智晴を抱えて座る。腕のなかの智晴は、体が熱いのか、口を開けて小さな呼吸をくり返している。由紀子はベビーウエアの前を少し開け、バッグに入れていたほ乳瓶で、智晴に水を飲ませた。喉《のど》が渇いているのか、ごくごくと音を立てて水を飲む。

智晴が熱を出したり、体調が悪くなったりしたことは、今までにも幾度かあるけれど、保育園に預けてからは初めてだった。

「預け始めは、驚くほど病気になるのよ」と、デパート時代の同僚から聞かされてはいたが、預け始めて一週間も経たないうちに体調が悪くなるとは思わなかった。

ああ、そうだ。お義母さんに連絡しないと。由紀子は智晴を抱いたまま、待合室の隅にあるピンク色の公衆電話で邦子がいる仕事場に電話をかけた。

「あの、お義母さん、由紀子です」

「あら、由紀ちゃん。どうしたの？　こんな時間に。仕事中じゃないの？」

「あ、はい。智晴が熱を出して、それで、今小児科にいて」

「あら、そりゃ大変だ」

「診察はまだなんですけれど、あのお義母さん、もし、明日も智晴の具合が悪いようでしたら、面倒をみていただけないでしょうか？」

「もちろんいいわよ」

ぽんぽんと返ってくる邦子の言葉に、由紀子は胸を撫で下ろした。本当は実家の母のほうが智晴の面倒は頼みやすい。けれど、邦子よりも先に実家の母に頼んでしまうと、邦子の顔をつぶすような気がしたのだ。とにかく、邦子さえいてくれれば、私は明日も売店で仕事ができる。

診察を受けると、渚先生の言ったとおり、智晴は胃腸にくる風邪にかかっているらしい。今日はゆっくり一緒にいてやろう。明日はおばあちゃんと一緒に過ごしてね。由紀子は小さな額に自分の額をつけた。智晴の額の熱さに、心が少し苦しくなった。

「薬を飲んで嘔吐《おうと》が治まるのを待ってね。嘔吐があるうちは何も食べさせなくても大丈夫。嘔吐が治まったら、水分を少しずつこまめにとって。お熱は三日くらい、下痢は、そうだな……五日間くらいは続くかな」

「五日間……」

「このあたりで最近流行っているんだよ。あ、大人にもうつることがあるから手洗いはしっかりしてね」

由紀子は医師に言われたことを思い出しながら、小児科を後にした。

仕事を始めたばかりなのに、五日間も休むわけにはいかない。邦子は面倒をみてくれると言ったけれど、五日間も頼めない。縫製の仕事が少なくなったとはいえ、茂雄も邦子もまだ、あの仕事場でミシンを踏んでいる。仕事をしばらく休ませてまで、智晴の面倒をみてください、と言う勇気はなかった。二日くらいは邦子に頼んで、そのあとは実家の母に来てもらおうか。そんなことをくるくると頭のなかで考えながら、由紀子は家に戻った。

家は、朝出たときと同じ様子で、洗い終えてない朝食の食器がシンクに溜まっていた。洗濯物だけは干して出かけたものの、掃除までは手が回らなかった。智晴が遊んだおもちゃがそこかしこに散らばり、床はどことなくほこりっぽい。

それでも、まずはちーくんだ。由紀子は寝室の戸を開け、敷きっぱなしの布団の上に智晴を寝かせた。その途端、こぽっ、と音がして、智晴は大量に吐いた。布団もシーツも、ベビーウエアも汚れてしまった。

由紀子は手早く着替えさせ、おむつも替えて、隣の智久の布団に智晴を寝かせた。布団カバーを剝がし、シーツといっしょに丸めて、洗濯機に入れた。由紀子が離れると不安になるのか、智晴はいつもより小さい声で泣く。由紀子はそばで横になった。

「大丈夫だよ。ちーくん、すぐによくなるからね。大丈夫だよ」

そう何度も智晴に話しかけながら、この大丈夫は、自分にも言っているのだと、由紀子は思った。

智晴のそばで横になっているうちに由紀子は眠り込んでしまった。目を覚ますと部屋の中は真っ暗だった。慌てて起き上がり、智晴の額に手をやる。薬を飲ませたおかげか、さっきよりもだいぶ熱は下がって、今は安らかな寝息を立てている。

由紀子は立ち上がって寝室を出ると、襖《ふすま》を閉め、開けっ放しだった居間のカーテンを閉めた。がちゃり、と音がして、智久が家に入ってきた。部屋の中は朝と同じように散らかったまま、由紀子のバッグも投げ捨てるように置かれたままだった。

「おかえりなさい」と声をかけたが、智久は返事をしない。そんなことは結婚して以来、初めてだった。由紀子の顔も見ずに、洗面所に行ってしまう。水音が止まって、智久は台所に戻った。冷蔵庫から缶ビールを出して蓋を開け、グラスにも注がずに飲む。

「智晴、母さんに預けるのか?」

「あ、お義母さんから聞いたの?」

「さっき会社に電話があった」

智久は立ったまま、またビールを飲んだ。

「ちーくんの具合が悪くてね。それで」

「母親なんだから、子どもが病気のときくらい、そばにいてやったら」

智久がそんなぶっきらぼうな言い方をするのを、由紀子は初めて聞いた。

「……あのね、でも、私、仕事始めたばかりだからね、休むわけにもいかなくて……」

智久にこんなふうに言葉を返すのは、由紀子も初めてだった。

「ちーくんに何かあったらどうする？」

「でも……」

「そうまでして仕事するのか？」

「でも、働かないと……」私たち食べていけないから。その言葉を由紀子は飲み込んだ。

「でも、前にも話したでしょう。もし、今日みたいにちーくんに何かあったら、お義母さんか、私の母に頼むって」

智久はそれきり黙って居間に向かい、台所と居間の間にある引き戸をぴしゃりと閉めた。

一人、台所に取り残された由紀子は、いったいどうしたらいいんだろう、と思いながら、シンクの中に積み重なり、汚れたままの食器を黙って見つめていた。水道の蛇口から水が一滴落ち、皿の上でぴちょんと跳ねた。

由紀子はあり合わせの材料で手早く夕食を作り、居間のテーブルに運んだ。智久は今夜、「いただきます」とも言わない。由紀子も智久の様子に動揺しながら、ただ黙って箸《はし》を進めた。

「あのね、ちーくんの病気」

「……………」

「大人もかかるかもしれないから、手をよく洗ってね」

「……それならなおさら、誰かに預けるのはあんまりよくないんじゃないか」

確かに智久の言うとおりだ。由紀子は黙ってしまった。

「……お義母さんには申し訳ないけど、私の母も来てくれるって言ってるから」

「………」

智久はわしわしと白米を口に運ぶ。その様子には不穏な気配が漂っている。

心を決めて由紀子は言った。

「あの、だめ？　お義母さんに預けたりするの……」

「だめってわけじゃない。だけど、智晴はまだ小さいから……俺だって心配なんだ」

「うん……」

「俺も仕事の昼休みに見にいくけど」

「うん、ありがとう」

「……だけど、由紀子は仕事休まないんだよね」

休まない、のではなく、休めないのだ。

やっと見つけた仕事だ。早々にクビになるわけにはいかない。仕事を失えば、保育園にも預けられなくなる。もやもやと心のなかに言葉を抱えながら、由紀子は自分が作ったお味噌汁を飲んだ。さっき味見したときは気づかなかったけれど、今日のお味噌汁はずいぶんと塩辛い。気が動転しているからだ、と由紀子は思った。

気詰まりな食事は瞬く間に終わった。智久とこんなふうに食事をしたのは、初めてのことだった。智晴のこと、仕事のこと。智久と、ひとつひとつお互いの気持ちを確認しなければいけないんじゃないか。そう思いながらも由紀子は、明日、邦子に智晴を預ける段取りで頭がいっぱいだった。

駅裏のコインパーキングに自分のタクシーを停めて、智久は車から降りた。お昼時、駅に向かうたくさんの人の流れに紛れ込むようにして、智久は足を進めた。

由紀子の仕事場を見に来たのは、もう三度目だった。あまり近くに行くと見つかってしまう。多分、売店からは見えないであろう、階段脇に立って、智久は目をやった。

今日も由紀子の隣にいるのは、小柄な由紀子よりもさらに小柄な、由紀子と同じくらいの年齢の女性だった。由紀子は何度もその女性に向かって頭を下げている。この時間、売店に立ち寄る人は多い。ひっきりなしにやって来る客に対して主に対応しているのは、由紀子ではなかった。時折、由紀子が対応するのを見ていても、やはり手が遅い。商品とお金をお客さんが出した途端、瞬時にお釣りを渡す女性に比べて、由紀子はもたもたとしている。

一人の中年男性が由紀子の前に立った。由紀子はお釣りを出すが、その金額が間違っていたのか、文句を言われている様子だ。女性も共に頭を下げている。男性が改札口に向かったあと、由紀子はまた女性に何か言われ、米搗《こめつ》きバッタのように頭を下げる。

由紀子の眉毛《まゆげ》が八の字になって、今にも泣きそうな顔をしている。智久の胸は痛んだ。

〈やっぱり、由紀子にこの仕事は向いていないんじゃないか……〉

智久は心のなかで思った。

動作も、話し方も、何もかもが、おっとりしている由紀子のことだ。あんなにすばやい対応ができるわけはない。売店の仕事をする、と言われたときに、もっと反対しておけばよかったんじゃないか。ましてや、今日は智晴の体調が悪い。智晴を邦子に預けてまで、しなければならない仕事だろうか。

けれど、由紀子に働いてもらわなければ、自分たち家族の生活が立ち行かないということぐらいわかっている。自分に甲斐性《かいしよう》がないからだ。でも……。

ずっと頭を下げ続けている由紀子のことがもう見ていられなくて、智久は売店に背を向け、駅の階段を勢いよく降りていった。

「あら、父さんだけじゃなくて智久、あんたまで」

玄関のドアから顔を見せた智久に、邦子は驚いた声をあげた。

「仕事、大丈夫なの?」

「今、昼休みだから……ちーくんが心配でさ」

「手をよく洗ってよ。由紀ちゃんから聞いてると思うけど」

「わかってる」と返事をしながら、洗面所で手を洗った。居間にいる父親の茂雄を見て、

「仕事いいのか?」と声をかけたが、

「おまえこそいいのかよ」と返され、何も言えなかった。

智久は智晴が眠っている和室の襖をそっと開けた。布団の横に座り、ぐっすり眠っている息子の顔を見る。顔色がいつもより悪いような気がする。それになんだか、いつもの頬のぷっくりした感じが減ってはいないか。智久はまるで点検するように、智晴の顔を見つめ、その額に手を置いた。

昨日の夜、智晴は何度も目を覚まし、そのたびに由紀子が世話を焼いた。自分も起きようとしたが、由紀子に「大丈夫だから」と言われた。夜明け前に一度、大量に吐いたようで、朝早くから洗濯機を回す音がしていた。

「ちーくん、こんなに眠ったままで大丈夫なのかな」

思わず智久がつぶやくと、

「今、必死に病気と闘っているのよ、ちーくんの体は。子どもは病気のときはよく眠るものだよ」

と、あんたは何にもわかってない、という顔で邦子に返された。

「お昼まだなの？　あんたも食べなさい」

邦子に言われ、居間のテーブルの前に座らされた。智久が指で漬け物をつまむと、

「こら、行儀が悪い」と邦子が声をあげた。

邦子手作りの漬け物は、智久が子どもの頃から食べていたままの味で、それが妙に懐かしく感じられた。目の前には茂雄と邦子がいる。ここは由紀子と暮らしている家なのに、まるで実家のようだ。隣の部屋には智晴。いつの間にか、智久にとっての家族がこの家に勢ぞろいしている。けれど今、ここに由紀子がいないことが、智久の胸をざわざわとさせた。頭を下げてばかりいた由紀子の姿を思い出しながら、智久はもうひとつ、漬け物をつまんだ。


仕事を終えると、控え室で制服を着替え、由紀子は自転車の前かごにバッグを放り投げるように入れて、全力で自転車を漕《こ》いだ。レジ閉めの作業をしていたら、少し時間が遅くなってしまった。春だというのに、気温がぐっと下がった日で、薄手のコートを着た由紀子の体を、この土地特有の寒風が冷やしていく。

「遅くなってすみません！」

玄関ドアを開けると、邦子に抱かれて、智晴が泣き声を上げていた。しかし、由紀子を見つけると、抱っこ、というように腕を伸ばす。

「ああ、やっぱり、お母さんがいちばんだ。ばあちゃんは一日面倒をみてたのにね」

邦子の言葉になんと返していいかわからず、曖昧《あいまい》に笑いながら、由紀子は智晴を抱いた。甘えるように、由紀子の胸に顔をすりつけてくる。外で車が停まる音がした。

「ああ、父さんだ。じゃあ、由紀ちゃん、私は帰るよ。明日も来たほうがいいね。ちーくん、この様子じゃあね。おなかもまだゆるいみたいだし……」

「すみません。勝手ばかり言って」

「何言ってるの。ちーくんが病気のときは私がみる、って約束したでしょう。由紀ちゃんは、仕事始めたばかりなんだし……」

「ありがとうございます」

そう言いながら、目にじわっと涙が浮かんだ。邦子に悟られないように、由紀子は腕のなかの智晴をぎゅっと抱きしめた。

「じゃあ、明日ね。あ、今晩のおかず、冷蔵庫に入れてあるから。智久の好きな鰺《あじ》の南蛮漬。早く食べてね」

そう言って邦子は帰って行った。

「ちーくん、ちーくん」

声をかけながら、由紀子はわが子の首筋に顔を埋《うず》め、智晴のにおいをいっぱい吸い込んだ。どこか汗くさいような、ひなたに干した布団のような、そんな智晴のにおいを嗅いでいると、今日一日の疲れがいっぺんに吹き飛んでいくような気がした。

由紀子は智晴の熱を測り、平熱であることを確認すると、ほっとため息をついた。

邦子の話によれば、おなかはまだ壊しているが、吐いたりはしなかったようだ。朝、由紀子が着せたベビーウエアも着替えさせられていて、顔も拭いてくれたのか、どこかさっぱりとした顔をしている。

由紀子はベビーウエアの脚の部分を開いて、おむつを替えようとした。そのとき、おむつカバーが目に入った。それを開くと、いつか邦子がくれた麻の葉模様の布おむつ。智晴の股《また》とおしりのあたりが赤くなっている。

むむむ、と由紀子は思った。

邦子は今日、智晴の面倒をみてくれた。やってほしいことは今朝、手紙を書いて渡したし、邦子はそのとおりにしてくれた。ええと、でも、おなかを壊しているときは、もしかしたら布おむつはあんまりよくないんじゃないかなあ、と由紀子は思う。そうは言っても、布おむつが悪いという証拠はどこにもない。紙おむつを使っていたって、智晴のおしりが赤くなったことは今までにもあったし。

でも……。

明日も邦子に智晴の面倒をみてもらうつもりだ。明日の朝、邦子に会って、なんと伝えればいいんだろう。布おむつではなく、紙おむつを使ってください。もしくは、おむつをもっと頻繁に替えてください、とか。どういう言い方をしても角が立つような気がする。うすらぼんやりとしたもやもやが、由紀子の胸のなかに広がる。

智晴の母親は私なのだから、毅然《きぜん》として邦子に言うべきだ、という思いと、仕事をしている自分に代わって智晴の面倒をみてくれているのだから、その間は邦子のやり方に従うべきなのかも、というふたつの思いが、天秤《てんびん》にほぼ同じ重さの重りを乗せたときのように揺れている。

これからも、こんなことはたくさんあるのかも……。結婚すると、そして子どもを持つと、生活のなかで思いもよらない、いろいろなことが起こるんだなあ。そう思ったら、由紀子の口から、小さなため息がひとつ出た。

智晴が眠ってしまったので、由紀子は夕飯の準備をしようと立ち上がった。

台所のテーブルの上には、邦子が持ってきてくれた大量のおかずの詰まったタッパーがあった。鰺の南蛮漬もあると言っていたから、今日は、邦子の作ってくれたものを有り難くいただいて、お吸い物だけ作ろうか、と冷蔵庫を開けた。

ん、という違和感が頭に浮かんだのは、冷蔵庫の中が、朝、見たときとまるで違っていたからだ。邦子が持ってきたいくつかのタッパーが整然と並べられ、それ以外に、由紀子が適当に入れていた食材や調味料が本来あるべき場所にきちんと収まっていた。

お義母さんが整理してくれたんだ、と思いながら、豆腐のパックと小葱《こねぎ》を取り出し、冷蔵庫を閉めた。小鍋《こなべ》に水と昆布を入れ、ガスの火にかける。ガス台も、以前由紀子が鍋をふきこぼしてできた汚れが、きれいになっている。

もしや、と思い、ガスの火を弱めて、居間に向かった。帰宅早々、智晴の様子を見に行ったから気づかなかったが、部屋の隅には、朝、干していった洗濯物がきれいに畳まれ、朝、散らかっていた智晴のおもちゃなども、整理されている。

由紀子はどちらかといえば、整理整頓《せいとん》は得意なほうではないが、智晴を保育園に入れる前はそれでも自分なりに掃除をし、整理し、部屋を清潔に保ってきた。

台所のほかには、二間だけの小さな家だが、自分と智久と智晴の大事な生活空間だ。そこを邦子が整然と片付けていったことに、ちりちりとした、今まで邦子に対して感じたことのない感情が生まれた。

邦子は智久の母であり、自分の義理の母であり、智晴の祖母でもある。嫌い、だなんて思ったことは今まで一度もない。ミシンを踏んでいたときは、根気よく由紀子に仕事を教えてくれた。けれど、私たちの生活は私たちのやり方でやっていきたい。

それが嘘偽りない由紀子の気持ちだった。自分はものすごくわがままなことを考えているのかもしれない、と由紀子は思う。本当は、こういうことを智久ともっと話し合って、言葉にして、「我が家はこういう感じでやっていきたい」と、お互いに確認し合い、邦子や、自分の家族以外の人たちにも伝えるべきなんじゃないか。

小鍋の中にひとつかみのかつお節を入れながら、由紀子の頭のなかはくるくると動いていた。ひと煮立ちしたところで、火を止め、かつお節が鍋の底に落ち着くのを待つ。

そのとき、寝室のほうで、智晴の泣く声がした。火を止めて、

「ちーくん、ちーくん、どうしたの？」

と由紀子は智晴の寝ている布団のそばに近づく。智晴の口のまわりと首、枕代わりにしていたバスタオルに吐いた白いものが広がっていた。

「ちーくん！」

由紀子は叫んで抱き上げた。智晴は泣こうとするが、その声はいつものように大きくはない。まるで生まれたての子猫のような、かすれた声だ。さっきまで丸みのあった頬が、なんだか痩《や》せこけたように見え、明らかに衰弱している気がする。思わず額に手をやるが、熱はない。再び布団に寝かせ、おむつをチェックする。ひどい下痢をしていた。

病院に行かなくちゃ。おむつを替えながら、由紀子は思った。けれど、小児科はもう閉まっている。救急病院？　救急車？　救急車を呼ぶのは大げさすぎるのではないか。もうすぐ、智久が帰ってくるはずだが、いつも決まった時間ではない。遅くなることもある。それを待っていていいのか。由紀子は智晴を抱えたまま、居間にある電話の受話器を取る。１１９を回そうとしたところで、玄関のドアが開く音がした。

「ただいま」

何も知らない智久が部屋に入ってくる。

「ちーくんが！　ちーくんが！」

智久に向かってそう何度も由紀子は叫んだ。智久が智晴の顔を見た。

「車で、救急病院に行こう」

智久の言葉で由紀子は立ち上がり、さっき居間に放ったままのバッグを手にして、火の元を確認してから、智晴を抱えて家を出た。

救急外来がある病院は、由紀子の家から、車で十五分ほどの距離がある。昼間は空《す》いている道なのに、この時間帯は工場から帰宅する人たちの車も多く、思ったように進まない。

後部座席で智晴を抱きかかえた由紀子は、渋滞で停まってしまった車の中で、走って病院に駆け込もうか、と何度も思った。けれど、春にしては冷たい風の吹く夜だ。そのせいで智晴の体調がさらに悪くなってしまったら……。一向に進まない前の車の赤いテールランプを見ながら、早く、早く、と心のなかで叫んでいた。

三十分かけてなんとか病院に到着し、すぐさま診察を受けた。

「ああ、脱水症状を起こしてますね。すぐに点滴しましょう」

三十代くらいの男性医師が、智晴の顔を見て言った。

ぐったりとした智晴は診察台に寝かされ、その細い腕に点滴のための針が刺されたとき、見ていられなくて由紀子は思わず目をつぶった。

「入院してもらって一日様子を見たほうがいいですね。今日はできない検査もあるので」

「入院……」

不安げな声を出した由紀子に医師が言った。

「まあ、流行りの風邪だとは思うけれど、念のためです。くわしいことはあとで看護師が説明しますので」

そう言って医師は処置室を出て行った。

由紀子は眠ったままの智晴の小さな手を握った。いつも汗で濡《ぬ》れている智晴の手のひらが乾いている。もし、智晴に何か病気が見つかったら。もしも、もしも、智晴の命に何かあったら。由紀子には信じる特定の宗教もないし、クリスマスも祝い、初詣《はつもうで》もする人間だ。それでも祈った。

神様、智晴を助けてください。

智晴の小さな拳《こぶし》を握っている由紀子のそばに、智久は立ち尽くしていた。

智晴の体調がこんなにも急に悪くなったことに、智久はおののいた。まさか入院になるなんて……。ずっと前から智晴の状態は悪かったのかもしれず、それに気がついてやれなかった自分が情けなかった。

今日、普段の智晴の様子をよく知っている由紀子がそばについていれば、こんなにも悪くはならなかったのではないか。ふと、由紀子を責める気持ちが心に浮かぶが、智久はそれを必死で押しとどめる。そして、まさか、とは思いながら、それでも確認するために聞いた。

「明日は仕事を休むよな……」

「うん……」

由紀子のその返事を聞いただけで智久は満足だった。もし、由紀子が、明日も邦子か由紀子の母に智晴の面倒をみてもらって仕事に行く、と口にしたら、自分は由紀子を怒鳴ってしまうかもしれない、と思った。

そもそも、こんなに小さな智晴を、保育園に預けることが間違っていたのではないか。由紀子が仕事を始めるのをもう少し先にしていたっていいはずだ。それなのに……。

けれど、今にも泣きそうな由紀子の様子を見ていたら、そんなことは今、口にすべきじゃないことくらいわかる。

自分の稼ぎが良かったら、由紀子は仕事をしたい、とは言わなかっただろう。ミシンの仕事ができなくなったことも、売店の仕事を始めたことも、由紀子のせいじゃない。原因は自分にある。智久の頭のなかに今月末もらえるはずの給与の金額が浮かぶ。楽に生活ができるという額じゃない。由紀子にも伝えたが、何も言わなかった。自分を責めることはしなかったが、働きに出たい、と由紀子は言った。

人口も少ないこの町のタクシー運転手の給与は、それほど多くはない。その現実が智久の肩にのしかかっていた。そして、それに対して、何も言わない由紀子にも、智久はかすかないらだちを、幾度か覚えることは確かにあったのだった。


「すみません。本当に申し訳ありません」

病院の入り口にある公衆電話で、由紀子は売店の店長である佐々木さんに電話をかけた。すみません、と言うたびに、佐々木さんには見えないと自分でもわかっているのに、幾度も頭を下げてしまう。

「お子さんの入院じゃあ仕方がないもの。保育園の預け始めじゃなおさらよ。売店は城島さん一人で今はどうにでもなるんだから、気にしないで」

佐々木さんのやさしい言葉に由紀子の胸は詰まった。それなのに、城島さん一人で今はどうにでもなる、という言葉が胸に引っかかってもいた。

仕事を探しているとき、小さな子どもがいる、というだけで断られたことを思い出した。売店の仕事が見つかって、これでやっと働ける、という喜びに満ちていたあのときの気持ちは、今の由紀子からははるか遠くにある。

小さな子どもがいながら、仕事をするのは大変なことなんだ。ある程度は予想していたけれど、実際に智晴が入院してみると、その大変さは、自分が予想していた以上だった。智晴の体調のことはいちばん心配だ。けれど、この出来事で売店の仕事を失うかもしれないという恐れも、由紀子の心のなかの大きな部分を占めていた。

幸運なことに、点滴を受けて、智晴の体調はみるみる良くなり、二日入院しただけで、午後には退院できることになった。心配していたほかの細菌やウイルスの感染もなかった。あと三日くらいは自宅でゆっくり過ごさせてあげてください。医師はそう言った。

本当のことをいえば、明日にでも実家の母に智晴を預けて、仕事に戻りたかった。でも、智久に言い出せなかった。悪い母親と思われそうで。自分はいい母親でいたい。けれど、仕事もしたい。売店の仕事は始めたばかりだ。ここで仕事を失うわけにはいかない。

結婚前、デパートに勤めていた頃はたいして仕事が好きではなかった。結婚後も続ける気などさらさらなかった。それなのに、自分は今、仕事がしたい、と強く思っている。

自分の変わりように、いちばん驚いているのは、由紀子自身かもしれなかった。

退院したばかりの智晴はもう由紀子の腕のなかで笑顔を見せていた。痩《こ》けていた頬はぷっくりと丸みを取り戻し、かすかに赤みがさしている。今は発熱も嘔吐も下痢もない。明日は一日、智晴と過ごして、明後日《あさって》は実家の母に来てもらおう。そして、自分は仕事に戻る。由紀子はそう心に決めていた。

洗濯物を畳みながら、それをどう智久に伝えたらいいだろう、と考える。

智晴の様子がおかしくなって、病院に連れて行ったときの、「明日は仕事を休むよな……」という智久の言葉が由紀子のなかで響いていた。

由紀子はあのとき、智晴の状態が悪いとわかっていたのに、邦子と実家の母、どちらかに智晴の看病を頼めないか、と思い巡らせていたのだ。そんな自分を由紀子は責めた。

なんで自分はそんなに仕事のことを考えるようになったのか、と思う。たくさんお金が欲しいわけじゃない。節約すれば、智久のもらってくる給料で、ぎりぎりの生活はできる。智久と二人ならどんな生活だって我慢できる。

けれど、今は智晴がいる。智晴にぎりぎりの生活をさせたくなかった。子どもが一人増えれば、それだけお金がかかる。智晴にたくさんおいしいものを食べさせて、勉強がしたい、大学に行きたいと言われれば、迷わず行かせてやりたい。そのためにお金を貯めたい。智晴のためだと思えば、どんな仕事だってできる。売店の仕事は始めてからずっと、怒られてばかりだけれど、いつかもっと仕事ができるようになって、正社員になって、ボーナスをもらえるようになれば、たくさんお金が貯められる。今、由紀子が仕事をしたいと強く思うのは、智晴のためだ。自分のためじゃない。智晴の将来のために、働きたいのだ。

そのことを、智久はわかってくれるだろうか。うまく話をしないといけない、と思う。智久を傷つけるようなことは言いたくない。智久だって自分と智晴のために頑張ってくれている。それは痛いほどわかっている。だから……。畳んだ洗濯物を簞笥《たんす》にしまいながら、由紀子は思う。智久のなかにあるプライドのようなものを傷つけたくはないのだ、と。

三人の夕飯を終える頃には、ベビーチェアに座った智晴はうとうとし始め、いつの間にか、テーブルにつっぷすようにして眠ってしまった。その様子に智久と二人で、笑いながら、日常生活が戻ってきたことがうれしかった。由紀子は智晴の口のまわりをタオルで拭ってから、食事用のエプロンを外し、寝室の布団に寝かせた。

智久はごはんをお代わりし、まだ、食事の途中だった。由紀子は台所でお茶を淹れ、湯呑み二つを乗せた盆を持って、居間に戻った。

「あのね……」

「ん……」

智久が茶碗から顔を上げて、由紀子を見る。自分がかすかに緊張していることがわかる。

「明日はちーくんと一緒にいる。仕事も休んで」

「うん……」

「それで、明後日はね、私の母に来てもらおうと思うの」

智久が箸を止めた。

「……仕事に行くのか」

「うん。あの、仕事を始めたばかりで迷惑かけるのも悪いし。今日一日、ちーくんと一緒にいたけれど、もうとっても元気だし。でも、保育園に行くのはまだ無理だから」

智久は由紀子の顔から視線を外し、自分の前に置かれた湯呑みを見つめていた。

「仕事、そんなに大事か」

そう言われて、由紀子は言葉に詰まった。

「ちーくんのことが一番じゃないんだ」

「一番だよ」

言いながら、智久にこんなふうに言葉を返したのは、出会って以来、初めてのことだと由紀子は思った。怖くて胸が震える。けれど、伝えなければ。

「ちーくんのことはもちろん大事。だけど、三人の生活の、先のことも考えて、私は仕事がしたい」

「………」

しばらくの間、重苦しい沈黙が居間に横たわっていた。

「仕事、そんなに好きか」

由紀子は最初、智久に何を言われているのかわからなかった。それでも言葉を返した。

「好きとか、嫌いとかじゃない」

それは、始めたばかりの売店の仕事に対する由紀子の偽りのない気持ちだった。

「やっと見つけた仕事なの。こんな私でも雇ってもらえたの。だから、私、頑張りたい。ちーくんのために、ちーくんの将来のために頑張りたい。それだけなの」

そのとき、ふいに由紀子の頭のなかに、ミシンを踏む音が響いた。ミシンを踏むのは好きだった。あの小さな仕事場で智久と邦子と茂雄といっしょに仕事をすることは大好きだった。でも、それはもう叶《かな》わない。

ずっと黙っていた智久は、お茶を一口飲んで言った。

「俺の稼ぎがもっと良ければな……」

「そんなことは言ってない。私、そんなことは思ってもないよ」

「由紀子が嫌々働く必要もなかったんだ」

「私、嫌々働いてなんかいないよ」

由紀子の言葉が終わらぬうちに、智久が立ち上がった。さっき帰ってきたときに、鴨居《かもい》にかけた上着を手に取り、玄関のほうへ向かう。

「どこに行くの?」

智久は言葉を返さない。勢いよく開けた玄関のドアから、風が居間に吹き込む。居間の隅にあった夕刊が乾いた音を立てた。

「どこに行くの？」

由紀子はもう一度、聞いたが、返事の代わりに、ドアを閉める音だけが返ってきた。目の前には智久が途中で箸を止めた、食べかけの皿と、茶碗が置かれている。

私は、智久を傷つけるようなことを言ってしまったんだろうか。由紀子は問う。自分の言葉を頭のなかで反芻《はんすう》する。正直な気持ちを伝えただけだ。智久の稼ぎが少ないとか、それに対して不満があると言ったわけではない。それでも、智久が口にした「俺の稼ぎが……」という言葉に、由紀子は深く傷ついてもいた。

これは夫婦喧嘩になるのだろうか。だとしたら、智久と自分の初めての夫婦喧嘩だと思った。襖を開けて、ぐっすり眠っている智晴を見る。智晴が眠っていてくれてよかった、と由紀子は心の底から思った。

由紀子は一人、智久の帰りを待っていた。車の音や、玄関の近くで何かの物音がするたび、ドアを開けたが、くらやみのなかに目を向けても、車も、智久自身もいない。時間はもう午前零時に近かった。

由紀子は売店で売られている商品の値段を覚えていた。自分でメモに記したものは、もうだいぶ頭のなかに入っていたが、問題は暗算だ。城島さんのようになるには、まだまだ時間はかかりそうだが、少しでも早くできるようになりたい。

例えば、あの週刊誌とあの煙草を買ったら、いくらになるか、千円出されたら、お釣りは、いくらになるのか、自分で問題を作って、由紀子は自主トレを繰り返していた。

「うう――ん」という声が寝室から聞こえた。襖を開け、寝ている智晴に近づく。智晴がかけ布団から足を出して寝ている。もう、おなかの調子はすっかりいいのだが、念のために、由紀子の母が送ってくれた腹巻きをしていた。おでこに手を当て、熱がないことを確認すると、由紀子は手早くおむつを替え、智晴の布団を整えた。

入院したあの夜のことを思い出すと、今でも胸が痛む。それでも、智晴は元気になった。由紀子はかすかに口を開けて寝ている智晴のそばに鼻を近づけて、においを嗅いだ。ミルクのような甘いそのにおいが大好きだった。伸びてきた柔らかい髪の毛を撫でる。由紀子自身が産んだのに、こんなに可愛いものが自分のそばにいることが不思議でならなかった。しかも、智晴に対する愛情は日に日に高まる。だからこそ、これから智晴が歩む人生の道は、親である自分ができるだけ平坦《へいたん》にしてやりたかった。

そのとき、ゆっくりと玄関のドアが開く音がした。由紀子は居間を抜け、玄関に向かう。真っ赤な顔をした智久が立っていた。

「ずいぶん遅かったね……」

かけるべき言葉はもっとほかにあるような気がしたが、今の由紀子にはそれしか言えなかった。

智久は何も言わず部屋に上がり、台所で水道の蛇口をひねり、出てくる水の流れに口をつけて、喉を鳴らして飲んだ。

智久は水を飲み終えると、濡れた口元をぐいっと拳で拭った。そんな夫を見るのは、由紀子にとって初めてだった。元々、智久は酒にはそれほど強くない。ビール一杯で顔が赤くなる人だ。そんな智久がここまで酔っぱらうようなことを、自分はさっき、言ってしまったのだろうか。今まで見たことのない智久の姿を、由紀子は少し怖い、と思った。それでも声をかけた。

「あの……」

酔いで濁った目で智久が由紀子を見る。

「私が仕事をすること、反対してる？」

「………」

智久は何も言わない。由紀子の体がすくんだ。智久は冷蔵庫を開けて、缶ビールを取り出し、流しの横の調理台に置いた。金属と金属がぶつかり合う、鈍い音がした。

「智久さん、明日もお仕事だから、もう飲まないほうがいいと思うよ……」

由紀子がそう言っても、智久は缶ビールのタブを引いた。口をつけて、ごくりと一口飲む。

「俺が好きなのは……」

智久が口を開いた。

「俺が好きなのは縫製の仕事だ」

由紀子は黙って頷いた。

「親父とおふくろと俺と由紀子で、あの仕事場を大きくしていきたかった。縫製の仕事でもっと大きな仕事場を借りて、自分が社長になって、親父とおふくろと由紀子と智晴が住む家も建てたかった。縫製の仕事で社長になって、家を建てる。それが俺の子どもの頃からの夢だった……」

智久がもう一口ビールを飲もうとする。思わず、由紀子はその手を止めようとした。由紀子がつかんだ智久の手からビールが零《こぼ》れ、台所の床を濡らしていく。

「ずっと、一生ミシンを踏んで生活していきたかったんだ」

由紀子は智久の右手を握った。その手があまりにも冷たいことに気づいて、由紀子は智久の左手も握った。自分の小さな手で温めるように、由紀子は冷たい智久の手をさすった。泣いているかもしれない、と思うと、怖くて智久の顔は見られなかった。

智久の夢の話を聞いたのは初めてだった。

確かにミシンの仕事を智久はまじめに続けていた。それは由紀子から見てもそうだった。ミシンの仕事が好きなのだろう、とは思っていたが、会社をつくって、社長になって、家族みんなで暮らせる家を建てたい、とまで考えていたとは知らなかった。

「智久さんの夢を聞かせてくれてありがとう」

思わず由紀子は言った。智久は手を握られたまま、驚いたような顔で見返している。

「また、みんなでミシンが踏めるように頑張ろう」

それは嘘偽りのない由紀子の気持ちだった。

「私、今まではっきりした夢って持ったことがないし……そもそも夢ってものがよくわからないの、でもね」

「うん……」

「えらそうに聞こえたらごめんね」

ううん、と智久は首を振る。

「ほら、惑星のまわりを回っている星があるでしょう。……なんだっけ、衛星？」

うん、と智久が頷く。

「衛星は遠くなったり、近くなったりするでしょう。それと同じで今、智久さんの夢は一時的に遠くなっているかもしれないけれど」

智久は由紀子の顔をじっと見た。

「また、いつか近づいてくるのかもしれない。今は遠いけれど、一生懸命働いていたら、いつかまた、みんなでミシンの仕事ができるかもしれない。智久さんの夢を取っちゃうみたいで申し訳ないけれど、その夢、私の夢にしてもいいかな？」

智久が深く頷く。

「私もミシンを踏むことが大好きなの。いつか、また、私もみんなでミシンを踏みたい。……だから、二人で頑張って働こう」

智久は由紀子の手をぎゅっと強く握った。初めて、智久と手をつないだ日のことを思い出していた。もう、ずいぶんと前の出来事のような気がした。

それでも、夢の話を聞いたことで、智久との距離がぐっと縮まったことは確かだった。寝室では、二人の会話を何も知らない智晴が、安らかな寝息を立てていた。


智晴の入院騒ぎを経て、由紀子は売店の仕事に復帰した。

「違う！」

開始早々、城島さんに叱られた。お釣りが二十円足りなかった。

「すみません！」

売店の仕事について、もう何十回、何百回、謝罪の言葉を返したのだろう。城島さんに違うと言われると、体が緊張してしまう。それで、また失敗して城島さんに叱られる。そのループが朝から続いていた。

とはいえ、始めた頃に比べると、少しずつ仕事にも慣れてきた。忙しいお昼の時間を過ぎて、お客さんが少なくなってきたとき、隣に立っていた城島さんがぽつりと言った。

「お子さん、もう大丈夫なの？」

由紀子は驚いて城島さんの顔を見た。

「はい。もう大丈夫です。ありがとうございます」

一人の客がやってきて、週刊誌を一冊買う。由紀子は間違えずにお釣りを出した。

「保育園の預け始めは仕方がないよね。小学校くらいまではそのくり返しだよ」

「えっ」

由紀子は思わず声を出した。

「城島さん、お子さんいらっしゃるんですか？」

城島さんが既婚者なのか、子どもがいるのか、そもそもいくつなのかも由紀子は知らなかった。聞く余裕もなかった。

「うちは中学三年生。受験生だよ。私は十八で子ども産んですぐ離婚したバツイチ。今は実家でばあちゃんと私と息子で暮らしているの。でも、息子ももう大きいからね、一人でなんでもするよ」

「そうなんですか……」

答えながら、由紀子の頭のなかをいろいろなことがかけ巡る。もしかして城島さんはこの仕事で家族三人を養っているんじゃないか、とふと思った。

また、客がやってきて、新聞を二紙とガムとキャンディを手に取り、一万円札を出す。由紀子の頭のなかで商品の合計とお釣りの計算が終わる前に、城島さんはお釣りを出していた。

「私もいつか城島さんみたいになれますかねえ……」

由紀子は思わず言った。

「一年もしたら、すぐだよ。誰でもなれる」

「一年……」

「一年は少し早いか。一年半くらいかな」

城島さんはそう言って由紀子に笑いかけた。城島さんの笑顔を初めて見た。客の対応は早いが、仕事をしているときだって、どちらかというとぶっきらぼうだ。ぎゅっとかたい蕾《つぼみ》がほころんだような城島さんの微笑みに、自分はこの人のことをずいぶん誤解していたんじゃないかと由紀子は思った。

「あ」

城島さんが声を上げて、前のほうを見た。

制服姿で、布バッグを斜めがけにした中学生くらいの男の子が、城島さんのほうを見ている。城島さんは笑顔で手を振った。ずいぶんとかしこそうに見える。眼鏡姿の男の子は、照れたように手を振り返す。

「あれ、うちの子」

「えええ、あんなに大きい」

「いや、うちの子、小さいほうだよ。大きい子はもっとずっと大きいよ。これから、隣町の塾まで行くの。夜までずっと勉強」

城島さんの声は少し誇らしげでもあった。

「そんなに遅くまで。なんてえらいんだろう」

そう答えた由紀子は、頭のなかで、中学生になった智晴の姿を想像しようとした。けれど、まだ一歳を過ぎたばかりで、城島さんの息子のように、受験のために、一人で電車に乗って塾に行き、夜遅くまで勉強をするという智晴の姿は、うまく像を結べない。

「塾って、お金かかるんですよね」

「お金に羽が生えたみたいに消えていくよ」

「そうですよね……」

由紀子の口から小さなため息が漏れた。

「だから、今のうちだよ。貯金するのも。小さいうちが肝心」

そう言って、城島さんはたて続けにやって来た客をすばやくさばく。

やっぱりお金か。智晴のために、この仕事は続けなくちゃ。改めて、由紀子は心のなかで誓った。

「松岡《まつおか》工場まで」

後部座席に乗り込んだ中年のサラリーマンはそれだけを言うと、黙って目をつぶった。

「かしこまりました」

そう答えながら、智久は緩やかに車を発進させ、駅前のロータリーをぐるりと回って、国道に出た。智久が昼間乗せる客のほとんどは、この町のはずれにいくつかある工場に向かうサラリーマンだった。一人で乗り込んでくる客のほとんどは疲れた顔をしていたが、智久にとっては悪い客ではなかった。

そもそも生まれ育った町を走っているのだから、めったなことでは道に迷わない。実際にタクシーに乗るまでには研修もあったし、工場までは一本の国道を走るだけだ。道が渋滞して「なんとかならないの」と感情をぶつけられることもあったが、回り道などないと知っている客も多かったから、大きなトラブルにはならなかった。

ところが、夜のシフトのときは、酔客がほとんどになる。智久に対して、高圧的な態度をとる人間も少なくなかった。行き先を聞いてもはっきり言わない。何度か尋ねると、「うるせえっ！」と、酒臭い息で怒鳴られた。ハンドルを握りながら、それでも智久は耐えた。そんなときは、「私もミシンを踏むことが大好きなの。いつか、また、私もみんなでミシンを踏みたい。……だから、二人で頑張って働こう」という由紀子の言葉を思い出した。

会社の同僚とはいつまで経っても打ち解けることができなかった。智久のように、前職が続けられなくなった人が多かった。

「世のなかのめぐりあわせが悪いんだ。俺たちはなんにも悪くない」

そう言いながら、駅前のキャバクラや競馬やパチンコの話ばかりした。会社のなかで、自分一人、どこか同僚や先輩から浮いている、と思いながら、そんな話には交じりたくもなかった。

智久がしたいのは、いつだってミシンを踏む仕事だった。カタカタカタ……という足踏みミシンの音とリズムは、タクシーの仕事をしていても、いつも智久の頭のなかにあった。

智晴が保育園に通い始めてもう半年が経とうとしていた。今ではもう、決まった時間に由紀子が迎えに来る、ということを理解しているようで、保育園に連れて行くときも、帰るときも、泣いたり、由紀子にしがみついたりするようなことはなくなった。

由紀子は智晴の保育園での生活を、先生との話や連絡ノートで知った。ひよこ組のほかの子どもたちのことも少しずつわかってきた。

智晴が木でできた汽車で遊んでいると、必ず、それを奪おうとやってくるのが、敦史《あつし》君。敦史君はひよこ組で一番体の大きい子どもだったが、一番の泣き虫でもあるらしい。智晴は敦史君よりずっと体が小さかったが、大好きな汽車のおもちゃを奪われそうになると負けていなかった。大抵は、お互いの手がつかんでいる汽車を奪い合うという闘いに終始したが、それでも勝負がつかないと、智晴は敦史君の大きな体を突き飛ばしたり、腕を嚙《か》んだりした。そんな様子を渚先生から知らされるたび、由紀子は自分の知らない智晴の一面を知るようで、胸がひやりとした。

〈悪いことをしたら、どんどん叱ってください〉由紀子は連絡ノートに幾度も書いた。

智晴といちばん仲のいいのは大地《だいち》君。夕方に迎えに行くと、おもちゃには目もくれず、ずっと絵本を広げている。大地君が広げている自動車や汽車の図鑑に智晴が顔をつっこんでも、大地君は何も言わず、むしろ、絵本を智晴のほうに差し出してくれるやさしい男の子だった。

彩菜《あやな》ちゃんという女の子は智晴に何かとちょっかいを出してくる女の子らしい。いつもにこにこと笑っていて、保育園で泣いている顔を見たことがない。給食のときもおやつのときも、座る席は決まっているのに、なぜだか彩菜は智晴の隣に座りたがるのだそうだ。〈「そこは彩菜ちゃんの席じゃないですよー」と私に言われると、彩菜ちゃんはほかの先生に抱きかかえられながら、とても悲しそうな顔をして、自分の席に戻るんです〉

連絡ノートの少し丸い渚先生の文字を見て、由紀子は笑みを浮かべた。

保育園の預け始めはどうなることか、と思ったが、智晴を見ている限り、智晴は保育園での生活を楽しんでいる。そのことに少しほっとした。

仕事でミスをしたとき、由紀子は、智晴が乗ったベビーカーを押して、急いでいるわけでもないのに、田圃《たんぼ》の中の一本道を走ることがあった。「うあああああああ」と大きな声を出して、スピードをどんどんあげる。そうしたって自分の仕事のミスが減るわけではないのだが、心のなかのもやもやはほんの少しだけすっきりする。風のなかを突っ切っていくのがおもしろいのか、智晴も大きな声をあげた。

家に着くと、由紀子は座ることなく、夕食の準備をし、洗濯機を回した。かまってほしくて、智晴が泣くと、抱き上げて頬にくちびるをあて、「大好き、大好き、ちーくん」と妙な節回しで言ってから、再び、絨毯の上に下ろした。

由紀子は智晴と二人だけで夕食を食べ、風呂に入り、同じ布団で眠った。智久が夕食に加わることは少なかった。

「お父さんは夜勤だからね」と、智晴に理解できるかどうかわからなかったけれど、父親の不在を由紀子はそう説明した。智久が朝、智晴を保育園に連れて行ってくれることもあったけれど、ほとんどの場合、由紀子がばたばたと朝の準備をしている間、智久は隣の布団でいびきをかいていた。

由紀子は、時々、夜中に目を覚ますことがあった。智晴は穏やかな寝息をたてている。隣に敷いてある智久の布団は真っ平らだ。智久が夜、いない。由紀子は立ち上がって、智久の布団に近づき、顔を埋めた。

智久のにおいを確かめると、由紀子は再び、自分の布団にもぐりこんだ。隣に寝ている智晴のぬくもりを確かめ、布団を掛け直す。真夜中に智久はどこを走っているのだろう、と考えているうちに、由紀子はまた、夢の世界にいた。夢のなかで由紀子は智久と二人、車に乗っていた。智晴はいなかった。

「どこか遠いところに行こう」

そう言った智久の顔はなんだか悲しげだった。


冬が来て、智晴は二歳になった。

誕生日を迎えた週末、智久も仕事を休み、家には智久の父である茂雄、母である邦子、そして、由紀子の母もやってきた。由紀子の父は、腰を痛めたからといって来られなかった。

居間のテーブルは、由紀子が準備したご馳走《ちそう》と、智久が買って来た誕生日ケーキだけで、もう一枚の皿を置く余裕もなかったが、邦子と由紀子の母も、それぞれご馳走を作り、持ち寄ったので、折り畳みテーブルを押し入れから出し、その上に並べた。

邦子の作ったものは、おいなりさんを始め、筑前煮《ちくぜんに》、なますと、和風の料理が多かった。対して、由紀子の母は、クリームシチューと手羽元の唐揚げ、と洋風のものがメインだった。由紀子は智晴がよく食べるものを作った。オムライスにポテトサラダ、それに野菜スティック。

「さあ、ちーくん、なんでもお食べ」と邦子はいそいそとおいなりさんの皿を差し出したが、智晴は首を振り、由紀子のオムライスにスプーンを差した。

「さあ、ちーくん、これをかぶって」

由紀子の母は、金色の紙でできた三角帽子をかぶせようとしたが、智晴は顎《あご》に食い込むゴムの感触がいやなのか、「いや、いや」と泣き出した。

茂雄と智久、由紀子の母からは、それぞれ誕生日プレゼントをもらったが、智晴が気になっているのは、目の前にあるケーキのようだった。智晴が思わず白いクリームを人さし指ですくって口に入れた。由紀子も智久も、由紀子の母も邦子も茂雄もそんな智晴を見ても誰も叱らなかった。

「ほら、ちーくん、ふーだよ」

茂雄がそう言ってケーキに刺した蠟燭《ろうそく》を吹き消させようとする。智晴はうまくできなくて、結局、由紀子の母が横から吹き消した。

由紀子はしばしばトイレに立ち、洗面所で吐き気をこらえた。食べ物のにおいを嗅ぐと、近頃はそれだけでむかむかとする。洗面所の鏡に映った自分の顔は真っ青だったが、それでも、皆の前では無理に笑顔を作った。

この日の智晴は王様なのだ。貢ぎ物のようなプレゼント、智晴のために用意された、たくさんのご馳走。自分が横になるわけにはいかない、皆が「ちーくん、ちーくん」と笑いかける。けれど、この日は、智晴が家族のなかで主役になれる最後の日なのかもしれないな。汚れた智晴の口元をタオルで拭いながら、青い顔で由紀子は思った。

第三章　ちはる、あにになる

「妊娠の兆候が見られますね」

目の前に座る医師の言葉に、由紀子の耳が一瞬キーンと鳴った。それでも、驚いたり、がっかりしたりするのは、おなかにいる子どもに失礼だと思い、由紀子は即座に気持ちを立て直した。しかるべきことをしたのだから、こうなることは予想できたはずだ。

「妊娠七週といったところかな」

机の上の白いカルテにさらさらと黒い万年筆で何かを書き付けながら、医師が言う。由紀子のほうに向けられた耳に、補聴器が見えた。髪は白というよりも、銀色に近く、でっぷりと太った体は、どことなくサンタクロースを思わせる。

智晴を保育園に迎えに行く前に、駅前の産婦人科を訪れた。由紀子が初めて来た病院だった。

「あの……仕事はしても大丈夫ですか？」

思わず聞いた。

「ああ、お仕事されているのね。どんな仕事？」

「立ち仕事なんです。そこの駅の売店で働いていて……」

「ああ、そうなの。僕もあそこでよく新聞を買いますよ」

医師は言ったが、由紀子はその顔に見覚えがない。

「重いものを持ったり、冷えたりしなければ大丈夫。でもね……」

「……でも？」

「仕事中に、おなかの張りを感じたら、すぐに休むこと。妊娠経験があるから、おなかの張りはわかるよね？」

「……はい」

「安定期に入るまでは大事にしないと」

「はい……」

と答えながら、由紀子の頭のほとんどを占めているのは店長や城島さんになんて伝えたらいいんだろう、ということだった。いや、その前に智久だ。智久にまず伝えないといけない。

そう考えた途端、由紀子の心のなかにもやもやしたものが広がり始めた。


「やった！」

それは久しぶりに聞く智久のうれしそうな声だった。声の大きさに驚いて、由紀子は自分の口の前に人さし指を立て、し――っと言いながら、寝室の襖《ふすま》を指さした。

大きな声を出したら智晴が起きてしまう。由紀子は、明日《あした》の朝、智久に伝えればいいか、と思ったが、布団の中に入っても、一向に眠気は訪れず、真夜中に帰ってくる智久を待って、妊娠の事実を話したのだった。

「ちーくんもお兄ちゃんか」

智久は伸びた髭《ひげ》をさすりながら言った。その顔は仕事で疲れているが、目が輝いている。うれしいのか、と思ったら、由紀子は少しほっとした。けれど、その前に話をしなくてはいけないことがある。由紀子にとっては言い出しにくかったが、それでも言った。

「でも、仕事どうしよう……せっかく慣れてきたところだったのに」

「仕事と」

智久の声のトーンが低くなったような気がして、由紀子は思わず顔を見た。

「子どもと、どっちが大事なんだ？」

由紀子は言葉に詰まった。正直なところ、子どもも仕事もどっちも大事だ。けれど、それを口にすることに、どうにもためらいがある。どっちも大事、と言えばすむのに、由紀子は考えているふりをして口を閉じた。智久にそれ以上問われることが怖かった。それでも由紀子は言った。

「でも、生活の、こともあるし……」

しばらくの間、智久と由紀子の間には重い沈黙が横たわっていた。

「体が許す限りぎりぎりまで働く。それに産んだらまた働きたい」

「由紀子の体と子どものことがいちばん大事だろ。俺がなんでもする。仕事を掛け持ちしたっていいんだから」

智久の気持ちはうれしかったが、由紀子のなかには、いちばん大事な自分の思いを、智久が受け止めてくれていないんじゃないか、という思いが残った。隣の寝室から智晴の泣き声が聞こえる。由紀子は慌てて立ち上がった。腹を割って思いを伝えなければならないのに、二人の話はここで中断してしまった。

ほんの少しつわりはあったが、それは智晴のときと同じで、寝込むほどではない。由紀子は今までどおり、売店での仕事を続けていた。相変わらず、失敗をして、城島さんに叱られることは多かったが、それでひどく落ち込む、ということもなくなっていた。客足が途絶えた午後、隣でお釣りの小銭を数えていた城島さんが、手元に目をやったまま、口を開いた。

「あのさ……」

「はい？」

由紀子は城島さんを見た。その間に一人の中年女性が女性週刊誌を買い、由紀子はスムーズにやりとりを済ませた。

「河野さん、もしかして……失礼なこと言ったらごめん」

「はい？」

「おめでたじゃない？」

胸がどきりとした。まだ、智久以外の人には妊娠のことを話してはいない。妊娠初期なのだから、おなかも目立たない。なんで、城島さんにわかったのか。勘なのか、経験なのかわからなかったが、城島さんの鋭さに嘘はつけない、と由紀子は早々と観念した。

「はい……実は……」

「そっかあ……」

そう言いながら、城島さんは小銭を数える手を休めない。

「あ、でも、私、産んだらすぐに仕事に戻りますから！」

「そうは言ってもねえ……」

「子どもの面倒を見てくれる母も義理の母もいるんです。それに、生まれたら、すぐに保育園にも通わせるつもりです」

「でもねえ……」

城島さんが手を止め、由紀子の顔を見た。

「この仕事、意外にやりたいって人は多いんだよ。河野さんのときはたまたま空きがあったの。タイミングが良かったんだ。やめる人がいて空きができたら、すぐにやりたい、って人も来てるみたいだし……」

城島さんはそう言って目を伏せた。由紀子の心がじわじわと暗いものに染められていく。

売店の仕事にやっと慣れてきたところなのだ。最近はお釣りだって間違えない。売店で売っているもの全部、とはいえないが、ほとんどの値段は頭に入っている。ベテランの城島さんにかなうほどではないが、仕事を始めた頃に比べれば、お釣りを渡すスピードだって格段に速くなっているはずだ。

「でも、私、絶対に戻ってきます！」

由紀子は宣言するように城島さんに言った。

「そうは言ってもねえ……」

「絶対に、絶対に戻ってきます！」

まだ、豆粒ほどの、おなかの子どもにも伝わるように由紀子は大きな声で言った。

店長の佐々木さんに妊娠を告げたのは、その翌日のことだった。

「まあ！　それはおめでとう！」

「でも、私、産んだら、またこの仕事に戻ってきます」

店長の顔が曇ったように見えた。言いにくそうに口を開く。

「だけどね、あなた、今はパートでしょう。出産する前に一度やめてもらうことになるのよ。そこで多分、新しい人を雇うと思う。その人が続けば、正直なところ」

そこまで言うと、店長は眼鏡のフレームに手をやった。

「確約はできないの」

「でも、私、この仕事が好きなんです。最初はお金が欲しくて、本当のことを言えば、それだけだったんです。だけど、今はこの仕事が楽しいです。大変だけど、楽しいです。大好きなんです」

由紀子の勢いに店長が目を丸くしている。

「そんなふうに言ってもらえたら、仕事も、ううん、私はうれしい。ありがとうね」

眼鏡のフレームを上げ、まるで、目がかゆいのだ、というふうに、目尻の涙を拭《ぬぐ》った。

「わかった。できる限り便宜ははかる。だけど、約束はできない。でも、あなたの気持ちはしっかり受け取ったわ」

今度は由紀子が涙ぐむ番だった。じわりと浮かんだ涙は、すぐにはひっこんではくれず、頬を伝っていった。それを見ていた店長も目を真っ赤にしていた。

邦子や自分の母親に妊娠したことを話す前に、智晴に伝えなければいけない、と由紀子は思った。二歳になった智晴は、由紀子や智久の言うことはだいたい理解している。聞き分けの悪い子どもでもない。こちらに伝えたい、という思いがあれば必ず伝わるはずだ、と由紀子は心を決めた。

智晴は居間の絨毯《じゅうたん》にぺたりと座り、誕生日に茂雄がくれた電車の図鑑を広げて、じっと見つめている。由紀子がそばに座ると、本を抱えたまま、甘えるように膝《ひざ》の上に乗ってきた。小さな人さし指で電車を指差しては、由紀子の顔を見る。そのたびに由紀子は電車の名前を読んであげた。智晴が満足気に笑い声を立てる。

膝の上の智晴を抱き、こちらを向かせた。智晴が不思議そうな顔で由紀子を見ている。

「ちーくん」

改めて見ると、智晴の顔は智久に似ている。くっきりとした二重まぶた、濃い眉毛《まゆげ》。黒いビー玉のような瞳《ひとみ》で由紀子を見つめている。

「ちーくんのね、弟か妹が生まれてくるんだよ」

「とーと?」

智晴は人さし指を口に含んだ。不安なときによくその仕草をする。

「そう。ちーくんはお兄ちゃんになるの。保育園でも弟や妹がいるお友だちはいるでしょう?」

智晴がこくりと頷《うなず》く。

「来年には、ちーくんはお兄ちゃんになるんだよ」

「にーたん?」

そう首を傾げながら、智晴の視線が由紀子の顔の上を動く。混乱しているのかな? と思っているうちに、みるみる智晴の目に涙が溜《た》まり始め、声を上げて泣き出した。

おなかに赤ちゃんがいるよ、とまだ話したわけではないのに、由紀子のおなかに顔を埋《うず》めて智晴は大声で泣き続ける。ひとりっ子できょうだいのいない由紀子には、正直なところ智晴の混乱がわからなかったが、ごめんね、と言うのは間違いだろうと思った。智晴の頭を撫《な》でながら、由紀子はおなかの子どもに話しかけた。お兄ちゃん、泣き虫だねえ、と。

由紀子は、二人目の子どもは駅前の病院で出産しようと考えていた。

智晴を産んだ病院でもなんら問題はなかったが、より駅に近いこの病院なら、万一、仕事中に何かあったときでもすぐに駆け込める。

妊娠三カ月になったばかりだった。診察室のベッドに横たわり、超音波検査を受けていた。サンタクロースのようなおじいちゃん先生が、おなかにべとべとするゼリーのようなものを塗り、その上で、機械を動かす。モニターは先生のほうに向けられていて、由紀子からは見えなかった。

「おう、これは、これは……」

先生は穏やかな口調で言ったが、由紀子はおなかの赤ちゃんに何かトラブルがあったのではと、どきりとした。

「ほう、ほう」と言いながら、先生は由紀子のおなかの上で機械を動かす。

「ひとつ、ふたつ……」

由紀子はいったい何のことだろうと思い、さらに不安になった。

「双子ちゃんだね」

「ええええええっ！」

由紀子はベッドの上に起き上がりそうになったが、先生が優しく制した。

「胎嚢《たいのう》が確かにふたつある」

先生はそう言って、由紀子にも見えるようにモニターの角度を変えた。粒子の粗いモノクロの画面のなかに確かにぽっかりと黒い穴のようなものが見える。

「今のところ、ふたつの心臓の動きも確認できる。でもね……」

由紀子は先生の顔を見上げた。

「まだ妊娠初期だから、このあと一人が大きくならないっていうケースも少なくないんだよ。……今は二人とも大丈夫……」

由紀子の頭は生まれてから体験したことのないくらい混乱していた。自分のおなかのなかに双子がいること、その片方がいなくなるかもしれないこと、双子が生まれたら、一気に三人の子持ちになるということ。

とにかく智久に話さなければ、と由紀子は、おなかの上のゼリーを丁寧に拭《ふ》き取ってくれる先生の皺《しわ》だらけの手を見ながら思った。

その夜遅く、由紀子は寝ずに智久の帰りを待ち、双子を妊娠していること、その片方は育たない可能性もあること、を話した。智久はずっと黙っている。何か言ってほしい、とも思ったが、智久の気持ちはよくわかったので、由紀子は何も言わなかった。

三人の子どもを育てていけるだろうか。

由紀子の心にある一番の心配ごとはそれだった。子育ても、子どもにかかるお金も、二人分なら、なんとか頑張れるような気がした。けれど、そんなことを考えるなんて、おなかのなかにいる双子のうちの一人が消えてしまうことを願っているようで、由紀子は自分のなかにある冷たさに恐ろしくなった。

もしかして押し黙っている智久も同じことを考えているのではないか、と思うと、余計に恐ろしくなる。

「ふっ……」

智久がふいに笑顔になる。由紀子は不思議に思った。何がおかしいのだろう。

「ふっ、はははははっ」

「えっ、何がおかしいの？」

「だって、まるで、宝くじに当たったみたいだなって」

「宝くじ？」

「一回の出産で二人の子持ちになれるんだよ。そんなことって、世のなかにそんなにないだろ。そのめぐりあわせが俺と由紀子にやってきたことがおかしくて」

そう言って智久は笑う。うれしさよりも不安な気持ちが先走っていた由紀子には、智久のように現実を受け止める心の余裕がなかった。けれど、改めてそう言われると、自分の両肩にのしかかっていた重い荷がほんの少し軽くなったように感じられた。

「宝くじ、って、ひどーい」

「ラッキージャンボみたいなもんだって」

「なんだかますますひどい！」

そう言ったものの、智久の笑いにつられるようにして、由紀子は自分が笑顔になっていることに気づいた。こんなふうに受け止めてくれるのなら、私も頑張ってみようか、と由紀子は思った。

双子を妊娠した、ということを智久の次に告げたのは、邦子だった。仕事が休みの日、由紀子は歩いて、茂雄と邦子が働いている仕事場に向かった。

「まあ！」

邦子は口を大きく開けたまま由紀子の顔を見ている。

「そりゃ大変だ」

そう言って、湯呑《ゆの》みのお茶をごくりと一口飲んだ。おめでとうと言ってもらうことを期待していたわけではないが、やっぱりそれよりも先に大変、という言葉が来るものなんだ、と由紀子は思った。

「三人きょうだいになるわけね」

「そうです。智晴の下に二人……」

「ちーくんは大丈夫だろうかねえ」

家族の王様である智晴の気持ちについてはもちろん由紀子だってずっと考え続けていた。お兄ちゃんになるんだよ、と告げたときの智晴の泣き顔を思い出すと胸が痛む。

「なあに、ちーくんは強い子だ。由紀ちゃんが大変なときは、うちで面倒見たっていいんだ。なんとでもなるさ」

邦子と由紀子が二人で俯《うつむ》きがちになっていると、茂雄がそばに座ってそう言った。

「そりゃ、大変だろう。由紀ちゃんも智久も。智久は三人の子どもを養うんだからな。でもなあ、せっかく授かったんだ。縁があってうちに来る子どもだ。みんなでよく来たねえ、って赤んぼうたちを見守ってやろうじゃないか」

　いつもは口数の少ない茂雄の言葉に、由紀子だけでなく、邦子も驚いていた。智久も大丈夫だ、と言った。智久も、茂雄も、子育ての大変さがわかっていない故の言葉かもしれなかったが、双子を温かく受け止めてくれる男たちの言葉が由紀子の胸に染みた。

「そうだね。心配ばっかりしても仕方ない。いちばん大変なのは由紀ちゃんなんだから。私たちもしゃんとしないとね」

　自分に言い聞かせるように邦子は言った。

「ところで、由紀ちゃん、仕事はやめるんだろうね。双子って一人の妊娠とは違うっていうでしょう。由紀ちゃんの体がいちばん心配だよ」

　邦子の言葉に、由紀子はどきりとした。

「お義母《かあ》さん、お仕事はできるだけぎりぎりまで続けて、出産したあとも落ち着いたら、売店の仕事に戻るつもりでいます」

　売店の仕事を産後も続けられる保証はないのだが、それでも由紀子は言った。

「でもねえ、由紀ちゃん、双子のお産も子育ても簡単なことじゃないんだよ。ちーくんがいて……子育ても、仕事も、って」

　でも、そうしないと食べていけないから。由紀子は心のなかでつぶやいた。

　邦子の息子である智久を貶《おとし》めるようなことは絶対に言いたくない。なんと返事をすればいいか考えているうちに、由紀子は黙ってしまった。邦子も押し黙ったままだ。

「体のことも、仕事のことも、困ったことが起きてからみんなで考えればいいさ。何か起こる前から心配しても仕方がない」

沈黙を破ったのは、茂雄だった。

「でもねえ……」

そこまで言って、邦子はまた湯呑みに口をつけた。

「そりゃそうだね。あれこれ心配しても仕方がない。だけどね由紀ちゃん」

「はい」

由紀子は邦子に向き合って顔を上げた。

「由紀ちゃんとおなかの子どもが一番。仕事は二番だよ」

「はい」

「私たちもできる限りのことはするから」

「ありがとうございます」

由紀子が頭を下げると、邦子は言いにくそうに、それでも言った。

「あのねえ、由紀ちゃん、嫌だったら断ってもらっていいんだよ。……おなかに触ってもいいかい？」

「もちろんです」

由紀子は着ていたカーディガンの前を開き、おなかを邦子のほうに突き出した。まだ、たいしてふくらみなど目立たないおなかに邦子は手を当てた。

「なんて、不思議なんだろうねえ。この子たちはいったいどこから来るんだろう」

そう言って目を細める。邦子の手のぬくもりを由紀子は感じていた。隣にいる茂雄も恵比寿《えびす》様のような顔で笑っている。

茂雄が由紀子たちの家を訪れたのは、夕食の支度を始めようか、と、由紀子が水を張った小鍋《こなべ》をガス台の上に置いたときだった。茂雄が一人でやって来たことなどほとんどない。いったい何があったのだろう、と思いながら、由紀子は茂雄を家に入れ、居間で座布団をすすめた。

「じーたん！」

智晴は茂雄が来たことがうれしいのか、まるでそこが自分の指定席であるかのように、あぐらをかいた茂雄の足の間に座り、汽車のおもちゃを見せている。

「忙しいときに突然来てすまないね。由紀ちゃん」

「いえいえ」

そう言いながら、お茶を淹《い》れ、湯呑みをテーブルの上に置いた。由紀子も茂雄の前に座った。

「いや、なに、今日は邦子がいろいろ言っただろう。……もしかして由紀ちゃん、嫌な思いをしたんじゃないかってさ」

「そんなことないです」

「そうかい。それだったらいいんだけど」

そう言って茂雄は智晴の頭を撫でた。智晴もうれしそうに茂雄の顔を見上げる。

「智久は知っていることだけど、あいつのことだから、由紀ちゃんには、あえて話していないかもしれないな、って思ってさ」

いったいなんのことだろう、と思いながら、由紀子は茂雄の顔を見た。しばらくの間、茂雄は考え込むように黙っていたが、智晴の頭を撫でながら、重い口を開いた。

「智久の上に、本当は双子が生まれるはずだったんだよ」

「えっ……」

「うちの最初の子どもは双子だったんだ。だけど、昔のことだろう、何がいけなかったのか、くわしい原因なんかはわからない。けど、産まれたものの、途中でだめだったんだ」

「……そうだったんですか」

「いや、これから元気な双子を産もうっていう由紀ちゃんに聞かせる話じゃないな。……由紀ちゃん、気を悪くしたらごめんよ」

「そんなこと……」

由紀子はなんとか返事をした。今までちっとも知らなかった。智久からはその話を聞いたことがない。

「……まあ、元々、双子の体のどこかに原因があったんだろうけど。それは仕方のないことだ。そういう運命だったんだ……でも、父親と母親の気持ちは違うだろう。原因がわからないもんだから、邦子はずいぶん自分を責めてさ。あいつも出産ぎりぎりまでミシンを踏んでいたから……」

由紀子の頭のなかに、ミシンを踏んでいる邦子の姿が浮かんだ。それがいつしか、おなかの大きい若い邦子に変わっていく。智晴に作ってくれたように、邦子は布おむつを用意したはずだ。使われなかったおむつを見たときの絶望。どんなに悲しく、つらかったことだろう。初めての子どもを亡くした、という邦子の経験に、由紀子は胸がつまった。

「自分が仕事をしていたのが悪かったんじゃないかって……一時はしばらくミシンに近づくこともできなかったんだ。自分のせいだ、自分が悪い、って。あいつは元々明るいし、なんでもはっきり物を言う性格だろう。その邦子が、ずいぶんと塞《ふさ》ぎ込んでしまってさ……」

邦子の気持ちが痛いほどわかって、由紀子の目の端に涙が浮かんだ。

「いや、ほんとうにすまないな。こんな話、しようかどうか迷ったんだ」

「いえ、大丈夫です」

「邦子がああやって由紀ちゃんの体を心配するのは、そういう理由があってさ。由紀ちゃんや智久には、それぞれ考えがあるだろう、でも、邦子がいろいろ言っても、悪く思わないでやってくれ、な」

「はい……」

「じーじ！　汽車！」

そう言って智晴がおもちゃを差し出す。茂雄はおもちゃを受け取ると、二本の腕でぎゅっと小さな智晴の体を抱きしめた。智晴は突然そうされたことがうれしいのか、笑い声を立てる。

「由紀ちゃん、心配させるようなことを言ってごめんな」

茂雄の声は震えていた。

「昔と今じゃ医療だってずいぶん違う。今だったら、あの子たちは生きていられたかもな、と思うことが、時々あるんだよ。邦子もきっとそうだろう。……でも、由紀ちゃんは絶対に大丈夫だ。丈夫な子を産むよ」

そう言って茂雄は智晴のわきの下に手を入れ、自分の目の前に立たせた。

「ちーくんはこんなに元気でいい子なんだ。だから、双子だって、きっと大丈夫。……こんなにかわいい子どもが三人も……」

そこまで言って茂雄は声を詰まらせた。

「じーじ！　泣いてる！」

智晴が茂雄を指差して言った。

「かーたん、泣いてる！」

そう言いながら、由紀子の腕のなかに飛び込んできた。智晴も泣きそうな顔をしている。由紀子は慌てて言った。

「違うよ。ちーくん、かあさんは、悲しくないよ。悲しくて泣いているんじゃないの。じーじがやさしいから泣いているんだよ」

智晴は不思議そうな顔で由紀子と茂雄の顔を交互に見た。

「ちーくんは、いい子だ。いちばんのいい子だ」

そう言って茂雄は、智晴の頭を大きな手で撫でた。

「ちーくん、いーこ？　いちばんいーこ？」茂雄に智晴が尋ねる。

「そうだよ。ちーくんはいちばんいい子だよ」

由紀子もそう言いながら頭を撫でると、智晴は居間のテーブルのまわりをぐるぐると回り始めた。うれしいときに智晴はよくそうする。

「こらこら」と智晴をたしなめながらも、茂雄と由紀子は、泣き笑いの顔で、ぐるぐる回る智晴をいつまでもやさしく見守っていた。

由紀子は妊娠八カ月になった。

双子を妊娠しているおなかは、どんどん大きくなっていく。

狭い家の中で何かをするたび、体がきしむように疲れる。特に腰のあたりが鈍く痛む。そのたび、ふー、と息を吐いて、痛む腰を拳《こぶし》で叩《たた》くのが癖になった。

妊娠六カ月でドクターストップがかかり、由紀子は売店の仕事を失った。それと同時に、智晴も保育園にいられなくなった。大好きな保育園に行けなくなることが悲しくて、智晴はべそべそと泣いたが、

「赤ちゃんが生まれたら、赤ちゃんたちとまた保育園に行けるんだよ」

と由紀子は何度も智晴に言って聞かせた。

絵本を眺めたり、おもちゃで遊んだりするのに飽きると、智晴は由紀子に存分に甘えた。座っている由紀子のおなかに手を回し、顔を擦《こす》りつけた。そのとき、ぽん、と智晴の顔をおなかのなかにいる誰かが叩いた。智晴は驚いて由紀子の顔を見上げた。

「赤ちゃんがお兄ちゃん、って言ってるんだね」

お兄ちゃん、と呼ばれることに智晴はまだ慣れていないことは由紀子にもわかっていた。けれど、出産をすれば、この家に二人の赤んぼうがいきなりやってくる。幼い智晴にはショックの大きい出来事だろうけれど、少しでも早く「兄」としての自覚を持たせたかった。由紀子だけでなく、智久も邦子も由紀子の両親も、智晴のことをもう「ちーくん」とは呼ばない。なぜだか茂雄だけは相変わらず、「ちーくん」と呼んでいて、そう呼ばれると、智晴はくすぐったいような、

うれしいような顔をした。

「お母さんが入院しても、お兄ちゃん、大丈夫かなあ……」

そう言う由紀子に、智晴は抱きついた。入院、という言葉も、それがどういう状態を招くか、ということも、智晴には理解できないはずだ。由紀子は智晴をほんの少し不憫《ふびん》に感じた。

赤んぼうが少し早く産まれてしまうかもしれないということで、由紀子は来週、管理入院することが決まっていた。そうなると出産までの約二カ月間、智晴は由紀子とは離れ離れになる。智久を始め、双方の両親に智晴の面倒を頼む準備をしていたが、由紀子と離れるのは智晴にとって初めての体験だ。

「こんなにあまえんぼうで大丈夫かなあ」

そんな言葉が理解できるはずもなく、智晴は由紀子の膝の上に座り、お気に入りの絵本を読んでほしいと由紀子に甘えてせがんだ。

由紀子が入院して一カ月が経った。

智晴はほぼ毎日、智久や邦子や茂雄、由紀子の母親に連れられて、由紀子に会いに病院にやってきた。白いベッドで白い布団に包まれている由紀子を見ると、智晴は不安そうな顔になった。由紀子自身も決して元気とは言えず、日々大きくなっていくおなかを見ながら、ため息が漏れることのほうが多かった。智久や邦子や茂雄が幾度も話したせいなのか、智晴は双子、というのが二人の赤ちゃん、という意味で、そのせいで母親が入院していることは、なんとなく理解しているようだった。

その日、智晴は由紀子の母に連れられて由紀子の病室にやってきた。

「お兄ちゃん、今日はちゃんと良い子にしてたかな？」

由紀子はベッドから腕を伸ばして智晴の頭を撫でる。

こくりと、智晴が頷く。

「お兄ちゃんはなんの問題もないわよ。それよりあんたの体のほうが心配。ねー、お兄ちゃん」

そう言って由紀子の母は智晴の小さな体を易々と抱きあげた。母の体から、かすかに煙草のにおいがする。それに智晴からは甘いホットケーキの香り。由紀子の母は、由紀子の父に隠れて煙草を吸っていた。この病室に来る前に、智晴を連れて、駅前の喫茶店に連れて行っていることも、由紀子は薄々気づいていた。それでも、お母さん、智晴の前で煙草を吸わないで、とも、智晴にあまり甘いものを食べさせないで、とも由紀子は言葉にする気力すらなかった。智晴にとってのこの祖母の甘さも、自分と離れ離れになっている智晴にとっては必要なものかもしれない、と由紀子は考えていた。

「ちーくん、ホットケーキおいしかった？」と由紀子が聞くと、智晴はなんでそんなことを知っているのかと驚いたような顔をして、目をきょろきょろとさせるのがおかしかった。

「お兄ちゃんとばあばの秘密だもんね。ねー」

そう言って由紀子の母が智晴の頬に自分の頬を押し当てる。幼い頃から、母の言動に惑わされることも多かった由紀子だが、智晴にとっては良き祖母だ、と由紀子は改めて思いながら、まるで西瓜《すいか》が入っているみたいに膨らんだ大きなおなかを優しくさすった。

智晴が生まれたときとは違い、双子の出産はあらかじめ日にちが決まっていた。由紀子の母とともに、智久は仕事を休んでつきそう、と言ってはくれたが、智晴のこともある。帝王切開の手術が終わるまで、智晴が病院でおとなしく待っていられるはずもない。夕方までには生まれているはず、と医師にも看護師さんにも聞いていたから、そのくらいの時間に智晴とともに病院に来てほしいと、智久に伝えると、ほんの少し不満な表情を浮かべたのが由紀子には意外だった。

手術当日、心の準備はできていたものの、手術室に入ると、やっぱり由紀子はどこか緊張していた。それでも、やっと赤んぼうたちに会える。何より、大きなおなかから解放されることがうれしかった。智晴のときとは違って、帝王切開とはいえ、局部麻酔だから、意識もはっきりしている。手術が始まって十分後、おなかから何かが引きずりだされる感じがして、それと同時に元気な産声が聞こえてきた。次の産声が聞こえてきたのはそれから二分後くらいだろうか。最初に生まれた赤んぼうと争うように、大きな声で泣いている。二人の泣き声はやっぱりどこか似ている、と由紀子は思った。

二人の看護師さんがそれぞれの赤んぼうを由紀子の胸の上に乗せてくれた。赤んぼうたちは、なんてあたたかくて、やわらかいんだろう。智晴のときに体験していたはずなのに、生まれたばかりの赤んぼうの感触を由紀子はすでに忘れていた。それぞれの赤んぼうに目をやると、やっぱり顔立ちが似ている。大きな口を開けて、泣き続けている。とにかく無事に生まれてきてくれてよかった。そう思ったら、出産が無事に終わったことの安堵《あんど》感で目の端に涙が浮かんだ。

「赤ちゃん、産まれたぞ」

智久は病院にいる由紀子の母からの電話を受け、隣で昼寝をしていた智晴の体をそっと揺すって、そう言った。智晴を寝かしつけているうちに自分も眠ってしまったらしい。智晴はまだ半分寝ているのか、ぼんやりとした表情で智久の顔を見ている。智久も自分の頬を叩いて、眠気を覚ました。

智久は智晴を車に乗せ、田圃《たんぼ》の中の道を由紀子と赤んぼうがいる病院に急いだ。車窓からは順調に育っている稲の緑が、風が吹くたび波を描くように揺れているのが見えた。

智久は智晴を抱っこしたまま、由紀子のベッドに近づいた。由紀子はお産の疲れのせいか、ぐっすりと眠っている。由紀子の母は売店にでも行ったのか、その部屋にはいなかった。ベッドの脇には、今までなかった二つのコットが置かれている。

智久はコットをのぞきこんでぎょっとした。赤んぼうはこんなに真っ赤で、皺くちゃだっただろうか。もっと驚いたのは、二人が同じ顔をして、同じ向きで目をつぶっていることだった。同じ赤んぼうが二人。双子は赤ちゃんが二人だ、ということはもちろん理解していたが、まるで同じ顔で産まれてくるとは知らなかった。

智久は腕を伸ばし、一人の赤んぼうの頭をそっと撫で、もう一人の赤んぼうの頭も撫でた。二人の赤んぼうはそうされるのが嫌なのか、眉間《みけん》に皺を寄せ、泣きそうな顔になる。

「お兄ちゃんもいい子、いい子、するか？」

智晴にそう聞いてみたが、緊張で体をかたくしている智晴は首を横に振った。

顔をしかめ、一人の赤んぼうが声をあげる。つられてもう一人の赤んぼうも泣きだした。泣き声は少しずつ大きくなり、おぎゃあ、おぎゃあ、とはっきりわかるような声になった。全身全霊で泣くから、顔がさらに赤くなった。その赤さに智久はおののいた。三人の子持ちになったんだ。この子たちの父親になったんだ。そう思うと、うれしさと同時に責任の重さが背中にのしかかってくるような気がした。

産んだ双子はどちらも男の子で、最初に産まれた子が寛人《ひろと》、次に産まれた子が結人《ゆうと》と名付けられた。名前を考えたのは茂雄だった。双子の性別は智久と相談して、妊娠中は確認しなかった。双子の名付けは智久に頼んだ。智久は出産ぎりぎりまで男女それぞれ二つずつの名前で悩んでいて、生まれてからも頭をひねったようだが、どうにも決まらず、出生届を出す前日の夜になって茂雄を頼った。

茂雄は電話口ですぐに二つの名前を口にした。ずっと後から聞いたことだったが、茂雄と邦子の最初の子どもである双子が生まれたとき、候補として考えていた名前らしかった。けれど、出産直後の由紀子も智久もそんなことは聞かされなかった。

由紀子と智久、智晴が二つの布団を並べて寝ていた寝室には、二つのベビーベッドが置かれ、その頭のほうの壁には、智久のたどたどしい文字で書かれた、命名、寛人、結人という紙が貼られていた。

由紀子が双子と共に病院から家に帰ってきたあとは、部屋にはいつも二人の泣き声が響いていた。邦子と由紀子の母は、一週間交代で家にやってきては、由紀子と双子と、智晴の面倒をみてくれた。そうはいっても、智晴は元々のおとなしい性格もあり、由紀子の姿さえそばに見えれば、いつまでも一人で遊んでいてくれる。智晴が大人を困らせることはなかったので、邦子と由紀子の母は、最優先で双子の面倒をみた。

智晴を「お兄ちゃん」と呼ぶことにも、由紀子はすっかり慣れてしまったが、それでも、慌ただしい子育ての合間に、思わず、ちーくん、と呼ぶと、智晴はうれしそうな顔をして笑う。お兄ちゃん、がまだ自分のことだと思えないのだろう。

双子が泣き出すと、由紀子や邦子、または由紀子の母がベビーベッドに駆け寄って、二人でそれぞれ寛人と結人を抱きあげる。

「いい子、いい子、泣かないよ」

大人たちのそんな甘い声を耳にすると、智晴は電車の図鑑を一人でめくりながら、こんなふうにつぶやくことが多かった。

「ちーくん、ちーくん、いい子、いい子、泣かないよ」

そんな声を聞くと由紀子はもっと智晴に目をかけてやらないと、と思うのだが、今は泣いている双子にミルクを与え、おむつを替えることが先決だ。お兄ちゃん、ごめんね、と由紀子は心のなかでつぶやきながら、双子の面倒をみた。

双子が生後二カ月になった頃には、邦子や由紀子の母の来訪は週に一度くらいのペースになった。

双子は昼夜問わず、泣きわめいた。昼間はもちろん、真夜中でも、由紀子と智久が起き、二人の面倒をみる。オレンジ色の常夜灯に照らされて、由紀子が寛人にミルクを与え、智久が結人のおむつを替えた。智久が夜勤でいない夜は由紀子が一人で双子の面倒をみた。いつしか、由紀子の目の下にはくまができた。いつも眠かった。

時には、朝、とっくに智晴が起きている時間でも、布団から出られないことがあった。朝食の時間もとうに過ぎている。そんなとき、由紀子は、同じように睡眠をむさぼっている智久の体を揺すって起こした。

「ああ、そうだ、朝ごはん……」

あくびをしながら、智久は起き上がると、顔も洗わず、台所にふらふらと歩いていく。智久のトーストはいつも焼きすぎで焦げていたし、由紀子なら必ず用意する苺《いちご》ジャムもなく、バターだけが乱暴に塗られていたけれど、それでも由紀子と智晴は我慢して食べた。

双子が交互に泣くので、由紀子は着替える間もなく、ずっとパジャマを着ていた。顔を洗おうとして前髪をピンで留めていると、双子が泣き出す。そのまま日が過ぎて、夜になって、「そういえば、今日は顔を洗ってない」とつぶやくほど、慌ただしい毎日だった。

双子が同時に泣けば、慌てて二人分のミルクを作った。寛人と結人を自分の布団に寝かせ、頭を高くして、左右の手で二人にミルクをあげた。智晴は寝室の隅でそれを黙って見ていた。由紀子がふと、智晴のほうを見て思わず心のなかでつぶやいた。

〈お兄ちゃん、ミルクあげてくれないかな……〉

そう思ってしまうほど、由紀子は疲れきっていた。

由紀子が二人それぞれの口元に、ほ乳瓶の乳首を向けると、ミルクのにおいがわかるのか、泣いている二人は乳首を探して顔を横にふる。そのあまりに旺盛《おうせい》な食欲に由紀子はちょっとおののいた。二人は猛然とミルクを飲み始める。吸う力は強い。自分の手まで飲み込まれてしまいそう、と由紀子は思った。結人も、そして、寛人もあっという間にミルクを飲み干した。

そんな慌ただしい日々のなか、智晴の体に異変が起きた。

真夜中、由紀子が短い睡眠をむさぼっていると、どこからか小さな泣き声がする。また、ミルクか、と思いながら、由紀子が布団の上で体を起こすと、智晴が自分の布団の上に起き上がってしくしくと泣いている。智晴は双子が生まれてから、由紀子と智久の間に小さな布団を敷いて寝ていた。

えっ、えっ、という智晴の泣き声はどんどん大きくなった。うわ――んうわ――ん。双子のように泣いた。そんなふうに泣く智晴の声を聞いたのは、久しぶりのことだった。由紀子は慌てて智晴の体に近づいた。

「うわあ、お兄ちゃん、どうしたの？」

うわ――ん、うわ――んと泣きながら、智晴が由紀子の胸に飛び込んでくる。

「どこか痛いの？　どうしたの？　ちーくん」

ちーくん、と呼ばれて、智晴の泣き声はさらに大きくなった。由紀子は智晴を抱きしめたまま、寝室を出て、台所に向かった。えっ、えっ、と智晴は由紀子の胸に顔を埋めて泣き続けた。

由紀子が台所の電気をぱちりと点《つ》ける。智晴はまぶしいのか、思わず顔をしかめた。

「あら、なんだろうこれ……」

由紀子は智晴を膝の上に抱いたまま、台所の椅子に座り、智晴のパジャマをめくりあげた。赤い五円玉くらいの大きさの発疹《ほっしん》のようなものが、体の至るところにできている。由紀子は思わず、智晴の額に手を当てた。

「お熱はないねえ」

智晴は由紀子に抱かれながらも、至るところがかゆいのか、体をよじらせる。

「何か悪い虫にでも刺されたのかな……」

そう言いながら、由紀子はパジャマの上から智晴の背中やおなかをやさしくさすった。

「どうした……」

台所と居間を仕切る襖が開き、眠そうな智久が顔を出した。

「お兄ちゃんがね……」

由紀子は事情を説明した。

「はしかかなんかだったら大変だ。とりあえず病院は明日俺が連れて行くから。今日は智晴と俺はこっちで寝ようか」

そう言って智久が居間を指差す。智久は寝室から智晴と自分の布団を引きずってきて、居間に敷いた。由紀子は、智晴の体を智久に差し出した。うえっ、うえっ、と双子が泣き出す声がする。由紀子は隣の寝室に慌てて向かった。

うえっ、うえっ、という泣き声はすぐにおぎゃあぁ、おぎゃあぁ、という泣き声に変わり、由紀子はミルクを作るために、襖を開け、台所に向かった。

智久に抱かれた智晴の涙はもうすっかり引いているように見えた。お母さんが大変だから、しっかりしなくちゃ。そんなふうに智晴が思っているのだとしたら、智晴のことが不憫に思えた。けれど、今の自分がしなくちゃいけないことは、まずは双子にミルクをあげること。水道の水でほ乳瓶のミルクを冷ましながら、お兄ちゃん、ごめん、本当にごめん、と由紀子は心のなかで詫《わ》びた。

「はしかとかの感染性の病気じゃないですね。アトピーでもない。……最近、何か変わったことはありましたか？」

智久は自分とそう年齢が変わらないように見える小児科の先生に聞かれた。

「ああ……ええっと、最近、下の子が生まれて、双子で……」

そこまで言うと、先生が笑いながら、

「それだね」

と声をあげた。

「お母さん、かかりきりでしょう？　双子ちゃんに」

「は、はあ……」

「きょうだいが生まれたあとに、こういう症状が出る子がたまにいるんですよ。咳《せき》が止まらなくなったり、発疹が出たり……まあ、原因はないといえばないんだけど、強いていえばストレスというか」

「ストレス……」

「もっとかまってほしくて、そういう症状が体に出ることがあるんです。ごくまれに、ですけど」

「そうですか……」

「まあ、ただ、だからといってお母さんに、智晴君のことをもっと見てやって、というのも酷だ。まず無理でしょう。だから」

「はあ……」

「お父さん、がんばってくださいね」

そう言ったあとで、先生は智久に笑顔を向け、診察はそこで終わった。かゆいときはこれを塗ってね、と、受付で丸いプラスチック容器に入れた塗り薬をもらい、智久は智晴を連れて病院を出た。

智久はその日、会社で半休をもらっていたので、智晴を車に乗せて、池のある公園に来た。二人手をつないで、池を見た。

「がんばってくださいね、か……」

智久はひとりごちた。智晴がこちらを見上げる。強い風が吹いて、池の表面に波が立っている。

〈もうがんばってるんだけどな、俺〉

智久は心のなかでつぶやいた。父親ってなかなかにつらいものだな。そんなことを考えながら、智晴と二人、ただ池を眺めた。


双子は一歳になった六月から、保育園に預けられるようになった。智晴は二歳になっていた。

由紀子は以前していた駅の売店の仕事に復帰することができた。

「たまたま空きが出たの。二回もそういうタイミングに巡り合うなんて、よっぽどこの仕事に縁があるんだね」

と店長は笑いながら言った。

その言葉を聞きながら、由紀子は双子ができたとき、宝くじに当たったようなもの、と智久が言ったことを思い出していた。あのときは、そういう考えもあるのか、と自分も笑ったが、双子を産んだ今になって思えば、人の気も大変さも知らないで、という怒りが胸のうちに湧いた。智久だって、三歳児と一歳の双子と二十四時間暮らしてみれば、私の今の大変さが身に染みてわかるはずだ。

正直なところ、由紀子は一刻も早く仕事に戻りたかった。双子が生まれてからわかったことだが、何より予想以上にお金がかかる。それ以上に家庭や子育ては大事だけれど、由紀子はほんの少しでいいから社会生活というものを味わいたかった。

「まずは最初のときと同じ三時間から始めようか」

店長にそう言われたとき、早く仕事に戻りたいと思っているのに、三時間もかわいい子どもたちと離れていられるだろうか、と思ったら、思いがけず涙が目の端に浮かんだ。子どもと一緒にいたいし、仕事もしたい、ふたつの気持ちが由紀子のなかで揺れていたが、母親がこんなに中途半端な気持ちではだめだ、と奥歯に力をこめて、涙を堪《こら》えた。この子たちをこれから食べさせていくためにも働かなくちゃ。

智晴と双子たちが昼寝している間に、由紀子は仕事に復帰するための自主トレを始めていた。売店で売られている商品の値段はもう変わっているものもあるだろうから、それはまた覚えるとして、問題は暗算だった。

産後すぐは、二百三十円の雑誌を売って、千円札を出されたら、という簡単な計算すらできなかった。計算ができない。数字が頭に入ってこない。由紀子は焦った。それでは困るのだ。仕事に復帰できない。智久に小学生用の計算ドリルを買ってきてもらい、由紀子は子育ての合間にそれを解いた。その努力が実を結び、双子が一歳になる前には、三桁《けた》の掛け算だって、すらすら解けるようになっていた。

春が過ぎて、由紀子も無事に仕事に復帰したので、智晴は双子と共に保育園に通えるようになった。

由紀子は寛人と結人を双子用のベビーカーに乗せて押し、もう片方の手で智晴と手をつないで、保育園の門をくぐった。智晴たちが園庭に進むと、遊んでいた子どもたちがわらわらと集まってくる。

「おんなじ顔の子だ！」

「ふたご！　ふたご！」

「かわいいね！」

口々に思いついたことを大声で叫ぶ。

一歳児クラスのひよこ組の前で寛人と結人をベビーカーから降ろすと、戸が開き、中から渚先生が飛び出して来た。

「かわいい！　かわいい！　同じお顔！」

渚先生も同じようなことを言う。智晴は由紀子の後ろで人さし指を口にくわえ、子どもたちや先生たちの興奮する様子を黙って見ていた。双子たちが二人の先生に抱かれて、戸の向こうに行ってしまうと、由紀子は智晴の手を引いて、一歳児の隣の隣の教室に向かった。由紀子が戸を開けると、由紀子よりずっと年上に見える先生がぬうっと顔を出した。智晴は今日からひよこ組ではなくて、うさぎ組になった。最初に会った先生は、長町《ながまち》先生という名前らしかった。もうひとり、渚先生くらいの若い女の先生がいて、長町先生に、井上《いのうえ》先生と呼ばれていた。

「おはようございます。今日からですね」

先生はそう言うと、智晴の頭にそっと手を置いた。由紀子は智晴用に割り当てられた引き出しに着替えをしまうと、すぐに教室を出ようとした。ちらりと見た智晴の顔は、今にも泣きそうだ。そんな顔を見ていると、由紀子も揺らいだ。そんな気持ちを振り切るように、

「じゃあね、お兄ちゃん。よろしくお願いします」そう言って先生に頭を下げると、由紀子は早足で園庭を横切り、職場に急いだ。

由紀子が職場に復帰したその日は、智晴にとっても再び、保育園という集団生活に復帰した日でもあった。由紀子は双子たちよりも、久しぶりに保育園に預けられた智晴のことが心配だった。三時間の勤務を終え、まずは智晴の教室に行くと、由紀子は智晴の様子を長町先生から聞かされた。

「ひよこ組のときの仲良しだった彩菜ちゃんにおままごとで赤ちゃんの役をさせられそうになったり、大地君と図鑑を見たり、敦史君とけんかをしそうになったり……」最後の言葉にどきりとしたが、

「それでも智晴君はとってもいい子でしたよ」

と言ってくれた。その先生の言葉に由紀子は泣きそうになった。一人で子育てしていると、誰もほめてくれない。自分の子どもがいい子なのか、悪い子なのかもわからない。長町先生のような子育てのプロに「智晴君はとってもいい子でしたよ」と言われて、仕事と子育てで揺らいでいた自分の気持ちをしっかりと支えてもらったような気になった。

保育園には寛人と結人のような一卵性の双子はほかにいなかった。朝、由紀子が保育園に連れていくと、たくさんの子どもたちが物珍しそうに双子を取り囲むし、帰りのときもそうだった。双子が笑うとみんなも笑う。

寛人と結人がその言葉をかけられることにうんざりし始めるのは、もう少し先のことで、まだ一歳を過ぎたばかりの今は、皆がかまってくれるのがうれしくて、ただにこにこと笑っていた。

「わあ！　かわいい！　同じ顔！」

寛人と結人はいまや保育園のスターだった。二人がかまわれている間、智晴は由紀子のスカートをつかみ、人さし指を口にくわえて、そのざわめきが収まるのをじっと待っていた。

そんなとき、いつも智晴の頭を撫でてくれるのも、長町先生だった。智晴を見てにこっと笑う。ふだんは、三歳児でも悪いことをすれば本気で怒るので、由紀子はこの先生のことを怖い人だと思っていたが、智晴に笑いかけてくれる長町先生の顔を見ていると、もしかしたらそれほど怖い人ではないのかな、と思うことがあった。

その日も、一歳児のひよこ組の保育室の前でたくさんの子どもに取り囲まれている双子と由紀子を、智晴はうさぎ組の開かれた戸の前で黙って見ていた。早く智晴を迎えに行かなくちゃと気が急《せ》いているのに、なかなか前に進めない。視線の先に智晴と長町先生がいた。

そのとき、ふいに智晴の頭の上に手が置かれた。長町先生は突然智晴を抱っこして、くるくると回った。智晴は声を出して笑った。抱っこしたまま、長町先生が智晴の耳に口をあてる。くすぐったいのか、智晴は笑いながら体をよじらせた。

「ちーくんにないしょばなしするよ」

智晴は先生の顔を見た。とても真剣な顔をしていたので、叱られるのかと体を硬くしている。

「誰にも言ったらだめだよ」

うん、と智晴が頷いた。

「先生はちーくんがいちばん好きだよ」

ないしょばなし、と長町先生は言ったけれど、その声は由紀子にも聞こえた。もしかしたら、先生はうさぎ組のほかの子にも同じことを言っているのかも、と思ったけれど、由紀子はうれしかった。智晴が長町先生の首に手を伸ばして、ぎゅーっとした。智晴も長町先生のことが大好きになったのだろう。それは由紀子も同じだった。この先生なら大丈夫。だから、私も一生懸命働ける。由紀子はそう思った。


たった三時間の勤務とはいえ、一時間も立ったままでいると、由紀子の腰のあたりがずしりと重くなってくる。

産後は体を大事にするのよ、無理をすると後が大変、と邦子にも自分の母親にも、病院の助産師さんにも言われた。それほどでもないだろうと高をくくっていたが、産後の体力の衰えを、仕事を再開してから由紀子は改めて実感していた。

最初の二、三日はまごついたが、日が経つにつれ、計算も間違わないようになったし、同時に何人ものお客さんが来ても、待たせることなくさばくことができた。

由紀子の仕事のパートナーは出産前と変わらず城島さんで、どんなに由紀子の手が早くなっても彼女の仕事ぶりにはかなわない。けれど、二人で狭い売店の中に立ち、お客さんに物を売る、という行為を続けていると、ふとした瞬間にチームプレイをしているような感覚にとらわれることがあった。テニスとかバドミントンのダブルス。城島さんと同レベル、とは思わなかったが、以前のように足を引っ張るような失敗はほとんどなくなった。

勤務を終えると、運転免許のない由紀子は、走るようにして保育園へ向かった。保育園までの道すがら、子どもたちを迎えに行って、家に帰ったら、まず何をするかを順番にひとつひとつ、イメトレした。

うさぎ組の智晴を引き取り、それからひよこ組の結人と寛人を。朝は、あれほど子どもたちと離れたい、と思っていたのに、仕事を終えて子どもたちの顔を見ると、ああ、なんてかわいいんだろう、という気持ちが湧いてくる。けれど、それも一瞬のことだった。

双子用のベビーカーに寛人と結人をベルトでしばりつけるように乗せ、智晴の手を引いて家に向かう。智晴が道ばたで石ころや虫や何かを見つけて、しゃがみ込もうとしても、

「お兄ちゃん、帰るよ」と、智晴の手を引っ張った。そんなときでも智晴は泣いたり怒ったりしない。どこかで埋め合わせをするからね、と思いながら、由紀子は家をめざし、三人の子どもを連れてずんずん歩いた。

六畳の和室には布団が四つ敷かれていた。

由紀子の右側の子ども用布団に寛人と結人。その隣に一人で眠る智晴。そして、その隣に智久が眠っていた。

寛人と結人は由紀子担当、智晴は智久担当。いつしか、由紀子と智久の家庭はそんな分担が自然に出来上がりつつあった。仕事が休みの日でも、洗濯、掃除、食事作りと、由紀子は一瞬たり

とも休めない。今、少し、絵本を読んでほしいんだけど。智晴がそんな顔をして由紀子を見つめても、双子が生まれる前のように、智晴を抱き上げることができない。

お母さんは忙しいから仕方がない、と智晴が思ったのかは定かではないが、いつの頃からか智晴は一人で図鑑を見たり、汽車のおもちゃで遊んだりするようになった。

その代わり、智久が仕事が休みの日には、智晴を車で連れ出してくれるように由紀子は頼んだ。

智久が智晴を連れて行くのは、大抵は保育園でも毎日のように行く池だったが、その池のまわりを肩車をして歩いた。智晴も遠くのほうまで景色が見えるのがうれしいのか、智久の頭の上でうれしそうな声を上げた。

池のまわりには朱赤色や紅色のさまざまな種類のサツキが咲きほこっていた。智久は智晴を肩から下ろすと、サツキの花に手を伸ばし、そのひとつを引っ張った。

「あ!」

智晴が思わず、声をあげた。

「お兄ちゃん、ほら」

智久が花の根元を智晴のほうに差し出す。智晴は怖々口に入れてみた。ちょっと甘いような気もしたが、それよりも青臭さが口に広がる。智晴の眉毛が八の字になった。

「甘いのもあるんだよ」

そう言って智久は次から次へとサツキをちぎって自分の口に入れた。

「お!　これは甘いぞ」

智久は、また智晴に花を舐《な》めさせようとした。

智晴がおそるおそる口に入れると、甘さを感じたのか目を輝かせた。智久はそんな智晴の顔がうれしくて、また、次々にサツキをちぎり始め、智晴もそれを真似し始めた。

「だめだめ！　お花をちぎったらだめ！　毒があるかもしれないから、なんでもかんでもすぐ口に入れないの！」

ある日、保育園の散歩の時間、智晴が思わず花をちぎって口に入れると、まわりの子どもたちが次々と真似し始めた、ということを由紀子は子どもたちのお迎えの時間に長町先生から聞いた。どこでそんなことを覚えたんだろう、と思ったものの、自分はそんなことを智晴の前でしたことはない。ならば智久か、と思うと、大人なのに、と思うのと同時に智久にはどこか子どもみたいなところがあるな、と心のなかでため息をついた。

「お花ちぎったら、ちょうちょさんが食べるものがなくなっちゃうのよ」

長町先生に言われて、智晴は泣きそうな顔で頷いている。智晴の視線の先には、ついこの間からうさぎ組の教室の棚の上に置かれたプラスチックケースがある。長町先生によると、園長先生がつかまえた蝶《ちょう》の蛹《さなぎ》が入っているのだという。

「それでもずーっと見ているのは智晴君と大地君だけですけどね」

そう言って長町先生は笑った。

智晴は相変わらず、汽車や電車が好きだったが、この頃は虫も好きなようだった。

何しろ、三歳児の視線は低いので、地面を動いているものがすぐに目に留まる。保育園の行き帰りの道では気がつくと、だんご虫やアリが動いている姿をじーっと見つめている。そんな智晴の腕をひっぱって家や保育園まで歩かせるのが、一苦労だった。

智晴と仲のいい大地君もまた、虫が好きなようで、園庭の隅で二人、親たちが迎えに来るまで、石をひっくり返してはだんご虫を集めたり、巣穴にエサを運ぶアリたちを眺めたりして過ごしているらしい。

智晴は朝、保育園に行くと、まず蛹のいるプラスチックケースに向かっていく。大地君も同じで、智晴の隣でケースに鼻をくっつけるようにして、中をのぞきこんでいる。

〈園庭で遊んでいても、給食を食べていても、お昼寝の時間も、蛹が気になって仕方がないみたいです〉長町先生の連絡ノートの言葉に由紀子は苦笑した。

その日も、由紀子がお迎えに行くまで、智晴はまた、ケースの中を見つめていた。

「お兄ちゃん、早く帰ろうよ」と何度言っても智晴はそこを動こうとしない。

半ば強引に智晴の腕をつかんで振り向いたとき、園長先生が後ろに立っていた。園長先生は黒い四角い眼鏡をかけて、髪の毛は真っ白だけれど、ふさふさとしていた。園で挨拶《あいさつ》はするものの、普段からあまり笑わない人だ。智晴より大きな子どもを大声で叱っているのを見たことがある。だから、由紀子は園長先生のことが少し怖かった。それでも、智晴は園長先生の姿を認めると、口を開いた。

「……ちょうちょ、でてくるの、どうして？」

智晴が園長先生を見上げて聞くと、先生が腰を下ろし、智晴と視線を合わせてくれた。

「どうやって蝶々になるか、ってこと？」

先生がそう聞くと、こくりと智晴は頷いた。先生は髭に手を当てて、声を出さずに笑った。

「見てたらわかるよ。ずーっと見ててごらん。お母さんが困るから、今日はもうおうちに帰ろうね。また明日」

そう言って由紀子に目配せをして園長先生はどこかに去って行った。

それから二日後、由紀子が智晴を迎えに行くと、智晴の目が赤い。

長町先生の話によると結局、蛹の羽化を最後まで見届けたのは智晴と大地君だけだったらしい。

「でも、そのちょうちょ、すぐに死んでしまって……智晴君と大地君と園長先生でちょうちょのお墓を作ってあげたんです」

「そうでしたか……」

「ちょうちょ残念だったね」と長町先生が智晴の頭に手を置きながら言うと、智晴の二つの目がまた赤くにじんだ。

「ちょうちょ、ちんじゃった……」

家に向かう道すがら、何度も智晴は言った。

「ちょうちょ、かわいそうだったねぇ」と由紀子が言うと、智晴は立ち止まり、えーん、えーん、と声をあげて泣いた。由紀子は小さくため息をついて、智晴を一度抱き上げ、ぎゅっと抱きしめた。智晴の涙のにおいに少し心がせつなくなったが、それでもまだまだ今日はやることがある。

「今日はお兄ちゃんの好きなものだよ！」そう言うと、智晴を道に下ろし、

「さあ、帰っておいしいものを食べよう！」と片手は智晴の手を握り、もう片方の手で双子のベビーカーを押しながら、少し早足で家に急いだ。

帰宅後、由紀子は猛スピードで夕飯をこしらえた。

その日の夕食は智晴の大好きな、細切りした野菜がたっぷり入った焼きそばだったが、一口食べたきり、フォークを置いてしまった。智晴はいつもと違うどこか神妙な顔をして言葉も少ない。何か言葉をかけなくちゃ、と思うのだけれど、今は寛人と結人にごはんをあげるのが先だ。それでも、

「お兄ちゃん、ちゃんとごはん食べないと、大きくなれないよ」

と、食事に手をつけない智晴を見かねて、由紀子は声をかけた。寛人と結人はもう食事が終わったのか、居間の隅で二人かたまって、智晴の汽車のおもちゃを振り回している。智晴は、自分のお気に入りのおもちゃを二人が使っていると、慌てて取り返しに行くのに、今日はそんな元気もない様子だ。

智晴の向かいに座った由紀子はせわしなく、残りの焼きそばを口に入れた。ぱくぱくと食べて飲み下す。そんな自分を智晴がじっと見ている。

「ほら、お兄ちゃん、いつまでも食べないと片付けちゃうよ」

今一度声をかけるが、智晴はフォークで焼きそばの麺《めん》をすくい上げても、口を開けようとはしない。

「かーたん……」

智晴が箸《はし》を手にしたまま由紀子に尋ねた。ぽりぽりと漬け物を噛《か》みながら、由紀子は智晴の顔を見た。

「ちーくんも」

「うん？」

「死んじゃうの？」

ぽりぽりという音がやんだ。困ったような顔で由紀子は智晴を見た。

子どもはよく質問をする生き物だ。

「あのぶーぶはどこに行くの？」

「でんちゃはよるも走っているの？」

智晴もそうだ。保育園の行き帰り、眠る前、双子たちの世話で由紀子が、腕があと四本欲しい！　と思っているときも、智晴は質問を投げかける。

智晴が生まれて四年目。双子が生まれて二年目。それだけの歳月を費やしても、由紀子に、はっきりとした教育方針のようなものがあるわけではなかった。できるだけ自分の作ったものを食べさせる、清潔な下着と洋服を用意する、夜はなるべく早く寝かせる。それくらいでもう由紀子にとっては手一杯だった。

それでも、双子の世話にかまけていると、どうしても智晴のことがなおざりになる。なんとかしなくては、と思いながらも、智晴のことをお兄ちゃん、と呼び始めた頃から、由紀子は智晴を自分の子ども、ではなく、ひとりの人間として見ているようなところがあった。

普段はどうしても会話が少なくなる。智晴はおしゃべりな子どもではないから、自分から聞いて聞いて、と由紀子にまとわりつくこともない。だからこそ、たまにこうして智晴から発せられる質問には、可能な限り、答えてあげようと思っていた。

自分でもわからないことを聞かれたときは、「そうだねえ。あのぶーぶ、どこに行くのかな

あ」と智晴の質問を繰り返した。一度、

「お母さんにもわからないなあ」

と返したとき、智晴がひどく悲しい顔をしたことが心のどこかに引っかかっていた。まずはいったん、質問を受け取りましたよ、ということを表す苦肉の策で生み出されたのが、質問の復唱だった。由紀子がそう言うと、智晴も満足するのか、由紀子の手を子どもらしい体温の高い手でぎゅっと握ってくる。

子育て的にはこれでいいのか悪いのか、皆目見当はつかなかったが、自分はこの方法でいこう、と由紀子は心に決めていた。

そうはいっても、今、智晴から投げかけられた質問は難しすぎる。由紀子は箸を置き、湯呑みのお茶を一口飲んだ。智晴は箸を手にしたまま、由紀子の顔をじーっと見つめている。

智晴の質問への答えはもちろん由紀子だって知っている。問題は伝え方だ。そもそも、三歳児に「死」ということをどうやって話したらいいのか。

「みんな、いつか死ぬのよ」

などと口が裂けても言いたくはなかった。真実だとしても、その答えの重さに三歳の智晴が耐えられるだろうか。

「そうねえ……」

言いながら、居間に散乱したおもちゃで遊んでいる双子を目で追った。寛人と結人が自動車のおもちゃの奪い合いをしているが、手を出したりはしていない。しばらくは見ているだけで大丈夫だろう。今は智晴に向き合わなければ。

「うん、そうねえ、いつかはね……でも、ずっとずっと先のことなのよ。お兄ちゃんも、寛人も結人も、まだ生まれたばっかりだから」

ああ、間違っているかもしれないと思いながらも由紀子は言った。智晴は納得した、とはいえない複雑な顔をしている。

「すぐじゃないの。ちーくんはまだまだこれから先、ごはんを何回も食べて、お風呂《ふろ》に入って、お友だちと遊んで、お布団で寝て、まだまだずーっと先のことだよ」

ちらり、と由紀子の頭をよぎったのは、邦子が産むはずだった双子の赤ちゃんのことだった。生まれたばかりでも亡くなる子はいる。けれど、その話は、まだ先でいいだろうと、自分を納得させた。智晴も、寛人も結人も、自分がごはんを食べさせて育てるのだ。生きさせる。絶対に命を奪われるような目に遭わせない。

「どんどんお兄ちゃんは大きくなるよ。ごはんを食べてもっともっと大きくなるよ」

由紀子は智晴のフォークを手に取り、焼きそばをすくって智晴の口元に運んだ。

「ごはんを食べて大きくなるのよ。はい、あーん」

ああ、これは智晴の問いへの正解じゃない。どこか自分はごまかしている、と思ったが、今はこれでいい。智晴も納得はしていない表情だったが、それでも、焼きそばを食べてかすかな笑みを浮かべている。由紀子は、智晴に聞こえないようにそっとため息をついた。

茂雄は最後の一枚を縫い終えると、いつものように右肩をぐるりと回した。

邦子は少し風邪気味ということで仕事場にはいなかった。智久は縫い終えた一枚（それは婦人服のタイトスカートだった）を隅から隅までチェックした。茂雄の腕は確かだ。智久がここで仕事をしていたときから、何も変わっていない。智久はすでに縫い終わっていたスカートの上に載せ、もう一度数を数えた。五十枚のスカートを段ボールの箱に入れ、その口をガムテープで塞ぐ。邦子がいないので、今日は茂雄がお茶を淹れた。智久と茂雄は向かい合わせに座り、お茶を飲んだ。

今日が最後の仕事になる。おととい、茂雄から電話でそう聞かされて、智久は仕事を休んだ。仕事場の最後を自分の目で見ておきたかった。邦子がいないと、茂雄とそう話が弾むわけではない。ねぎらいの言葉のひとつでもかけてやりたかったが、なんと言っていいのかわからなかった。

智久はぐるりと仕事場を見回した。壁際に並んだ四台のミシン。茂雄と邦子と由紀子と、ここでミシンを踏んでいた日々はもうはるか遠くに感じる。

年季の入ったミシンが、カーテンを開けた掃き出し窓から入ってくる初夏の光を浴びて輝いている。窓の向こうには、青い稲の穂がどこまでも続いていた。

「ずいぶん長く働いたもんだ。邦子もミシンも」

つぶやくように茂雄は言った。

「父さんもだ」

智久がそう言うと、茂雄は照れたような顔をして目を伏せた。

「少しのんびりすればいいさ。父さんも働きどおしだったんだから」

「のんびりしろ、って言われてもなにすればいいかわからなくてさ……」

それが茂雄の本心だと智久は思った。自分だって同じだ。ミシンの仕事をやめて、タクシーの仕事についたものの、いつまで経っても慣れないし、運転手というものに違和感がある。タクシーの運転手だって大切な仕事だとわかっている。けれど、自分には向いてない。そんなことをこの頃、智久は毎日考えてしまう。

ミシンを踏んで一枚の布が形になるのを見届けることが好きだった。子どもの頃から、茂雄や邦子がミシンを踏む音を聞いて育った。学校から帰ると、家ではなく、一目散にこの仕事場をめざした。ミシンを踏む音を聞きながら、宿題をした。

布がミシンによって、立体的な洋服になる。そのことの不思議さに子どもの智久の心はすっかり魅了されていた。そして、いつか自分も茂雄や邦子と同じ仕事をするのだと思っていた。

早くタクシーの仕事に慣れないと。そう思うたび、運転手という仕事をミシンを踏む仕事と同じくらい好きになれるだろうか、と自分に問うてしまう。答えなどわかっていた。

それでも、由紀子はいつかもう一度、ミシンが踏める日が来るかもしれない、と言った。けれど、本当にそうだろうか。茂雄のように腕が立ち、大量の注文をこなしていた人でも、仕事が立ち行かなくなった。仕事をもらうためにはミシンを踏むだけでなく、ほかになにかをしなければいけないのだろう、と思うが、具体的になにをすればいいのか智久にはわからない。

ミシンを踏むことはもう一生ないかもしれない。タクシーを運転しながら、何度も頭に浮かんでくるのはそんな思いだった。

由紀子は結婚してからミシンを踏み始めた。この世界のことに明るいわけでもない。ずっと心に秘めてきた夢を打ち明けたものの、正直なところ、由紀子にいったい何がわかるのか、という気持ちが智久のどこかにある。

「悪かったな。おまえにこの仕事を継いでもらうことができなかった。それだけが一番の心残りさ」

ずっと黙っている智久を気遣うように茂雄が口を開いた。

「そんなこと言わないでくれよ」

智久は立ち上がり、ミシンを愛《いと》おしむように撫でた。一台ずつ調子を確認し、やわらかい布で丁寧に拭く。

〈ほんとうにおつかれさま〉

茂雄には面と向かって言えないことを、心のなかでつぶやきながら、智久はミシンを磨き続けた。


「タクシーさんよく来るよ」

浅黒い肌の女の子の言葉には、耳に馴染《なじ》みのないイントネーションが交じる。薄暗い店内、天井には小さなミラーボールが回り、蛍のような光が店内を満たしていた。

茂雄と行った最初の店は覚えている。智久もよく立ち寄る駅のそばの居酒屋だった。そこでまずはビール、さらに日本酒の杯を重ねてからの記憶が曖昧《あいまい》だ。そして、なぜか茂雄はもう自分のそばにはおらず、智久だけがこの店にいる。

隣にはタンクトップに驚くほど短いミニスカートの女の子。ほかのテーブルにいる女の子も、日本人ではない。こういう店に智久は来たことがない。店の前で黒いシャツを着た呼び込みのお兄さんに腕を引っ張られたような気もするけれど……。

目の前のビールを一杯飲んですぐに帰ろうと思った。それでも、女の子はなぜだか智久のことをいろいろと聞いてきて、席を立たせてくれない。

「子どもいるの？　三人？　こんなところで飲んでいる場合じゃないね」

そうだ。家には三人の子どもがいるのだ。茂雄の仕事場に行く、夕飯は茂雄と食べるからとは言ってきたものの、何時に帰るとは言わなかった。ふと、腕時計を見る。もう午後十時を過ぎている。みんな、もう寝ているだろうな。もう少しこの店にいてもいいのかもしれない、と思った。智久はソファに深く座り直し、もうすっかりぬるくなったビールを飲んだ。

「どこから来たの？」

「ナコーンラーチャシーマー。タイの田舎」

初めて聞く地名だった。

「タクシーさん行ったことある？」

もちろんない。海外旅行になど行ったことはない。

「お金、家族に送る。家に家族たくさんいるから。娘も息子もいる」

そう言って女の子はビールのグラスをあおった。それからたわいもない話を続けた。女の子から漂うココナッツのような香りが鼻をくすぐる。智久が口にするなんのおもしろみのない話も、女の子は真剣に聞いてくれる。そのことがただうれしかった。

智久は生まれてこのかた、酒がうまいなどとは一度も思ったことがない。今だって、おいしいと思ってビールを飲んでいない。けれど、おいしくもないビールを飲みながら、名前も知らない女の子とたわいもない話をしていると、なぜだか、ぬるめの温泉に浸《つ》かり、じわじわと体が温まるような感じがしてくる。

今までは、同僚たちが話すキャバクラやその手の店の話題には耳を傾けないようにしてきたのに、なぜだか今は少し、彼らの気持ちがわかるような気がした。タクシーの運転手は、客商売だ。こっちが聞きたくもない話を延々と聞かされることもある。そういう時間を送っていると、少しずつ、自分のなかに澱《おり》が溜まっていくような気がするのだ。

ミシンの仕事をしているときに、そんなことを感じた覚えはなかった。どんなに大変で納期がきつくても、仕事が終わったあとには爽快感《そうかい》に近い気持ちを抱くことができた。だから、酒が飲みたいとも、こういう店に来たいとも思わなかった。

タクシーの仕事が自分に向いていないから、ストレスが溜まるんだ。少しくらい息抜きしても罰は当たらないだろう。智久は言い訳を見つけると、あともう一杯だけ、と女の子と自分のビールをさらに注文した。

「タクシーさんまた来てね」

女の子に見送られ、店を出た。もう時間は深夜に近かった。田圃の一本道を家に向かってとぼとぼ歩く。今夜は満月なのか、いつにも増して夜空は明るかった。この道を歩いて小学校と、中学校に通った。大人になったらミシンを踏んで、会社をつくって、父や母を楽にするのだ、という夢があった。ただ、それだけを考えていて、同級生たちが進路を決めかねているときも、智久だけは迷わなかった。

ミシンの仕事は子どもの頃から手伝っていたけれど、高校を卒業して茂雄のもとで働き始めるようになったとき、初めて一台のミシンが与えられた。あのミシンで自分はこれまでどれほど多くの糸を使い、針を動かし、洋服を作ってきたのだろう。

それもたぶん、今日で終わりだ。そう思ったら、急に泣きたくなったけれど、いつになっても智久の目から涙は溢《あふ》れてこなかった。


「もっと時間がかかるかと思ったけど……」

「え？」

忙しい仕事の合間、隣にいる城島さんが突然口を開いた。朝からもう数え切れないほどのお客さんたちをさばき、人の波が途切れた一瞬のことだった。

「もうなんでもできるね。立派に一人前だ」

めったなことではほめ言葉など口にしない城島さんだ。その言葉を受けて、由紀子は戸惑った。

「ぜんぜん、城島さんとはスピードが違いますよー」

謙遜《けんそん》して由紀子はそう言ったが、双子を産んで仕事に復帰してからというもの、城島さんの仕事のスピードに追いついているのでは、と思う瞬間は何度かあった。

次のお客さんがやってきて、新聞紙とガムを買い一万円札を出した。由紀子が対応したが、その手さばきには淀《よど》みがないし、お釣りも間違えない。それを横で見ていた城島さんは満足そうに微笑み、由紀子の顔を見て言った。

「私さ」

「はい」

「異動になるんだ」

「異動？」

「そう、違う駅。ここより四駅先に勤めることになったんだ」

「えっ？　いや、困ります」

城島さんがそばにいるから安心して仕事ができるのだ。今、城島さんがいなくなったら、補助輪を外したばかりの自転車のように、自分の仕事ぶりはふらふらになってしまうだろう。

「家を買ってね。その駅のそばに。だから異動願いを出したの。そうしたら難なく通っちゃってさ」

「家！」

由紀子は思わず叫んだ。

「ちっさな中古だよ。ばあちゃんと私と息子がやっと住めるくらいの。だけど、今までもっと狭い借家暮らしだったからさ……まあローンもこの先ずっとあるから、ずっと働き続けなくちゃいけないけれど」

この仕事で城島さんは家を買ったのだろう。由紀子はきらきらした尊敬のまなざしで城島さんを見つめた。

「この仕事で家って買えるんですね……」

由紀子は前のめりになって聞いた。

「ばあちゃんに頭金を少し助けてもらったけど、この仕事始めてから、ずーっとずーっと節約して貯金してきたからね。まあ、家だけじゃなくて、息子の学費もあるから、家はあるけれど、この先だって贅沢《ぜいたく》な暮らしなんてできないんだけどさ」

ほ――っと由紀子の口からため息のようなものが思わず出た。

一人で稼いで家を買い、子どもの学費まで貯めようとしている城島さんはなんてかっこいいんだろう。それと同時に思った。城島さんのように正社員になれば、自分にもできることなのかもしれない、と。

「最初の頃はほんとうに心配で、この人大丈夫かなって思ってたんだよ。……だけど、もう私がいなくてもなんでもできる。私がいなくなったら、新人さんが入ってくると思うけれど、その教育係だって十分にできるよ」

「なんだか、すみません……」

思わず由紀子はあやまっていた。

「最初の頃はほんとうにご迷惑かけましたよね……」

「いやいや、そういう意味じゃない。あやまらないで。今はもう十分に一人前なんだから」

十分に一人前、という言葉が由紀子の胸に響いた。そんなことを今まで誰かに言われたことがない。高校を出て勤めたデパートにだって、そんなふうに言ってくれる人はいなかった。けれど、この仕事を始めてみて、当時を振り返ると、あれは働いているうちにも入らなかったな、と由紀子は思った。誰かに言われたことを、ただ、やっていただけだった。お給料日だけが楽しみで、働く喜びにはほど遠かった。

なぜ、これほど大変なのに売店の仕事が楽しいのか、自分でもよくわからない。けれど、毎日ここに立ち、お客さんに細々とした物を売りさばいている仕事が大好きなのだ。

「三年パートが続いたら、正社員の試験が受けられるんだ。それ、受けたらいいよ」

パートじゃなく正社員。夢のように遠い道のりだが、絶対にパートを三年続けて、正社員になろう。小さな売店の中で由紀子は決心した。

第四章　かわっていくかぞく

ふと顔をあげて壁にかけた時計を見ると、もう午後十時を過ぎていた。網戸の向こうの漆黒の闇のなかからかすかに虫の声が聞こえてくる。

保育園に智晴と寛人、結人を預け始めてすでに三カ月が経っていた。預け始めは三時間だけだった売店の仕事も、先週からは九時から五時までのフルタイム勤務になった。

台所のシンクから水滴が落ちる音がする。夕食で使った食器は洗わないまま、乱雑に重ねられている。浴室の照明はつけっぱなし。居間には取り込んだ洗濯物と、保育園から持ち帰ってきた子ども三人分の汚れものが交ざったまま放置してある。

保育園から帰ってきて子どもたちが眠るまではまるで嵐のように時間が過ぎていく。食事を作り、食べさせ、風呂《ふろ》をわかして、三人の子どもたちの体を順番に洗う。その合間に自分のシャンプーも済ませてしまうが、目をつぶって泡を洗い流している間に、子どもたちが何かしないか、気が気ではないので、いつも洗った気がしない。髪の毛を乾かし、パジャマに着替えさせ、嫌がる子どもたちを押さえつけるようにして順番に歯磨きをする。

自分の右側の布団に寛人と結人、結人の隣に智晴を寝かせて、部屋を暗くして絵本を何冊か読む。時には、智晴の隣で、智晴の好きな本を読んであげたいと思うのだけれど、双子は自分のそばを離れないし、どうしてもききわけのいい智晴のことを後回しにしてしまう。そのことがいつも心のどこかにある。

寝かせるのは午後八時と決めていたし、子どもたちはみんなが寝付きのいい子だったから、寝かせてしまえば、あとは由紀子一人の時間になるはずなのだが、フルタイム勤務になってからというもの、いつも子どもたちと一緒に寝入ってしまう。はっ、と気づくといつもこんな時間だ。

居間の真ん中にぺたりと座り込んで、由紀子は途方に暮れて、壁の時計を見つめていた。

智久はまだ帰ってこない。早く話をしないといけないことがあるのだが、なかなか生活時間が合わない。由紀子は立ち上がり、簞笥《たんす》の上から白い封筒を手に取った。この家の大家さんからの手紙だった。

手紙には、この家をいずれ取り壊すこと、あと一年以内にここから出て行ってほしい、ということがそっけない文章で書かれている。子どもたちが寝てから、もう何度も読んだ、その手紙を三つに折り畳み、由紀子は白い封筒にしまった。

いったいどうしたらいいんだろう。由紀子は心のなかでうなった。立ち上がり、襖《ふすま》の向こうで、静かな寝息を立てている子どもたちを眺める。

子どもたちはこれからどんどん大きくなっていくだろう。家やアパートを借りるにしても、それなりの広さが必要だ。男の子三人は、成長とともに騒がしくなっていくだろう。隣近所にできるだけ迷惑はかけたくない。うーん……。由紀子は腕組みをしながら居間に戻り、そっと簞笥の引き出しを開けた。

古いクッキーの缶に由紀子の大事なものがしまってある。自分名義の預金通帳を開いた。由紀子は記帳された残高を覚えている。この前見たときとほぼ変わっていないはずだ。智久が渡してくれるお金で生活費はできるだけやりくりしていた。自分が働いたお金は、子どもたちのために貯金してあった。そうはいっても、どうしても智久のお金で足りないときは、ここから引き出して補充していた。

出産前に貯めていたお金と仕事に復帰してからの自分の稼ぎを足しても、新しい家を借りる費用には到底足りない。由紀子は缶の中から智久の通帳を取り出した。収入のほとんどを生活費として渡してくれているのだから、そこに期待したような額は記載されていない。

何度見ても変わらない数字の並びに、由紀子の口からため息が漏れた。

壁の時計を見る。もう午後十一時を過ぎている。智久は茂雄と食事をすると言っていたが、まだ帰ってこない。明日《あした》の朝も早い。もう寝なくちゃ、と思うのだが、智久が帰ってくるまで待ってみようか、とも思う。由紀子は座り、居間のテーブルにほおづえをついた。智晴のこと、寛人のこと、結人のこと。そして、家のこと。思えばたくさんのことが智久と話せていない、そんなことを考えていたら、由紀子はいつの間にかテーブルにつっぷしたまま深く眠ってしまった。

「ちょっとね、なんだか胃のあたりが……」

そう言って邦子が倒れたのは、由紀子が大家さんからの手紙を受け取った一カ月後のことだった。茂雄にお茶を淹《い》れようと布団から立ち上がったときに倒れたらしい。

茂雄の運転で救急病院に向かい、精密検査をした結果、そのまま入院になった。

智久と結婚してからというもの、邦子が大病をした記憶が由紀子にはない。邦子が入院したと聞いて、由紀子はすぐさま一人で病院に向かった。

病室に入ると邦子は今まで見たことのないような青白い顔で眠っており、その傍らにはベッドの横の椅子に座り、うとうとしていた茂雄がいた。由紀子はそっと茂雄の肩を叩《たた》いた。

「由紀ちゃん……」

茂雄はどこか思い詰めたような顔をしている。

「ちょっと外に出ようか」

茂雄に連れられて由紀子は病院の外に出た。

「まあ、あんまり良くはないのさ」

由紀子が一階の売店で買ったペットボトルのお茶を手渡すと茂雄は言った。

「働かせすぎちまったかなあ……」

サイレンを鳴らしながら、救急車がやってきた。後ろのドアが開かれ、患者を乗せたストレッチャーが降ろされる。ストレッチャーは幾人かの看護師と共に、瞬く間に病院の中に運ばれていった。

「これから、二人で温泉にでも出かけてさ、のんびりしようと思っていた矢先に……」

そこから先は声にならなかった。俯《うつむ》く茂雄の背中を由紀子は手でさすった。

「由紀ちゃん、ごめんな……」

「なんでお義父《とう》さんがあやまるんですか……」

「いやなに、邦子の面倒は俺が見るさ。仕事もなくなったんだ。子どもがいて、仕事もしている由紀ちゃんに迷惑はかけられない。由紀ちゃん、今日は仕事はいいのかい？」

由紀子は首を振って言った。

「大丈夫です」

何が大丈夫なのかはわからない。けれど、どんな言葉でもいいから、今はとにかく茂雄を励ましたかった。

「仕事が休みの日には、私も病院に来ます。智久さんもいるから、大丈夫です」

由紀子がそう言うと、ふいに茂雄の目に涙が浮かんだ。由紀子は慌ててバッグの中からハンカチを差し出した。茂雄はそのハンカチで涙を拭《ぬぐ》った。

「まあ、そんなに……邦子は」

口を開いたものの茂雄は言い淀《よど》んだ。

「……長くはないんだ」

由紀子は奥歯を嚙《か》みしめて茂雄を見ていた。

「大丈夫です。お義母《かあ》さんは大丈夫です」

真っ赤な目をしながら、由紀子はくり返し茂雄に言った。


由紀子は仕事の後や休みの日など、時間を見つけては邦子を見舞った。子どもたちを連れていったこともあったが、病室に行っても、三人は一瞬たりともじっとしていない。ほかの患者さんにも迷惑がかかる。見舞いに行くときには一人で、と決めて、由紀子はせっせと病室に足を向けた。智久と二人で訪ねたこともあったが、邦子と智久を二人きりにしてあげたほうがいいような気もした。智久は智久で、由紀子と同じように仕事の合間に邦子を見舞っているようだった。

その日、由紀子は皮をむいて小さく切った葡萄を入れたタッパーをバッグに忍ばせていた。邦子を見舞う前に、看護師に確認すると、少しなら食べさせてもいいという。食欲はほとんどないのだ、と聞いていたが、水分の多い葡萄なら、一口くらいは食べられるかもしれない、と由紀子は思った。

いつ見舞っても邦子は眠っていた。そして、日に日に衰えていくように見えた。そんな姿を見るのはつらかった。けれど、自分よりも茂雄や智久のほうがずっとずっとつらいだろうと思った。

「お義母さん」と声をかけると、邦子はゆっくり目を開けた。

「あら……由紀ちゃん」そう言って顔をこちらに向ける。すっかりやせ細った腕には点滴の針が刺さっていたが、それすらも邦子の弱った体を痛めつけるものに思えて、由紀子は目を逸《そ》らした。

「由紀ちゃん、忙しいだろうに……」

由紀子の顔を見ると邦子はいつもそう言う。

「お義母さん、葡萄持ってきたんです。少し食べませんか?」

邦子はほんの少し迷った顔をしたが、

「……そうねえ、少しいただこうかねえ」と笑顔を向けた。

寝たままの邦子の口に、由紀子はスプーンで葡萄を運ぶ。邦子は口の中の葡萄をじっくりと味わうように目を閉じた。口の端に滲《にじ》んだ葡萄の汁を、由紀子はハンカチで拭った。

「ああ、なんておいしいんだろう」

そう言ったものの、邦子はもう葡萄を食べようとはしなかった。

邦子は再び目を閉じ、点滴の針が刺さっていないほうの手を由紀子に伸ばそうとする。由紀子はその細くなった手を取った。邦子の手の骨を感じる。涙が湧いてきそうになったけれど、耐えた。

「……由紀ちゃんはほんとうの娘みたいだ。由紀ちゃんが智久と結婚してくれて、ほんとうにありがたいと思っているよ」

邦子が目を閉じたままそう言った。

「あの子が心配だった。子どもの頃から口下手で不器用で……どんな大人になってしまうんだろうと気を揉《も》んだこともあったんだよ。……でもねえ、ミシンの仕事をやりたいと言ってくれたときは、ほんとうにうれしかった。それに由紀ちゃんみたいな人が家に来てくれて」

由紀子は自分の手の熱を移すように邦子の手を握った。

「みんなでミシンが踏めただろう。私もお父さんもうれしかったんだよ。でも、そんなことも由紀ちゃんに伝えないまま、こんなになってしまって……」

病室の戸の向こうから、ストレッチャーのようなものが廊下を動く音が聞こえた。

「お父さんも智久も、先生も何も言わないけれど、自分の体のことは自分がいちばんわかってる。……智晴や寛人や結人の入学式には、到底出られないだろう」

「そんな……」

そんなこと言わないでください……と由紀子は言うつもりだったが、胸が詰まって言葉にならなかった。

「こうやって一日寝ていると、毎日毎日思うんだよ。お父さんにも、智久にも、由紀ちゃんにも、ありがとうって伝えてこなかったって。だから、毎日言わないといけないね」

そう言って邦子は目を開き、由紀子を見てかすかに微笑んだ。

「由紀ちゃん……」

「はい……」

「智晴や寛人や結人は由紀ちゃんがちゃんと育てるだろう。私が一番心配しているのはね、智久なんだよ。あの子を支えてやってあげてね、由紀ちゃん」

「お義母さん……」

「こんなときになっても、自分の子育てがよかったのか悪かったのかなんて、考えてしまうもんなんだね。私は智久をうまく育てられなかったんだろう。それに、あの子の夢だった……」

邦子の目の端に涙の粒が浮かんだ。

「ミシンの仕事もだめになって……」

涙が一筋、邦子の目の端から耳に流れていった。由紀子はその涙をハンカチで拭う。

「由紀ちゃん……」

「はい」

「……智久を支えてやってあげてね。どうかお願いね……」

そこまで言うと邦子の息が荒くなった。由紀子は慌てて枕元にあったナースコールを押した。

廊下の向こうから看護師の足音が近づいてくる。

「息が……息が……」

由紀子がそれだけを言うと、看護師は病室を飛び出していった。それから、再び医師と数人の看護師がやってきて、邦子の口を酸素マスクで覆った。由紀子はただ、それをベッドの傍らに立って見ているしかなかった。

「すぐにどうなるという状況ではありません。ただ、だいぶ、体力が衰えていらっしゃるので……」

そう話す医師の言葉に、由紀子は黙って頷《うなず》くしかなかった。電話で茂雄と智久に邦子の容態を伝え、由紀子は子どもたちの待つ保育園に向かった。

園庭に由紀子が進んでいくと、外遊びをしていた智晴が駆け寄ってきた。

「かーたん、かーたん」

智晴が由紀子の後ろに回り、腰に手を伸ばした。最近はいつもそうだ。右手は寛人に、左手は結人に奪われてしまうので、智晴は由紀子の背中や腰に甘える。たった三歳の子どもにそういう気遣いをさせていることが苦しかった。由紀子は振り返り、智晴を抱きしめた。

「ちーくん、ちーくん」

そう言うと、病院で堪《こら》えていた涙が溢《あふ》れた。

「ちーくんはいい子だね」

智晴も由紀子の背中を小さな手でぎゅっとつかんだ。

こんなところにいる場合じゃない、ということは智久にも重々わかっていた。けれど、週に一度はこの店に来て、ビールを飲むことが智久の唯一の息抜きになっていた。夜勤を終えて、家に帰ると、由紀子も子どもたちももうすっかり夢のなかだった。

三人の子どもがいるというのに、台所も居間もすっかり片付けられて、その整然とした様子を前にすると、なんだか責められているような気持ちになる。仕事の時間によっては、子どもたちを保育園に連れていくことも、迎えに行くこともあるし、子育ても、家事も、由紀子に言われれば、できる限り自分なりにやってきたつもりだ。

けれど、自分のなかにあるこの疎外感はなんなのだろう、と思うことがある。由紀子と子どもたちはもうひとつの強力なチームだ。家族、という意味では、自分もそのチームの一員であるはずなのに、自分の立ち位置を考えると、補欠、という言葉すら頭に浮かんでしまう。

家長という言葉をふりかざしたくはないが、ほんとうは、そういう立場にいたかった。バリバリ稼いで、妻と子どもたちを養っている。そういう事実があるだけでも、今の自分の心許《こころもと》なさはほんの少し薄れていくのではないか。

店の時計はもう午前零時に近い。由紀子も子どもたちも眠っている時間だ。その静寂の合間を縫って、自分の布団にもぐりこむ前に、この店で深呼吸をしたかった。

隣に座るカンヤラットが智久のグラスにビールを注ぐ。何度聞いても覚えられなかった彼女の名前を、最近やっと覚えた。智久はいまだにカンヤラットから「タクシーさん」と呼ばれていた。幸い、この店で同僚と出くわしたことはない。それでも、あんなに嫌っていたこういう店に自分が通うようになったことに、智久自身も驚いていた。

今日は昼間に邦子を見舞った。

茂雄から邦子の容態の話も聞いた。ミシンの仕事を続けられなくなるとわかったときと同じくらいの衝撃を受けた。涙は出なかった。けれど、客を乗せて、この町をタクシーで走っているとき、例えば公園や、池や、スーパーマーケットや図書館が目に入るたび、そこで邦子と過ごした思い出が、智久の頭のなかで再生される。そのたびに心はきしんだ。

店には耳慣れないタイの音楽がかかり、客は数えるほどしかいない。カンヤラットが故国の家族に仕送りをしていると聞いてはいたが、この店で一晩働いて、いったいいくらになるんだろう、と智久は思った。

智久から何かを話すということはほとんどなかったから、この店にいるときはいつでもカンヤラットがひとりごとのように自分のことを話した。故郷にいる家族のこと、子どものこと、夫とは結婚してすぐ離婚したこと、家族みんなで暮らせる家を早く建てたいということ、お母さんの病気のこと。そんなことをくり返し、カンヤラットは話した。まるで彼女自身に言い聞かせているようにも思えた。

「タクシーさん、いつも悲しそう。なんで?」

ふいに聞かれて、思わずカンヤラットの顔を見た。母の病気のことは、家族だけが知っていることで、会社にも同僚にも話していない。話すことで自分の気持ちが軽くなるような友だちすら智久にはいなかった。

「母さんが……」

「タクシーさんのお母さん」

「そう……母さんが病気で」

「うん」

「もう長くはない。つまり……もうすぐ」

カンヤラットにわかるように説明しようとしたが、そこまで言って智久は黙った。

「そう……うちのお母さんと同じ」

カンヤラットの手が智久の背中に触れた。クーラーで冷えた体に彼女の手のひらの温かさが染みた。

「タクシーさん、親孝行する」

カンヤラットが智久のグラスにビールを注ぎながら言った。

「親孝行しないといけない」

ぬるくなったビールをあおるように飲んだ。病院のベッドにしばりつけられ、歩くこともできない母にできる親孝行とはなんなのか。さっきカンヤラットが口にした、家族みんなで暮らせる家を建てること、それは智久の夢でもあった。そんな家を建てることもできなかった。自分は母になにができて、なにができなかったのだろう。してあげられなかったことばかりが頭に浮かんだ。


「あら……あんた……仕事はいいの」

仕事の休憩中にふらりと病室に立ち寄った智久に向かって邦子が言った。この前見たときよりもほんの少し顔色はいいようだが、体全体が一回り、小さくなってしまったような気がした。

茂雄は今、昼食をとりに行っているのだと、ゆっくりとした口調で邦子が言った。その言葉のスピードが、邦子の体の衰弱を表しているようでつらかった。

智久が何を話しかけたらいいのかわからずに黙っていると、ふいに邦子が口を開いた。

「ミシン……」

「ん?」

「ミシン……、もう一度……踏みたいねえ」

カタカタカタと、邦子はいつも、茂雄よりも智久よりも勢いよくミシンを踏んでいた。今、それが母親のしたい唯一のことなのだとしたら、智久はそれを叶《かな》えることができない。

「花蓮《はなばす》はもう咲いているだろうね……」

智久がよく智晴を連れていく池には、夏になると湖面全体に蓮の花が咲く。この時期だけ遊覧船も出るので、タクシーで観光客を池まで送る機会も多かった。もしかしたらベッドに寝ている邦子を車の後部座席に乗せて、池まで連れていくことはできるのではないか。医師の許可さえ取れれば。その段取りを智久が頭のなかで考えていると、

「でも……もう見るのは無理ね」

邦子が弱々しい笑顔を向けた。

「見に行こう。連れていくから」

そう智久が言っても、邦子は目を閉じて、首を横に振る。

「智久……」

「うん?」

「あんた、由紀ちゃんと子どもたちのこと頼んだよ……」

それが母の最後の言葉のようにも聞こえ、智久は黙ったまま邦子の手を取った。これ以上邦子の顔を見ているのがつらかった。病院の駐車場に停めていた車の中で五分だけ泣いて、智久は仕

事に戻った。

「邦子がさ……容態が急変して……」

茂雄から電話がかかってきたときには、夜が明けていた。由紀子が受話器を置くと、明るい網戸の向こうから虫の声が聞こえた。

振り返って寝室を見ると、三人の子どもは布団からはみ出して、思い思いの姿勢で深く眠っている。

隅には智久の布団が敷かれているが、そこには誰もいない。時計を見る。午前五時になるところだった。昨日の朝、夜勤だと聞いていたが、いつもなら、この時間には家に帰っているはずだ。いったいどこに。そう思いながら、智久がいないのに、どうやって三人の子どもを連れて病院に行けばいいんだろう、と由紀子はしばらくの間、途方に暮れた。

気が動転している。由紀子は三回ほど、深呼吸をして、もう一度、受話器を取り、実家の母に連絡をした。それから、智久が勤務しているタクシー会社で車を呼んだ。電話に出た男性に、智久が戻ったら、すぐに家に帰るように伝えてくれないか、と頼んだ。

子どもたちを揺すって起こし、半分寝ている状態で着替えさせた。洋服を着ても、寛人と結人は布団に潜りこもうとする。

「おばあちゃんがね……」

由紀子が言うと、智晴はぱちりと目を開けた。

「おばあちゃん、ちんじゃうの？」

ううん、そうじゃない、と答えたかったが、由紀子は何も言えなかった。邦子の病気について、由紀子が何かを智晴に話したことはなかったが、会いにいくたびに衰弱していく邦子を見て、智晴なりに感じることがあったのかもしれない。

車が停まる音がする。まず智晴の手を引いて車に乗せ、部屋に戻り、双子を一人ずつ抱きかかえて運んだ。

タクシーは夜明けの田圃《たんぼ》の中の道を走る。開けた窓から秋の朝の気持ちいい風が入ってくる。双子たちは口を開けて寝ている。隣に座っている智晴が由紀子の手をぎゅっと握った。

間に合いますように。間に合いますように。

智晴の小さな手を握りながら、由紀子は心のなかでそれだけを唱えた。

「もう峠は越しただろう、と言われてほっとして、ほんの一、二分、席を外したときだったんだ。たった一人で逝《い》ってしまった……誰にも迷惑かけずにさ。邦子らしいな。ほら、邦子、智晴が来たよ……」

そう言って智晴を抱いて、茂雄は泣いた。智久はぐっすり眠ってしまった寛人と結人に付き添って霊安室の外にいた。その部屋には邦子と茂雄と智晴と由紀子だけがいた。

茂雄が邦子の顔の上を覆っていた白い布をとった。邦子はただ目を閉じて眠っているようにも見えた。邦子は逝ってしまった。そのあっけなさに悲しみが追いついていかない。由紀子は智晴の手を握り、ただ邦子のそばに立ちつくしていた。

「おばあちゃん、ちんじゃったの？」

智晴がそう尋ねると、茂雄はうめくように泣きながら言った。

「おばあちゃん、死んじゃったんだよ……」

白い部屋に茂雄の泣き声だけが響いた。

葬儀の日、由紀子は棺《ひつぎ》の中にいる邦子をじっと見た。ミシンの仕事に不慣れな自分にいつも優しい言葉をかけてくれたこと、子どもたちの子育てを手伝ってくれたこと、そのどれもが由紀子にとっては愛《いと》しい時間だった。邦子の笑顔を思い出したら、水道の蛇口をひねったように、涙が溢れた。

生花を載せた盆が回ってきて、由紀子は、

「それをおばあちゃんのお顔のそばに置いてあげて」と小さな声で智晴に言った。

黄色い菊の花をひとつ手に取り、由紀子に抱かれたまま、智晴は腕を伸ばし、邦子の顔のそばに置いた。智晴が邦子の死を小さな頭でどんなふうに理解しているのか由紀子にはわからなかった。涙を流してはいないが神妙な顔をしている。

結人と寛人はわけもわからず二人でじゃれ合って、大きな笑い声をあげるので、そのたびに由紀子は二人をたしなめた。由紀子は二人と手をしっかりとつなぎ、棺の前に連れてきた。二人を交互に抱っこして、邦子の顔を見せるが、それも一瞬のことで、二人はまた、じゃれ合い始める。

「孫三人が来て、にぎやかで、邦子は幸せものだな」

茂雄が泣きはらした目を指でさすりながら言った。由紀子はバッグから取り出した黄ばんだ布を邦子の腕のあたりにそっと置いた。

「おばあちゃんが縫ってくれたんだよ。お兄ちゃんのおむつ……」

智晴にそう言って由紀子はまた泣いた。

気がつくと棺の蓋《ふた》は閉められ、銀色の扉の向こうに吸い込まれていく。扉が閉められると、茂雄の泣き声がいっそう大きくなった。

小一時間もして、再び扉が開かれると、そこには邦子の姿も棺もなく、ただ白い骨だけがあった。茂雄と智久、智久の弟の次に、由紀子は涙をこらえながら、長い箸《はし》で邦子の骨を拾い、壺《つぼ》に収めていく。箸が骨に触れると、かさり、という乾いた音がする。

さっきまでいた邦子はどこにもいなかった。

最後に茂雄が集まってくれた家族や親戚《しんせき》たちに簡単な挨拶《あいさつ》をして、皆で斎場を後にした。

由紀子たちは、智久の車で茂雄の家に向かった。白い布がかけられた低い棚の上に、茂雄は布に包まれた骨壺をそっと置き、手を合わせた。由紀子がお茶を淹れ、皆で簡単な昼食をとった。親戚の人たちが持ってきてくれた太巻きや煮物がテーブルの上に並べられているが、はしゃいでいるのは相変わらず寛人と結人だけで、由紀子もほかの大人たちもあまり箸は進まなかった。

昼食が終わると、茂雄はまた祭壇の前に座り、お鈴を鳴らした。智晴は由紀子のそばを離れようとしない。

茂雄の背中がなんだか寂しそうに見えて、由紀子は茂雄のそばに腰を下ろした。智晴も由紀子の膝の上に座る。

「なんだかあっけないものだね……」茂雄がぽつりと言った。

「……そうですね」

「けど、寂しくはないだろう。天国にはあの子たちもいるんだから」

「あの子？……」

智晴が由紀子の膝の上で茂雄の顔を見上げる。

「ああ、智晴のお父さんのきょうだいが天国にいるんだよ」

「その子、ちんじゃったの？」

「ああ……赤んぼうのときにな」

「赤ちゃんも、ちぬの？」

「そういうこともあるんだよ。ばあちゃんも天国で忙しいだろう。あの子たちの面倒を見なくちゃ」

「天国？」

「死んだらみんなそこに行くんだよ」

茂雄の話を聞きながら、由紀子の頭のなかには、二人の赤ちゃんを抱っこした邦子の姿が浮かんでいた。邦子の死に加えて、由紀子の胸は、もうひとつの大きな憂鬱《ゆううつ》で塞《ふさ》がれていた。

その日の夜、由紀子にはどうしても智久に確認しておきたいことがあった。葬式で疲れたのか、智晴と寛人と結人はもうずいぶん前に床についている。居間には由紀子と智久の二人だけがいた。時計の針が時を刻む音だけがやけに大きく響く。由紀子は智久の前にお茶の入った湯呑《ゆの》みを置いて、ひといきに言った。

「お義母さんが亡くなったとき、あなたはどこにいたの？」

「………」

智久は湯呑みだけを見つめて何も言おうとはしない。それでも由紀子は言葉を続けた。

「お義母さんが亡くなったとき、あなたはどこで何をしていたの？」
その夜、智久の口は開くことはなかった。

邦子の死から一年が経って、その家は完成した。茂雄たちが使っていた仕事場の跡地に建てられた新築の二階建て。茂雄の家からも近い。土地を買うお金と家を建てるための資金は邦子が残してくれていた。

最初にその話を由紀子が聞いたとき、由紀子は、茂雄が住んでいる古い家を改築する費用にしたほうがいいのではないか、と伝えたが、

「何言ってんだ由紀ちゃん。智久や由紀ちゃんや子どもたちのために邦子が残した金だ。俺が使ったら邦子が化けて出るよ」と一蹴《いっしゅう》された。

由紀子はうれしかった。今まで住んでいた家は大家から立ち退きを迫られていたときだったから、余計だった。家族の危機を邦子が救ってくれたのだ、と思った。

小さな家だが、庭もある。一階に台所と風呂場と洗面所、居間、由紀子と智久の部屋、二階には二部屋。大きな部屋を寛人と結人の二人で使い、小さな部屋は智晴の部屋にした。そうはいっても、智晴はまだ四歳、寛人と結人はまだ二歳だ。二階には子ども部屋があるのに、新しい家に引っ越しても、一階の部屋に布団を並べて、みんなで寝ていた。

朝、起きて、台所に立つだけでうれしかった。どこもかしこもぴかぴかで光り輝いている。慌ただしく、いつもと変わりない朝食を作っているだけなのにうれしい。この家を与えてくれた邦子には感謝の気持ちしかなかった。

「かーたーん！」

皆の寝室にしている和室のほうから智晴の大きな声がした。

手を拭《ふ》きながら、由紀子が和室に向かうと、まだ畳んでいない布団の上で、寛人と結人がきょとんとした顔で由紀子を見ている。智晴に買い与えたクレヨンが二人のまわりに散らばっていた。真っ白な壁を見ると、赤と緑の丸がいくつも描かれている。

「こらぁ！　寛人！　結人！」

真剣に怒っているのに、双子は部屋の中をぐるぐると回る。それでも由紀子はなんだかうれしいのだった。子どもたちは皆元気で健やかに育っている。由紀子の心配ごとはただひとつ。週に一度、家に帰ってこない智久のことだけだった。

木曜か、もしくは金曜の夜、智久は家に帰ってこない。夜勤があるのは大抵、火曜か水曜だ。智久を何度問い詰めても、同僚の夜勤を代わったから、としか言わない。そういうこともあるだろう、と由紀子は思っていたが、それ以外の理由があるのかもしれない、と思い始めたのは、邦子が亡くなった朝のことだった。

智久の勤務先のタクシー会社で病院にいくための車を呼び、智久に伝言を頼んだとき、

「あれ、彼なら、もう上がってるはずだけどな……」と電話に出た同僚に言われた。

こんな大変なときにいったい、智久はどこで何をしているのか。怒りが由紀子の心のなかに生まれた。茂雄をはじめ、誰一人として邦子の死に目に会えなかった。一人で逝かせてしまった、という後悔は茂雄だけでなく、由紀子の心のなかにもあった。

智久が病院にようやく姿をあらわしたのは、由紀子たちが到着してから一時間も過ぎた頃で、

近づくと、お酒の饐《す》えた臭いがした。こんなに大変なときになんで。邦子が亡くなった夜に由紀子はそう言って問い詰めた。智久は何も返事をしない。智久の仕事の都合で、なかなか顔を合わすことができず、顔を見れば言い争う日々が続いた。

いつかしっかり話し合わなければいけないと思うのだが、仕事と三人の子どもの世話をするだけで、今の由紀子は手一杯だった。智久の帰りを待って今日こそは話をしないと、と思っていても、子どもたちを寝かしつけていると、自分も気絶するように眠ってしまう。気づけば朝だ。それに、子どもたちの前ではできるだけ諍《いさか》いの声を聞かせたくはなかった。

膨らんだ智久の布団を横目に見て、ため息をひとつついてから、朝の準備をするのが、由紀子の日常になりつつあった。

いつから私たちはこんなふうになってしまったんだろう。

どこで、どのタイミングで。

朝食の目玉焼きを皿に盛りながら、由紀子はまた、ため息をひとつついた。

智晴、寛人、結人は時々、突発的に病気にかかった。一人が風邪を引けば、必ず誰かにうつる。保育園に預けていても、

「智晴君、お熱があるようなのですが……」と電話がかかってくる。

売店の仕事は城島さんが異動し、新しいパートの植田《うえだ》さんと組むようになっていた。植田さんは二十代半ばで、まったくの素人だ。由紀子がこの仕事を始めたときのように、お釣りをよく間違えるし、手も遅い。自分が新人として入ったときの城島さんの気持ちが今更ながら理解できた。城島さんがいたときは、

「子どもが熱を出して……」と言えば、すぐに送り出してもらえたが、植田さんが相手ではそうもいかない。

由紀子がすぐに保育園に駆けつけられないときは、茂雄や実家の母、智久の手を借りた。三人の子どもを抱えながら、仕事をすることは、ぴーんと張ったロープの上で綱渡りをするようなものだ、と由紀子は思った。

その日は結人が熱を出したという連絡があり、仕事場を抜けられないので、実家の母に応援を頼んだ。いつも通りの時間に売店を飛び出し、保育園に智晴と寛人を迎えに行き、二人と手をつないで家に急いだ。

家に帰ると、台所からいいにおいがしていて、由紀子のおなかがぐーっと鳴った。

「結君、少し、喉《のど》が赤いだけだって」

そう言いながら、由紀子の母が直接おたまに口をつけて、味見をしている。

「みんな、手を洗っておいで。すぐにごはんよ」

「ばーば！　ばーば！」

と智晴と寛人は母の腰のあたりにまとわりついているが、由紀子もお母さん、と抱きつきたい気持ちだった。

グラタンと野菜スープ、由紀子にだけはガーリックトーストも用意されていた。

母が子どもの面倒を見てくれるときは、いつもこうして夕食を用意してくれる。グラタンなんて、双子が生まれてから食べたことはない。何より、ゆっくりと食事をしたことすらなかった。

グラタンはいつもの母の味で、一口食べると、由紀子は安堵《あんど》のため息を漏らした。

その晩は、子どもたちの面倒を母が見てくれたので、由紀子は一人で食事をとることができた。帰る前には、子どもたちを風呂にも入れてくれると言う。そう言われてもついつい食事がいつもの早いペースになってしまう。

「私がいるときくらい、慌てて食べるのやめなさい。行儀が悪い」

子どものように母に叱られたのも久しぶりだった。ほんの短い時間でも、自分が母ではなく、子どもでいられることがうれしかった。

「智久さん、いつもこんなに遅いの?」

母にそう言われて、由紀子はカレンダーを見た。今日は木曜日。夜勤ではないのに智久の帰りが遅い日だ。

「夜勤、とか、あるから……」

何気ない風を装って由紀子は答えた。

「小さい子がいて、仕事もして、由紀子、あんたえらいね」

母の言葉にふいに涙が出そうになった。慌てて母が淹れてくれたお茶を口にした。

智久が毎週どこにいるのか、誰といるのか、由紀子は知らない。尋ねる勇気も、時間もなかった。早く帰って来る日や、休みの日は相変わらず、家事を手伝い、子どもの面倒を見てくれる。以前よりもその時間は長いし、子どもを頭ごなしに叱りつけることもない。いい夫であり、いい父親でもあるのだ。でも……。

「智久さんて、ちょっと何を考えているのかわからないところがある人だよね」

由紀子は母の言葉に同意もせず黙っていた。頷いてしまえば、自分の心のなかにある智久への疑心がはっきりと形を持ってしまうような気がする。

「あんたたち、うまくいっているの?」

真っ正面から聞かれて、由紀子は動揺した。母は昔から鋭いところのある人だ。結婚したこと、いつか後悔するよ、と言われたこともある。けれど、それでも、子どもが三人もいるのだ。そうやってできた智久との縁を切るということなど考えたこともない。なんとかこの家族の生活を続けていきたい。それが由紀子の願いだった。

「なんにも問題ないよ」

「それなのに、ずいぶんと暗い顔しているじゃない」

家族の寝室にしている和室では、三人の子どもたちがはしゃぎ、子犬のようにじゃれあっている。由紀子が一人のときは、喧嘩《けんか》の仲裁をしたり、誰かを叱ったりで、気が休まる瞬間がなかったが、母がいるだけで、子どもたちへの目が優しくなっているのを感じていた。

智久のそばに誰かがいるのかもしれない。

いつから、そう思い始めたのか、由紀子は覚えていない。智久の脱いだワイシャツから、ココナッツのような甘い香りがしたこと。口数が少なく、あまり感情をあらわにしない智久が、よく笑うようになったこと。そんな出来事のひとつひとつが、パズルのようにはまっていく瞬間が確かにあった。

そうは思っても、自分が子どものことにかまけていて智久を大事にしていない、という後ろめたさがある。万一、智久が浮気をしていても仕方がない、と思うこともあった。しかし、そうはいっても、それが許せるわけでもない。

どこかのタイミングで智久とじっくり話し合わないといけない、と思いながらも、毎日は猛スピードで過ぎ去っていく。

「悪い人じゃないのよ智久さんは」

自分に言い聞かせるように由紀子は言った。

「ほんとうの悪人なんてなかなかいないのよ由紀子。悪いことをするのはいい人よ。いい人がいちばん悪いことをするの」

もしかしたら、母は由紀子が抱えている疑念に気づいているのでは、と思った。智久さん、浮気しているかもしれないの。今ここでそう母に言えれば、どんなにか楽だろう。けれど、母に余計な負担や心配をかけたくはなかった。

「大丈夫。大丈夫よ」

「あんまり無理しなさんな」

「うん……」

「ほら、子どもたち、お風呂でごしごし洗っちゃうぞー」と言いながら、母は立ち上がり、三人の子どもたちの服を脱がせ、真っ裸の三人を連れて風呂場に向かった。

風呂場から響く子どもたちのはしゃいだ声を聞きながら、食器を洗った。

大丈夫。大丈夫。皿をお湯で濯《すす》ぎながら、由紀子は自分に言い聞かせた。そう唱えていないと、どうにかなってしまいそうだった。

「先輩。先輩」

そう植田さんに呼ばれて由紀子ははっと顔を上げた。

「お釣り多いですよ」

「あっ、ごめんなさい」

男性客に渡そうとしていた数枚の千円札を由紀子は慌ててひっこめた。

「ごめんなさい。ありがとうございました」

失敗を隠すように由紀子はいつも以上に大きな声をあげた。

「体調、悪いんですか？」

「ううん、そんなんじゃないの。ぼーっとしていてごめんね」

「だったらいいですけど」

植田さんと組んで売店に立つようになって半年になる。

「しっかり指導してあげてね」と店長から言われた。最初の頃は失敗も目立ったが、若さのおかげか仕事の飲み込みは早かった。先輩、と呼んでくれるが、さっきのように由紀子のほうが助けられることも多い。

「先輩、やっぱり、正社員の試験受けるんですか？」

朝の通勤客が一段落したところで、植田さんが由紀子に聞いた。

「うん、受かるかわからないけど、一応はやってみるつもり」

「そっかあ。いいなあ。私も早く正社員になりたいなあ」

産後、仕事に復帰した由紀子は、あと一年待てば正社員の試験が受けられる。新しい家に住んで一年、智晴は五歳に、双子たちは三歳になっていた。三人の子育てに仕事。まるで、綱渡りをするような毎日であることには変わりがなかったが、それでも、由紀子は日々の慌ただしさを難なくこなせるようになっていた。あと一年、売店のパートを続けていれば正社員にもなれるかもしれない。智晴が小学校に上がる前に正社員になれば、なんとか、三人の学費を貯金することもできる。その願いが由紀子を支えていた。

ただひとつの気がかりは、智久のことだった。誰かがいるのかもしれない、という疑念は、絶対に誰かがいるはずだ、という確信に変わりつつあった。

このアパートの一室に来るようになってから、どれくらい経つのだろう。カンヤラットが店を休む木曜日、もしくは金曜日、この部屋に来て、彼女が作る料理を食べ、話す。ただ、それだけだった。それだけのことが楽しかった。

三人の子どもがいて何をしているのだ、と、もう何回も思った。自分のふがいなさを責めた。それでも、カンヤラットと会うことをやめられなかった。

カンヤラットの部屋を出たあとに、必ず、もうあの部屋に行くのはやめよう、彼女と会うのはやめようと思う。けれど、仕事で客から理不尽なことを言われた日、由紀子に話しかけても上の空で返事をされた日、自分の心のなかにはカンヤラットの顔が浮かぶ。

妻の由紀子に対する気持ちとはまた違う。回路が違う、と言っても、誰にも理解はされないだろうとわかっている。決して、由紀子のことが嫌いになったわけではない。けれど、いつからか、息が苦しくなった。カンヤラットの部屋にいるときだけ、深呼吸ができるような気がした。

それでも、罪悪感にかられて、

「もうここには来ない」と言ったことがある。

「タクシーさん、やだよ」

あとはココナッツの香りに紛れて、わからなくなった。自分のことも、自分が何をしているのかも。

真夜中、カンヤラットの部屋を出て、田圃の中の一本道を車で走る。雲の切れ間から満月が顔を出した。智久は車を停め、外に出た。季節は春。まだどこかに冬の気配が残っている。それでももうすぐ田植えが始まる。

智久にとっては見慣れた景色も、満月に照らされて、いつもより輝いて見えた。用水路を飛び越え、あぜ道にしゃがみこんだ。苦しいほどの草のにおい。俺は何をやっているんだろうなあ。誰かに思い切り叱られたい気がして、ふと思い出したのは邦子の顔だった。


智久たちの新しい家は、茂雄の家から歩いて五分ほどのところにあったから、智久は仕事に行く前や、休憩時間に、茂雄の様子を見に行った。

邦子が亡くなった当初は、ずいぶんと気落ちした様子を見せていた茂雄だったが、今ではなんとか一人暮らしの生活をこなしているようだった。

夕食は由紀子がおかずを持っていくことも多かったが、朝食と昼食は自分で作っているらしい。昼食を食べたあとには散歩も兼ねて、駅前のスーパーに行くのが日課で、由紀子の売店に顔を出すこともあるという。

「ミシンの仕事より、よっぽど由紀ちゃんに合った仕事を見つけたんだなあ」

そう智久につぶやくこともあった。

智久はカンヤラットの店にはもうほとんど足を向けなくなっていた。

「無駄なお金は使わないほうがいい」とカンヤラットは笑いながら智久に言った。

会うのはほとんど彼女のアパートだったが、時折、昼食休憩の終わりに駅前の喫茶店で待ち合わせてコーヒーを飲むこともあった。カンヤラットはカウンターで智久の隣に座り、話をしながら、智久の肩に頭を乗せたり、腕をくんだりする。こんなところを誰かに見られたら、と思わないことはなかったが、それ以上にカンヤラットに会いたかった。ほんの十分間、話すことはたわいもないことばかりだったが、それでも自分の心がほころんでいるのを智久は感じていた。その姿を茂雄に見られていることすら、智久は気づかなかった。

午後早く、休憩時間だから、と言って智久は茂雄の家に顔を出した。茂雄は智久を居間に通し、お茶を出してから真っ先に言った。

「別れろ」

湯呑みを持った智久の手が止まる。

「すぐに別れろ。いいか」

「……いったいなんのこと?」

この期に及んでしらを切ろうとする智久に、茂雄は苛立《いらだ》った様子を見せた。

「見たんだよ。駅前の喫茶店で。ただの関係じゃねえな」

「……………」

智久は湯呑みを手にしたまま口を閉ざした。

「俺だって清廉潔白な人間じゃない。邦子ともめたことだって、実際のところあったさ。……男なら、かみさん以外の女に気持ちがなびく、なんてこともあるだろうよ。だけど……」

茂雄がお茶を一口飲んだ。

「だけどな、おまえ、まだ小さい子どもが三人もいる子持ちだぞ。由紀ちゃんだって、家族を支えるために毎日働いているんだろう。父親だぞ、何やってんだ！」

茂雄の大きな声に体が震えた。それでも何も言えなかった。何も言えないということは、自分の非を認めたことになるとわかってはいても。

「由紀ちゃんはまだそのことに気づいていないんだろうな」

「……多分」

その言葉にかっとしたのか、茂雄に思わず頭をはたかれた。

「すぐに別れろ。いいな」

それでも何も言えなかった。茂雄の言うことは正論だ。自分のやっていることは間違っている。もうカンヤラットには会わない。彼女の部屋には行かない。そう何度、自分に誓っただろう。それでも、カンヤラットに向かっていく気持ちを智久はどうやっても止めることができなかった。


ある日の夕方、保育園のあひる組の教室の前で、由紀子の腕に智晴が飛び込んだとき、そばにいた大地君が大きな声で泣き出した。

「お母さん、いない！　帰ってこない！　お母さんにもう会えないよおおお」

由紀子が驚いていると、長町先生がすかさず大地君を抱っこしたが、大地君は先生の腕のなかで真っ赤な顔をしてそっくり返って泣きわめいている。

「大地君とこ、離婚したから……」

そばにいた誰かのお母さんが誰に言うともなしに言った言葉が由紀子の耳に残った。

「お母さん、りこんて、何?」

夕食後、由紀子が双子の食べ散らかしたものを床にはいつくばるようにして拾っていると、智晴にふいに聞かれた。

「えっ……」

由紀子は手を止めて智晴の顔を見る。

「りこん、て何?」

「あ、あのね……」

由紀子が話し始めると、結人が由紀子の背中に急に抱きつき、寛人は、

「かーたん、おちっこでちゃった」と泣きそうな顔をしてやってきた。

「はいはいはい、ちょっと待ってねー」

と由紀子は慌てて寛人を浴室に連れて行く。寛人のおしりをシャワーで洗い流しながら、由紀子は自分の鼓動が少し速くなるのを感じていた。夕食の後片づけをし、三人を風呂に入れたら、すぐに子どもたちの眠る時間がやってくる。由紀子は三人の子どもを寝かしつけながら、睡魔と闘っていた。三人の子どもたちが眠ってもやることは山ほどある。洗濯物を畳んで、明日の保育園の準備をして……。智晴は眠れないのか、布団の上でごろごろと体を動かしている。結人と寛人はすぐに寝息をたて始めた。由紀子は智晴のほうを向いて言った。

「眠れないの？」

「お母さん、りこんて何？」

ああ、もう逃げられない、と由紀子は思った。智晴に話して伝わるだろうか、と思いながら、それでも由紀子は話を始めた。

「智晴の家族は誰？」

「えーと、お父さんとお母さん、寛人、結人、お父さんのおじいちゃん、お母さんのおばあちゃんとおじいちゃん、それと……」

「……うん？」

「天国に行ったおばあちゃんも家族？」

「もちろん」由紀子は子どもらしくぷっくりと膨らんだ智晴の頰を撫《な》でた。

「おばあちゃんは天国にいるけれど、智晴の家族でしょう？」

「うん」

「家族は時々、そんなふうに形を変えることがあるの。誰かがいなくなったりすることが。離婚っていうのは、お父さんとお母さんが別々になること。だけど、離婚しても家族はずっと家族なの」

「でも、大地君、お母さんにもう会えないって泣いてた……」

「……でもね、大地君のお母さんが大地君の家族だってことはずーっとずーっと変わらないんだよ」

智晴の鼻の奥のほうがぐずぐずといい始める。由紀子は正直なところ、この話をし始めたことをもう後悔していた。

「離婚したら、お父さんとか、お母さんともう会えないの？」

「悲しいことだけど、そういうこともあるの」

智晴の目から涙がすーっと流れた。智晴が目をパジャマの袖《そで》でぐいっと拭いた。

「だけどね、智晴」

そう言いながら、由紀子は智晴の頭に手を置いた。

「これだけは覚えておいてね。絶対に忘れたらだめだよ。約束できるかな？」

うん、と声に出さずに智晴は頷いた。由紀子はまるで自分に言い聞かせているようだと思いながら話を続けた。

「もし、誰かのお父さんとお母さんが離婚することになっても、それはぜったいに子どものせいじゃないの。それに……」

「うん……」

「もし、お父さんかお母さんと離れて暮らすことになっても、お父さんやお母さんが子どもを嫌いになることなんて絶対にないんだよ。だから、離婚をしても、家族であることに違いはないの。少し形が変わるだけなの……わかるかな？」

うん、と頷いてはいるものの、五歳の智晴の頭で由紀子の言ったことを理解するのは難しいに違いない。それでも智晴には絶対にこのことだけは忘れないでいてほしかった。

智晴が小学校の一年生になった春、由紀子は正社員になった。しばらくは社員の立場で売店の仕事が続くが、いずれは店長のような仕事や、パートたちの教育係などの仕事も任されるようになるのだ、と聞いて、由紀子の胸は希望で膨らんだ。

月給が上がり、ボーナスも出る。正社員になれるとわかったとき、由紀子は自分の年収を計算してみた。その額は智久よりも多い。かすかな心苦しさを感じたが、その分はすべて、いずれ必要になる三人の子どもの教育費の貯金にまわすつもりだった。

今日は早番だったので、午後四時に上がれる。通勤帰りの客もまだいなかったので、由紀子は売店の外に出て、夕刊や雑誌の補充をしていた。そのとき、ふいに背中が叩かれた。

振り向くと、長い髪の若い女性が立っている。顔を見て、日本の人ではないな、と思ったが、工場で働く外国の人が多いこの町では、特に珍しいことではない。女性が口を開いた。

「タクシーさんの奥さん？」

真珠の粒のような白い歯が光った。

「……タクシー、さん？」

「智久。智久の奥さん？」

「はい。そうですけれど……」

売店の中から植田さんが興味深げに二人のやりとりを見ている。それでも、立て続けに客がやってきたので、すぐにその対応を始めた。

「あの……あなたは？」

「私のこと知らない？」

女性の顔から表情を読み解くのは難しかった。

「智久から聞いていない？」

「ええ……なにも……」

かすかに落胆の表情が見てとれた。

「智久と話してほしい」

「話？」

「私と智久のこと。智久と話をしてほしい」

女性はそれだけ言うと、踵《きびす》を返して、売店から遠ざかっていった。ああ、そういうことか。由紀子の頭のなかで、ぱちり、とパズルの最後の一片がはまる音がした。


「かーさん！」

智晴の声で由紀子は我に返った。

「なんか変なにおいがするよ！」

そう言われて手元のフライパンを見ると、オムライスの卵が真っ黒に焦げている。あー、と思いながら、由紀子は焦げたオムライスを皿に盛った。これは自分で食べなければ。三人の子どもたちと食卓を囲んだが、食欲はまったくといっていいほどなかった。

智晴の宿題をチェックし、寛人と結人の保育園の準備をし、三人を交互に風呂に入れ、絵本を読んで寝かしつける。いつもの通りだったが、三人の寝息を聞く頃には、由紀子はへとへとに疲れきっていた。本当はこのまま布団に入って自分も深く眠ってしまいたい。けれど、今日はそういうわけにはいかない。

由紀子は深夜まで智久の帰りを待った。それでも、うつらうつらしてしまい、智久が帰って来る頃には、居間のテーブルにつっぷして眠ってしまっていた。

気配を感じて顔を上げると、智久がそばに立っている。由紀子の顔を見て、かすかに微笑んだが、由紀子は間髪を容れずに言った。

「今日、女の人が来たよ……」

それだけで智久の顔色がさっと変わったのがわかった。やっぱり。ずん、とした重さを胃のあたりに感じる。智久は黙ったままだ。

「あの人、どういう人？」

「ああ……」

智久が由紀子のそばに腰を下ろす。その距離があまりにも近いような気がして、由紀子は思わず座り直した。

「同僚とよく行く飲み屋の人だよ」

「あなたと話をしてくれって、あの人が。話ってなんのこと？」

「話？」

「話をしてくれって。どういうことなの？」

智久は黙っている。

「あの人、なんていう名前なの？」

智久が口にした一度では覚えられないその名前を聞いて由紀子は思った。智久は、自分が気づかないうちに遠い所に行ってしまった、と。

子どもたちを起こさないように声を潜めて智久を責める。

そんな夜をもう幾度、もう何年も過ごしたのだろう。

「なんで！」

自分でも聞きたくはない尖《とが》った声が由紀子の口からこぼれ落ちる。いつも怒鳴っているのは由紀子だった。智久はほとんど話さない。そのことに苛立って智久を責める声はどんどん大きくなっていく。寝室のほうから、誰かの寝言が聞こえた。由紀子は再び声を潜めて智久に尋ねた。

「ちゃんと話をしてほしい。あなたにいったい何が起きているのか」

智久はぽつりぽつりと話し始めた。話をしてほしい、と言ったのに、そのどれもが由紀子の聞きたくないことだった。由紀子は手元にあったお茶の入った湯呑みを智久に投げつけた。智久がとっさに身をかわす。壁にぶつかった湯呑みは鈍い音をさせながら割れ、壁に奇妙な形のお茶のしみができた。由紀子は机につっぷし、声を殺して泣いた。

「あなたが全部悪い！　あなたがいけない！　家庭を壊してまで……」

家庭を壊してまでそれが智久のやりたいことだったなんて思いたくはなかった。

「あなたは父親なのに！」

そのとき、ふいに襖が開いた。パジャマ姿の智晴が由紀子に駆け寄り、その首にしがみついて言った。智晴は小学三年生になっていた。

「喧嘩だめ！」

由紀子は智晴の首元に顔を埋《うず》めて泣いた。いつか幼い智晴に言ったことが頭をかすめた。

「離婚をしても、家族であることに違いはないの。少し形が変わるだけなの」

智晴はもうそんなことは忘れているだろう。少し形が変わるだけ、なんて、そんな簡単なものではなかった。目の前に突然現れた巨大な壁のように、離婚、という言葉の重さが由紀子の胸をじわじわとしめつけていた。

第二部

第一章　ちはる、ははになる

十五歳になった智晴の朝は寛人と結人を起こすことから始まる。

「おい、寛人、結人、起きな」

二段ベッドに寝ている二人の布団をひっぺがす。寒いだの、眠いだの、二人は言いたいことを言うが、「めし、食っちゃうぞ」と智晴が声をかければ、二人はぶつぶつ言いながらも着替えを始める。

今日は結人も学校に行くのか、そのことにほっとして階段を二段飛ばしで降りる。キッチンに向かい、フライパンの中にある三つのハムエッグをそれぞれの皿に盛る。オーブントースターの中で焼き上がった二枚のパンを取り出し、さらに二枚のパンを入れる。もう一回パンを焼かないと自分の分はない。冷蔵庫の中には母が作っていったポテトサラダがあったから、それを三等分にして三枚の皿に載せた。

「おまえ、歯磨いてないだろう」

「磨いたよ！」

寛人が歯をいーっとして智晴に見せる。

「嘘つけ！」

智晴の言葉には耳を貸すことなく、寛人がパンに齧《かじ》りつく。

「ジャージがない！　ジャージがない！」と結人が叫んでいる。結人はいつもこれだ。

「ああっ、もう！」と言いながら、智晴は洗面所に向かい、洗濯かごの中から洗っていない結人のジャージをつまみ出し、キッチンに入ってきた結人に向かって投げた。

「臭い！　洗ってない！」

結人が泣きそうな顔で言う。

「おまえが夜中に出すのが悪い。今日はそれを持ってけ」

え――と言う結人の声を無視して、智晴もパンに齧りついた。

いつか母が、

「男の子が三人いるのは、大型犬が三匹いるのと同じ。いつもごはんのことばっかり考えてる」

とこぼしていたことがあったが、智晴にとっては寛人と結人だけで手に余る。もし将来、自分が結婚することがあったら、子どもは絶対に一人でいい、と思いながら、智晴はハムエッグとポテトサラダを一緒に口に入れた。

管理職として働く母の朝は早い。弟たちに朝食を食べさせて学校に送り出すのは、智晴の役目だった。

智晴はこのあたりでは中くらいの頭の出来の子どもが行く高校に通っていた。保育園、小学校、中学校と一緒だった彩菜と敦史も同じ学校に進んだ。大地はこのあたりでいちばん頭のいい子どもが行く進学校に進んだ。

自転車に乗って学校に行くと、いつのまにか彩菜が後ろからついてくる。振り返るとにこにこしているが、絶対に横に並ぶことはない。それを見て追い越していくのが敦史だ。ひゅーひゅーと、奇妙な声をかけながら二人を追い越していく。

彩菜と敦史とは別々のクラスになった。新学期が始まって二カ月が過ぎていたが、智晴にはまだ親しい友人はいなかった。智晴の住む町には工場が多かったから、外国人の生徒も数人いる。小学校のときからそうだった。智晴のクラスにも、ブラジル、フィリピン、アルゼンチンの生徒がいた。智晴は小学校のときから、日本ではない国の子どもとでも、分け隔て無く遊び、学んできた。先生にも母にもそう言われて育ったからだ。

シリラットという女の子とは高校で初めて同じクラスになった。顔と名前は小学校のときから知っていたが、同じクラスになったのは初めてだった。

シリラットは教室に入る智晴を見ると、満面の笑みを浮かべた。いつもそうだった。智晴はそうされると、どうしていいかわからず、いつも曖昧《あいまい》な笑みを返した。シリラットは父が再婚した相手の子どもだった。それが智晴の心を複雑にしていた。よりによって、と思ったこともある。彼女と同じクラスになったことを、智晴はいつまでも母に話せないでいた。

それでも智晴は学校そのものが嫌いではなかった。授業は正直なところ、楽しくはない。英語と世界史にだけは少し興味があったが、とりたてて成績がいいというわけでもない。

高校に入ってクラブ活動が強制参加でなくなったのは、智晴にとって有り難いことでもあった。放課後になると、図書室に行き、料理本を探す。めぼしい料理を見つけると、そのページをコピーし、それを手にしてスーパーに寄った。安くて、簡単にできて、ボリュームがあるものを食べさせたい。二人の弟にとって、智晴はいまや第二の母だった。

夕方、智晴が朝食の食器を片付け、夕飯の煮物をこしらえていると、外で車が停まる音がした。

「ただいまー」

母が疲れた顔で家に入ってくる。肩にかけた鞄《かばん》からは、黒いクリップでとめた紙の束があふれそうになっていた。母が会社で何をしているのか、具体的に智晴は何ひとつ知らないが、なんだか大変そうな仕事をしている、ということはわかる。家にはできるだけ早く帰ってはくるが、居間のテーブルで深夜まで仕事をしている。

母は申し訳程度にキッチンのシンクで手を洗うと、

「なんだかとってもいいにおい」と言いながら、智晴のおしりをぺちっと叩《たた》いた。

「やめろ」と体をよじらせながら、智晴は小皿に煮物を少し載せ、母に渡した。母は行儀悪くそれを指でつまんで口に入れた。

「あーおいし。あんた、料理うまくなったね」

そう言いながら、もう一度、智晴のおしりを叩いた。母は冷蔵庫のドアを開け、缶ビールを取り出す。ぷしゅっ、と音を立てて缶を開けると、ごくり、と飲んだ。

「はあああ、生き返るわー」

そう言いながら、首を回して、関節を鳴らした。ビールといってもそれは、いつもスーパーで買い求めている安い発泡酒だった。

母がこんなふうに酒を飲むようになったのは、離婚後のことで、初めてその姿を見たとき智晴は驚いたが、母の働きぶりを見ていると、お酒でも飲まないとやっていられないんだろう、と思うようになった。

「寛人は？」

「バスケ部の部活！」

「結人、今日は学校に行ったの？」

「行ったよ。今日は美術があるからさ」

「あ、そうか」

弟の結人が時々、学校に行きたくない、と言い始めたのは、中学に入った頃からで、不登校とはいわないまでも、学校は行ったり休んだりしていた。いじめに遭っているようでも、何か悩みを抱えているようでもない。けれど、原因は両親の離婚にあるのでは、と智晴は思っていた。

両親の関係は、智晴が中学に入学した頃から決定的に悪化した。

理由は父に別の女の人がいたからだ。三年の間もめにもめて、結局、離婚し、智晴と寛人、結人の三人は、母と元々住んでいた家でそのまま生活を送るようになった。

幼い頃の智晴から見た母は、いつも穏やかで優しく笑っている母親だったが、父ともめている間に、次第に笑わなくなっていった。笑う余裕もなかったのだろう。

離婚後、智晴と寛人と結人の暮らしを支えるために、母は猛然と働くようになった。その頃には、時々笑顔を見せるようにもなっていたが、それはどこかぎくしゃくとした笑顔だった。

朝は子どもたちより早く家を出て、帰宅すると立ったまま缶ビールを飲み、家で深夜まで働く。そういう母を非難する気持ちは智晴にはなかったが、母の変貌《へんぼう》を目の当たりにして、智晴の頭のなかに浮かんだのは、蝶《ちょう》の羽化だった。

芋虫が蛹《さなぎ》になり、やがて蝶になる。今の母をたとえるなら、蛹だ。智晴が幼い頃、母はふわふわの芋虫みたいにやわらかかった。今の母はなんだか硬い。まるで木の枝と同化しているみたいに。もう少し肩の力を抜いたら、などと、気のきいた言葉は智晴には言えなかった。せめて家事を引き受けることが、母への応援になり、支えになればいい、と智晴は思っていた。

本当は会社で残業があるはずなのに、子どもたちが帰ってくる時間には、母は必ず家に帰ってくる。もしかしたら、それは、会社員である母にとって、とても大変なことなんじゃないか。そして、何より、学校に行ったり行かなかったりしている結人のことが心配なのだろう。

高校に入ったとき、敦史に、

「おまえんとこ、母子家庭だろ」と何気なく言われたことがあった。とっさに言い返せなくて、黙ってしまったが、そうか、うちは母子家庭なんだよな、と改めて思った。その言葉は、小さな棘《とげ》のようにいつも智晴の胸にあった。

そうだ、うちは母の稼ぎで食べさせてもらっている。けれど、それの何が悪いんだ。悪いのは母と僕たちを捨てた父だ。父のことを思うと、智晴の胸の内側に冷たい墨のようなものがさっと流れた。

自転車で三分のところにある祖父の茂雄の家に行くのも智晴の役割だった。高齢の一人暮らしとはいえ、自分でなんでもできる茂雄だったが、耳が遠く、最近はしばしば物忘れもする。午後八時前には寝てしまうので、しっかりと布団に入ったことを見届け、電気の消し忘れがないかを確かめ、戸締まりをし、預かっている合い鍵《かぎ》で玄関ドアを閉めて帰る。

その日、夕飯を終えた智晴が茂雄の家を訪れると、居間のテレビが大音量で点《つ》いたままになっていた。茂雄はテレビの前のテーブルでつっぷして眠りこけている。

「じいちゃん、じいちゃん。こんなところで寝たらだめだよ」と智晴が声をかけると、

「邦子か」と大きな声で叫ぶように答えた。

「違うよ、智晴だよ」

「ああ、智晴か。智久はどこに行った」

茂雄は寝ぼけている。智晴は心のなかで〈女の家に行ったよ〉と返事をした。

三人の子どもたちのなかで、智晴だけが両親が離婚した本当の理由を知っている。父が浮気をして、女の人との間に子どもができたこと。その相手は日本の人ではなくて、元々子どもがいたのだけれど、父と一緒に住むようになって、前夫との子どもをこの町に呼び寄せた。

その子が智晴のクラスにいるシリラットだ。それを知ったとき、いったい、どうなってんだよ、と思った。父が浮気をした人の子どもと同じ学校で勉強しなくちゃならない子どもがどれくらいいるのかわからないが、いつまで経ってもシリラットと仲良くなれる気はしなかった。

茂雄を布団に寝かせ、戸締まりをして家を出た。父の浮気も、離婚も、浮気相手の子どもと同じ学校に通わなくちゃいけないことも、正直、智晴にはとってもつらい、とか、泣きたくなるほど悲しい、というわけではない。そういう感情を抱く前に、まだ現実としてうまく飲み込めてはいなかった。

自転車を力一杯漕《こ》ぎ始める。田圃《たんぼ》の中の一本道を走る。心のなかで「どうなってんだよ」と絶叫しながら。

智晴にとって憂鬱《ゆううつ》な日曜日がやって来た。両親が離婚したときの取り決めで（子どもたちはまったく蚊帳《かや》の外だった）、月に一度、父は子どもたちと会うことになっている。寛人は部活の練習試合があって行けないという。智晴もなんだかんだと理由をつけて行くのをやめたかったが、部活をしていないので断りにくい。嫌々ながらでも、父と会うようにしているのは、結人が父親に会うことを心待ちにしているからだ。

父と離れて暮らすと決まったとき、智晴と寛人は仕方がないか、というあきらめの気持ちを抱いたが、結人は、お父さんと暮らしたいと言って母を困らせた。父は母に、結人だけでも自分と一緒に暮らさせてもらえないかと提案したようだが、母は頑として首を縦に振らなかった。子どもたちがばらばらに暮らすことには、智晴も反対だった。結人が一人で父に会い、お父さんと暮らしたい、と言い出すこと、それは母だけでなく、智晴にとっても絶対に避けたいことだった。

智晴と結人を後部座席に乗せた父の車は、町を抜けて、どんどん山奥に入っていく。近頃はいつもそうだった。山奥の渓流に連れていかれ、釣りをする。釣りそのものに興味がない智晴は、釣り竿《ざお》を無理矢理持たされ、早く夕方にならないかな、と思っていたが、結人のはしゃぎっぷりは半端ではなかった。

自分になついている結人が可愛いのか、父はあれこれと世話を焼き、釣りの指導をしている。弟の無邪気な笑い声を聞くのは、智晴にとってもうれしいことではあったが、父親然と振る舞う後ろ姿を見ていると、

「母さんと僕たちを捨てたくせに」という思いがわき起こってくる。

智晴は早々と釣りをやめて、渓流のそばに立つ木の根元に敷いたビニールシートに横たわり、

目をつぶった。

「兄ちゃん！　やった！　釣れた！　山女魚《やまめ》！」

目を開けると、釣り糸の先に魚をぶらさげて、結人がこちらに駆けてくる。家の中では見たことがないような結人の笑顔を見ると、智晴の胸はせつなさできしんだ。

智晴は、父が一緒に暮らしている女の人の顔を一度だけ見たことがある。高校に入ってすぐ、いつものスーパーではなく、たまたま入った駅前の大型スーパーでカレーライスの材料を選んでいたときのことだった。

父は、智晴たちの家とは駅を挟んで反対側の町にある団地で暮らしていると、母から聞いていた。父の相手が日本の人ではないということも。

相手の人について、母は何も言わなかったし、智晴もとりたてて何かを感じたことはなかった。しかし、それがどんな国の人であれ、自分の父親が見知らぬ女の人とスーパーのカートを押しているところを見るのは、気持ちがいいものではなかった。

じゃがいもを選びながら、智晴は自分の手がかすかに震えていることに気づいた。父たちに見つからないように、こそこそと隠れるようにしている自分は、なんだかみじめだ、と思った。

両親の離婚について、智晴は感情をあらわにしたことはなかった。子どもたちのなかでいちばん大きな声で泣いたのは寛人だったが、泣いたのはそれ一度きりで、そのあとは案外けろっとしていた。結人は寛人のように泣きはしなかったが、だからといってショックを受けていないわけではない。

結人は、学校をしばしば休むようになっていた。それが結人なりの、両親の離婚に対する感情の表し方なのかもしれなかった。だから、母も智晴も、結人が学校に行かないことについて、とりたてて騒いだりしなかった。母は、学校の先生と面談をしたようだが、それだけで、結人が毎日学校に行くようになる、というわけでもなかった。もし結人が両親の離婚で心の傷のようなものを負ったのなら、いつかその傷が癒えたとき、学校に行くだろう、と智晴は考えていた。

本当のことを言えば、智晴だって、寛人のように泣き叫んだり、結人のように部屋に閉じこもったりしたかった。けれど、自分がそうしたら、この家は立ち行かなくなってしまうのではないか。それが、智晴の一番の心配ごとだった。

自分たちの家から父の荷物が運び出されているとき、智晴たちは母が運転する車に乗って、隣町のファミレスに行った。この町では車がないと不便だから、母は離婚を決めたときから、教習所に通い、三カ月も経たないうちに免許を取った。

その日、寛人と結人は後部座席に座り、智晴は助手席に座った。免許を取り立ての頃は、乗っているだけでひやひやした母の運転も、いつのまにかうまくなっていた。時々、運転している母の顔を智晴は見た。悲しそうでも、泣きそうなわけでもない。何を考え、何を感じているのかはわからないが、どこかせいせいとした顔をしていた。それは智晴が初めて見る母の顔だった。

「なんでも好きなもん食べなよ」

そう言って母はぺたぺたするファミレスのメニューを開いた。あれもこれも、とはしゃいでいるのは寛人だけで、正直なところ、智晴は食欲がなかったし、結人も強張《こわば》った顔をしている。何も選ばない二人に業を煮やしたのか、母はウエイトレスを呼んで、メニューを適当に指差した。

いくら男の子三人でもこんなに食べられないだろう、という数の料理がテーブルの上に並んだ。

空腹に負けて、智晴も寛人も、フォークを手にした。結人も食べ始めたら食欲が出てきたのか、唐揚げを口いっぱいに頬張っている。

「なんにも心配いらないんだから」

まるで大型犬のように勢いよく皿を空にしていく子どもたちに向かって母が宣言するように言った。

「あの家があるんだし」

邦子が残してくれた家は、母と子どもたちのものになった。

「行きたかったら大学にも行かせる」

母は何も食べていなかった。コーヒーだけを飲んでいる。

「なんにも心配いらないんだから」

砂糖もミルクも入っていないコーヒーを口にして、またさっきと同じことを母は言った。

「大丈夫だから」

それは、母が自分に言い聞かせているんじゃないか、と智晴は思った。

母は会社でえらくなっていて、休みも普通の会社員のように週二日になった。さすがに土曜日だけは、昼近くまで寝ているが、朝昼兼用の簡単な食事をとったあとは、いつもは智晴がやっている家事に猛然と取りかかる。料理を作っているとはいえ、智晴は、栄養のバランスのことまでは深く考えられない。母は、ふだんの食事の栄養を補うような、常備菜作りに精を出した。エプロン姿でキッチンに立っている母を見るのが智晴は好きだった。それがほんとうの母だという気もした。

土曜日の昼過ぎになると、母は智晴にいつも同じことを言った。

「さあ、どこにでも遊びに行っておいで。警察につかまらなければ何をしてもいいから」

土日であっても寛人は大抵、バスケ部の練習や試合でいない。結人は自分の部屋にいることが多い。智晴の日頃の労をねぎらってそう言ってくれているのはわかるのだが、智晴だって、土曜日だからといって特に行きたいところがあるわけでもない。

いちばんの心配は、どこかで父や父の新しい家族に会ってしまわないか、ということだった。だから大抵は、自転車に乗って、図書館やゲームセンターに行くくらいが、智晴の週末の息抜きだった。

その日も、母に追い出されるように家を出て、目的もないまま、智晴は自転車に乗った。初夏の気持ちよく晴れた日で、田圃の中の一本道を走りながら、ふと保育園に行ってみようか、と思った。

寛人と結人が生まれたときをのぞいて、ほぼ四年間通った懐かしい場所だ。自転車で十分ほど走ると、園庭の隅にある真っ赤なすべり台が見えてきた。

保育園の門のそばに智晴は自転車を止めた。土曜保育の子もいるはずだが、今はちょうどお昼寝の時間なのか、園庭には誰もいなくて、ひっそりと静まり返っていた。

園長先生は智晴が中学校に入った年に亡くなった。智晴が保育園で一番好きな先生だった。蝶のお墓を作ってくれたっけ。そう思い出しながら、智晴は自分が想像していたよりもはるかに狭い園庭を眺めていた。

智晴が、保育園の園庭を囲む柵《さく》に腕を置いて、ぼんやりしていると、その視線の向こうに、同じように園庭を見つめている男の子の姿が目に入った。あれ、大地じゃないか。智晴はぐるりと柵をまわりこみ、男の子に近づいた。やっぱり大地だ。

「大地」

声をかけた智晴を大地が驚いたような顔で見る。

「あ、智晴……」

その声は、智晴と同じように、変声期を終えた大人の低い声だった。保育園から中学まで一緒で、三月まで同じ学校に通っていたのに、ずいぶんと久しぶりに会うような気がした。

卒業式以来会っていなかった大地の背はさらに伸び、クラスのなかでも背が高いほうの智晴より、さらに高い。髪の毛もずいぶん伸びている。智晴が気になったのは、どことなく疲れている様子だった。

大地は、彩菜や敦史や智晴とは違い、このあたりでいちばん頭のいい、県立の進学校に通っている。現役で東大合格者が何人も出るような高校で、智晴たちの中学からその高校に受かったのは大地一人だった。

「なんか、疲れてない？」

茶化すつもりで智晴は笑いながら言った。

「…………」

大地は黙ったままだった。言わなければよかったと智晴は思った。

「勉強、すごいんだろ、大地の高校。大地みたいに頭のいいやつばっかりで」

「…………」

大地は園庭のすべり台に視線を向けている。体調でも悪いのではないかと、智晴は心配になった。

「……自分が凡人なんだって、高校に入ってからすぐにわかっちゃったんだ」

大地の声が暗く響く。

「自分の頭のよさなんて、あの中学のなかだけだったんだ、ってさ……」

「そんなことないだろ」

そう言いながら、大地がこんなふうに弱音を吐くなんて、大地の高校にはいったいどれだけ頭のいいやつがいるのかと思い、智晴は空恐ろしくなった。

智晴と大地は園庭を眺めていることにも飽きて、どちらからともなく、自転車を押して歩き始めた。次、どこに行こうか、と話したわけではないのに、足は自然と蓮《はす》の生えている池に向かう。池までの道は保育園のときのお散歩コースでもあった。

あっという間に池に着いてしまった。保育園のときには、ずいぶんと時間をかけてこの道のりを歩いたような気がするが、高校生になった今では五分とかからない。

池のほとりに自転車を並べて停め、ぼろぼろになった木製のベンチに二人で腰を下ろした。もうずいぶんと蓮の茎が伸びている。もうすぐ薄桃色の花をたくさん咲かせるのだろう。季節のめぐりが、年齢と共に早くなっていることに智晴は驚いていた。

智晴のほうから、自分の学校のことや家族のことを話しかけるが、大地の返事は心ここにあらずだ。本当にこいつは疲れているんだな、と心配になった。

「あのさあ……」

智晴の話を遮るように大地が口を開いた。智晴は大地を見る。鼻筋の通った横顔はどこか大人びている。目のあたりにかかった前髪が余計に大地の表情を物憂げに見せていた。

「うん?」

「あのさあ……」

「うん」

「彩菜は元気?」

そうだった。彩菜の名前を聞いて思い出した。大地は彩菜のことが好きだった。

保育園のときからいつも「おとなになったら、あやなちゃんとけっこんする」と言い続けていた。小学校や中学校に上がってからは、保育園のときのように、彩菜が好きだ、と口にすることは減ったが、大地の気持ちは変わらなかった。

けれど、それを知っているのは智晴だけで、大地が彩菜に好きだ、と告白したことはない。大地はこのあたりでいちばん頭のいい高校に行ったのだから、彩菜のことなどもうすっかり忘れているのだろうと、智晴は考えていた。

「あのさあ、今でも彩菜のこと好きなの?」

智晴の問いに大地はしばらく黙っていた。手にしていた小石を池の水面《みなも》に向かって投げると、蓮の茎の間にぽちゃりと落ちた。

「……うん」

「そっかあ……なんかすげえなあ」

それは智晴の正直な気持ちだった。

「僕、そういうのぜんぜんわからない」

「えっ、誰かを好きになったことないの？」

「ないよ」

実際のところそうだった。智晴は今まで誰かを好きになったことがない。保育園のときは、先生たちに、「彩菜ちゃんはほんとうに智晴君のことが好きだね」と言われていたが、彩菜がなんだかんだと自分に近づき、構うことを、正直なところ面倒臭いなあ、と思っていた。小学校に上がり、誰かが誰かを好きなんだって、という噂話を聞いても、興味もないし、自分にはまったく関係がないことだと思っていた。

中学校に入ると、誰かが誰かに告白した、誰かと誰かがつきあっている、という話も耳に入ってきたが、それよりも智晴が考えなければならなかったのは、自分の家族のことだった。うちはそれどころじゃないんだよ、というのが正直な気持ちだった。

父が家を出て、一人になった母や弟たちを支えることが智晴にとっていちばんにしなくてはならないことだった。

そもそも、誰かを好きになる、という気持ちが智晴にはよくわからない。そういう気持ちになったことがない。しかも大地のように、保育園のときから、ずっと好きな人がいて、好きな人が変わらないというその気持ちがわからない。

「あのさあ……」智晴は大地に尋ねた。

「人を好きになると、どういう気持ちになるの？」

「えええええ」と大地が驚いた顔で智晴を見た。

「それ、まじで言ってる？」

「まじで」

「智晴は誰かを好きになったことが本当にないの？」

「ないよ」

智晴はきっぱりと言った。

大地はまるで宇宙人を前にした人のような顔で智晴を見つめ、言葉を続けた。

「つまりさ、一日のなかで何度もその子のことを考えちゃうとか、その子に会いたいなあ、とか、今、何しているのかな、とか」

そう言う大地の顔は心なしか赤い。

「ふーん。僕、今まで、まったくそういうことがないな」

智晴がそう言うと、大地はまた、手のなかでもてあそんでいた小石を蓮の生えていない場所に向かって投げた。水面にいくつもの波紋が広がっていく。

「あのさあ、智晴……失礼なことを言っていたらごめんね」

「うん」

「智晴ってもしかして、男の子が好きなの？」

「えっ」

驚いて大地の顔を見たのは、今度は智晴のほうだった。

「なかには、そういう子もいるじゃないか。男の子に対しても、そういう気持ちになったことない？」

智晴は考えたが、男の子に対しても、大地の言うような気持ちになったことはない。弟たちのことが始終心配ではあるが、それは家族への心遣いで、大地が言っているような気持ちではないだろう。

「男の子に対しても、女の子に対しても、そういう気持ちになったことはない！」

智晴は断言するように大きな声を出した。

「智晴ってちょっと変わってるなあ……」

「そうかなあ……」

「で……彩菜は元気にしてる？」

「めっちゃ元気だよ！」

そのとき、智晴の頭のなかには、朝の通学路で、自転車を漕いで、にこにこ笑いながら、自分の後をついてくる彩菜の姿が浮かんだが、なぜだかこのことは大地に話さないほうがいいような気がした。

「大地も元気だよ、って彩菜に言っておくよ」

智晴の言葉に、大地は気弱に頷《うなず》いた。

大地の本当の気持ちなど、人を好きになることを知らない智晴には、わかるはずもなかった。

夕方になって、大地と別れた智晴が家に戻ると、母がキッチンに立っていた。缶ビールを片手に何やら揚げ物をしているようだ。油が弾《はじ》ける音と香ばしい匂いに、智晴のおなかがぐうっと鳴った。

「何か手伝おうか？」

智晴がキッチンのシンクで手を洗いながら言うと、母は、「大丈夫、大丈夫」と大きな声で答え、智晴のおしりをぺちっと叩いた。

手持ち無沙汰《ぶさた》な智晴は二階に続く階段を上がった。階段脇の寛人と結人の部屋のドアが開いたままになっている。見るともなしに、智晴が部屋の中をのぞくと、結人が壁際に置かれた二段ベッドの下段に寝っ転がり、漫画を読んでいる。

寛人は部活の練習試合からまだ帰ってきていないようだった。結人のこの様子からすると、今日も一日、ここにいて、漫画を読んでいたんだろう、と智晴は思った。

一卵性双生児である寛人と結人は、顔こそ似てはいるが、性格は正反対だった。おおざっぱにいえば、寛人は外向的、結人は内向的な性格だ。寛人は体を動かすことが大好きで、子どもの頃から、真っ暗になるまで外で遊びまわるような子どもだった。友人も多い。

それに対して、結人は家の中で、本や漫画を読んだり、絵を描いたりすることが好きだった。いつもたくさんの友人の輪の中にいる寛人とは違って、結人は同級生たちを一歩下がって見ているようなところがあった。

外の世界に対して、結人ほど物怖《ものお》じするようなことはないが、智晴の性格もどちらかといえば、結人に近い。だからというわけではないが、結人が学校に行ったり、行かなかったり、という日々が続けば、どうしても智晴の視線は結人に向くことになる。

智晴は部屋には入らず、ドアのところに立ったまま聞いた。

「結人ってさあ、好きな人とかいるの?」

突然、声をかけられ、そんなことを聞かれた結人は目をまん丸くして智晴を見つめている。それでも結人は、すぐに漫画に視線を落とし、ほんの少しすねたような声で言った。

「いないよ、好きな人なんているわけないじゃん」

「いないのか……」

「だいたい、僕なんか、クラスのなかで、いるのかいないのかわからない存在だもん。僕がいなくても誰も気づかないよ」

「そんなわけないだろ」

「そんなわけあるよ。僕なんか透明人間みたいだもの……」

「透明人間……」

そう結人に言われて、智晴はなんだか胸のあたりがきゅっと詰まった。

もしかしたら、それが、結人が不登校気味になっている原因なのかもしれない。

智晴は部屋の中に入り、床に寝転んだ。何となく、今は、兄の出番なのではないか、と思ったからだ。そして、何気なく智晴は尋ねた。

「あのさあ……結人、学校でいじめられたりとか、そういうの、あんの？」

聞いても結人は何も答えない。そっぽを向いたまま漫画を読んでいる。

そう尋ねてはみたものの、自分はいじめられている、とは言わないだろう、と智晴は思った。子どもが、学校でいじめられている、と自分から誰かに言うことは、ものすごく勇気がいるし、プライドだってへし折れる。

もし自分が同じ立場でも、母や弟に知られるのは絶対に嫌だ。子どもとして、そう思う。それでも自分は兄だから、父のいないこの家族で、結人を支えなくちゃ。智晴はそう思って言葉を続けた。

「……月曜日、行けそう？　学校」

「そんなの、月曜日になってみないとわからないよ」

そう言って漫画を投げ出し、布団の中に頭をつっこんでしまった。

いったいどうしたらいいのだろうなあ。智晴も結人と同じように布団の中に頭をつっこみたくなった。

月曜日の朝、仕事に出かける直前に、母が天井を指さして言った。

「今日は結人、行かないって」

そう言われて智晴は、もしかしたら、土曜日に自分が余計なことを言ったからか、と思った。夕食のときには、寛人とふざけて笑っていたから、今日はきっと学校に行くのだろうと楽観的に考えていた自分を悔いた。

「雨だからね、仕方ないね」

母は自分にそう言い聞かせるように言って、出かけて行った。

寛人と二人で慌ただしく朝食をとり、智晴も早めに家を出た。レインコートを着て、自転車に乗る。もう梅雨が来たのだろうか、と思わせるようなどんよりとした雨が、智晴の顔を濡《ぬ》らす。振り返ってみたものの、今日は彩菜も敦史の姿も見えなかった。はるか遠くに、小学生が着ているような黄色いレインコート姿の女の子が見えた。

シリラットだった。彼女は智晴の姿に気づいたのか、片手を上げて微笑む。智晴はそれに反応せず、そんな自分にも嫌気が差して、心のなかでちぇっ、と舌打ちをしながら、自転車を漕いだ。

ふいに大きな音がして振り返ると、シリラットが自転車に乗ったまま、ひっくり返っている。一瞬、そんなものは見なかったことにして、先を急ごうとした智晴だったが、しばらく迷ったあと、あー、もうっ、と心のなかで叫びながら、シリラットのもとに走った。

雨で滑って転んだのだろう。鞄の中から飛び出した教科書を拾いながら、智晴は聞いた。

「大丈夫?」

「うん」

そう言われたものの、シリラットの手の甲から血が流れているのが目に入った。

「うわあ。ぜんぜん、大丈夫じゃないじゃん」

智晴はレインコートと制服のポケットを探ったが、そこにハンカチはなく、仕方なく、体操服を入れた袋から鉢巻きを出した。何もないよりはいいだろう、昨日洗ったばかりだし。そう思いながら、智晴は怪我をしたシリラットの手の甲に鉢巻きをくるくると巻いた。

シリラットは、手に巻かれる鉢巻きをじっと見ている。

二時間目の生物の授業の途中でシリラットは教室に入ってきた。黒板の前にいた先生に何かを話し、先生が頷くと、自分の机に座った。シリラットの席は智晴の斜め前だ。椅子に座る瞬間に、智晴のほうを向いて、かすかに微笑んだが、智晴は前を見たまま、気づかないふりをした。

休み時間になると、智晴の席に近づいてきて言った。

「保健室の先生に言われて、念のために病院に行ってきたの。骨は折れていないって。すりむいただけだって」

「ふーん、よかったな」

「ありがとう」

それだけ言うと、シリラットは自分の席に戻って行った。会話をしているのを目ざとく見つけたのが敦史だった。敦史が智晴に近づいて言う。

「おまえら、つきあってんの?」

「るっせ!」

「ふーん……」と言いながら、にやにや笑って智晴を見つめる。智晴が思わず腕を上げると、敦史は、あーこわっ、と言いながら、逃げて行った。

つきあうもなにも、誰かを好きになったことがないのに、馬鹿言うな。そう思いながら、教室を見回すと、あいつら、つきあっているらしいぜ、と敦史から聞いていたカップルが目に入った。何を話しているのかわからないが、隣に座って、顔を寄せ、笑顔でひそひそと話し、時折、肩を小突き合ったりしている。別の高校の上級生と、あるいは、大学生とつきあっているらしい、という女子の姿も目に入った。

自分が知らないうちに、皆はずいぶんと進んでいるんだなあ、と智晴は思った。いつの間にか、自分だけが蚊帳の外に立っている気分だった。保育園のときは、誰が好きとか、男の子とか、女の子とか、そんなことは何も考えず、ただ遊び、布団を並べて昼寝をしていた。智晴はそんな日々を思い出し、なぜだか無性に懐かしくなった。自分もいつか、誰かを好きになったりすることがあるんだろうか。そんなことを、ぼんやり考えていた。

放課後、智晴は家に帰る前に、教室の掃除をしている彩菜に近づいた。校則で禁止されているのに、不自然に短くしたスカートから、まっすぐな足が伸びている。うっすらと浮き出た膝小僧《ひざこぞう》の小ささが、骨の細さを感じさせて、彩菜はこんなに痩《や》せていただろうか、と思った。

智晴より頭二つ分くらい小さい彩菜が、智晴に気づき、床のゴミを集めていたホウキの手を休めて、こちらを見た。

彩菜がかすかに微笑む。朝見た、シリラットの微笑みとも違う。彩菜の微笑み方は、いつもどこか泣きそうに見える。保育園のときからそうだった。眉毛《まゆげ》を八の字にして、泣きそうな顔で智晴を見つめている。

「大地に会ったよ、この前」

智晴がそう言うと、なんだそんなことか、という顔をされたのが智晴には意外だった。

「それで?」

そんな返答をされるとは思わず、ええっと、と智晴は言いよどんだ。

「元気そうだったよ。彩菜によろしく、って」

「ふーん、それだけ?」

「それだけ」

前髪が目にかぶさっていてかゆいのか、彩菜が指で目をこすった。そんなわけはないのに、泣くのか、と智晴は身構えた。保育園のときから、彩菜はすぐに泣く女の子だったから。彩菜の泣き顔など、もう数え切れないくらい目にしている。

「それだけか。大地君らしいな」

そう言うと、彩菜はまた、眉毛を八の字にして気弱に笑った。

「というか、それ、私に言いにくるのが、智晴っぽいな」

彩菜は大地には「君」づけするのに、智晴は呼び捨てだ。保育園のときからそうだった。それで気分を害することはないが、智晴は彩菜の言っていることがさっぱりわからなかった。

「どういう意味?」と聞くのも自分がまるで馬鹿になったような気がして、聞けなかった。彩菜は、えいっ、えいっ、と言いながら、智晴の上履きにホウキをぶつけた。

痛くはなかったが、そんな彩菜の行動も智晴にはわけがわからなかった。

智晴が家に着くと、すでに母が帰宅していた。朝、出かけたときの服装のまま、居間の座卓の前にぼんやりとした顔で座っている。

「あれ、なんで、今日早いの?」

智晴が聞くと、母は天井を指差し、声をひそめて言った。

「結人、遅刻して学校に行ったらしいんだけど、給食前に一人で帰っちゃったって。結人の担任の先生に呼び出されて……」

「どこか体調でも悪いの?」

「いや、そういうわけではないみたい。ただ、このまま学校に行ったり行かなくなったりするとねえ……何か思いあたる節がないですか、って先生にも聞かれたんだけど……」

そこまで言うと、母がふーっと長いため息をついた。どこか疲れた顔をしている母を見るのはつらかった。

「僕から、なんとなく聞いてみるよ」

「うん……だけど……」

「何?」

「学校に行きなさいって、あんまり無理強いもしたくなくて。親が離婚してばたばたと生活が変わって。結人はほら、寛人と比べれば何というか……ちょっと繊細なところもあるじゃない。親の、というか、私のせいだということはわかってるからさ……」

母さんのせいじゃないよ、という言葉をすぐさま返したかったが、智晴はどうしてもその言葉を口にできなかった。智晴はそのまま二階に上がった。弟たちの部屋のドアは開きっぱなしで、結人は制服のまま、ベッドにつっぷしていた。

「結人」

呼びかけるが返事はない。それでも智晴は続けた。

「あのさあ、母さんに言えないことがあるなら、兄ちゃんに言いなよ。母さんには黙っておくから。もし、いじめとかそういう……」

結人はがばっとベッドから起き上がり、智晴の顔を見て言った。

「僕……」

「うん」

「僕……」

「なんでも言ってみな」

「……父さんと暮らしたい」

朝から降り続いている雨が、窓を叩く音だけが部屋に響いていた。

父さんと暮らしたい、と結人に言われてから、智晴の心はどこか落ち着かなくなった。

ベッドに入ったものの、いつまで経っても眠くはならない。夜になって、また雨が強くなった。明日もレインコートを着て自転車通学か、と思うだけで、心は少し憂鬱になる。

結人の本心を聞いてみたものの、それを母に伝えることはできない、と智晴は思った。三人の子どもと暮らす、というのは、母の希望だ。離婚の原因が父にあるのだから、智晴は母と暮らすことに迷いはなかった。当然、結人も寛人も同じ気持ちなのだと思っていた。多分、母もそう信じていたに違いない。

離婚が決まったとき、母から、どっちと暮らしたいか、とも聞かれなかった。母だって、僕と弟たちが、自分と暮らすと信じて疑わなかったのだろう。けれど、そのとき、結人の気持ちはどこかに置き去りになってしまったのかもしれない。

そう考えてはみても、智晴には結人の気持ちが理解できない。父は子どもたちを置いて去っていった人じゃないか。どうして、父なんかと暮らしたいのか。

智晴は悶々《もんもん》としたまま朝を迎え、昨日と同じようにレインコートを着て、学校に向かった。駐輪場に自転車を停め、レインコートを脱いでいるとき、後ろから肩を叩かれた。振り返ると、シリラットが立っている。

「昨日は、ありがとう」

そう言って智晴に袋を差し出す。透明な袋の中に、きれいに洗われた鉢巻きと、クッキーのような焼き菓子が入っているのが見えた。

智晴はその場で袋を開け、鉢巻きだけを取り出した。

「こんな御礼しなくてもいいよ」

自分の言葉がぶっきらぼうで、かなり感じの悪いものに聞こえたけれど、知るもんか、と智晴は思った。鉢巻きを握りしめたまま、智晴は駐輪場を後にする。自分の背中をシリラットが見ていることに気がついていたけれど、一度も振り返らなかった。

父さんが悪い。シリラットの母親が悪い。全部、あの二人のせいだ。智晴は腹立ちまぎれに玄関にあったゴミ箱を蹴飛《けと》ばした。

結人の担任に呼び出されてからというもの、母はいつもより早い時間に帰宅するようになった。そして、夕食後はダイニングテーブルで、子どもたちが寝たあとも遅くまで仕事をしている。

風呂上《ふろあ》がりに冷蔵庫を開け、牛乳のパックを取り出しているとき、智晴は母から声をかけられた。

「結人、なんて言ってた？」

どきりとした。結人の気持ちは母には話さずにいるつもりでいたからだ。食器棚から、コップを出し、牛乳を注ぐ。

「うん、なにも……」

そう言ってから牛乳を一気に飲み、首にかけたタオルでめちゃくちゃに頭を拭《ふ》いた。

「あんたは、昔から嘘をつくのが下手だね」

笑いながら、母はマグカップに入ったコーヒーを口に運んだ。

「そんなんじゃや、サラリーマンになったら出世できないよ。なにを聞いても驚かないから、言いなさい」

そう言われても、智晴はしばらくの間、黙っていた。母はじっと智晴を見つめたままだ。結人の気持ちを伝えてしまうと、母は多分、悲しむ。それがわかっているから、どうしても言えなかった。とはいえ、大きな秘密を抱えていることにも心が耐えられそうにない。母の目を見ずに智晴は口を開いた。

「結人は……」

「うん」

「……父さんと暮らしたい、って」

母の目は見られなかった。母がマグカップを、ことりとテーブルに置く音が聞こえる。

「やっぱりねえ……」

智晴は母を見た。首に手を当てて、かすかに笑っているようにも見える。

「そんなことじゃないかと思ってた」

はあっ、と大きなため息をついて母は笑った。笑いたくて笑っているというより、仕方なく笑っているような笑い方だった。

「あんたもそうしたい？」

「まさか」思わず智晴は答えた。

「結人と話してくるわ」

そう言うと母は立ち上がり、二階に続く階段を上がり始めた。

母に結人の本心を伝えた日の週末から、結人は、期間限定で父の家で暮らすことになった。まずは一週間暮らしてみて様子をみよう。母と結人との間でそういう話に落ち着いたようだった。

長く続いた雨が上がった土曜日の朝、見慣れた父の車が家の前に停まった。母は家から出てこなかった。寛人はその日も部活の練習試合で早朝に家を出ていたが、直前まで、「ずっる、結人、ずっる」と口を尖《とが》らせていた。

「あんたも行きたいのなら、行きなさい」

母はそう言ったが、寛人は母が素直にそんなことを言うとは思ってもみなかったのか、

「行かないよ、俺は」

そう答えると、ぷいと顔を背けたまま、大きなナイロンバッグを肩にかけて家を出て行った。

結人は、父が迎えに来るよりもずっと早い時間から、玄関ドアの前に座って父の車を待っていた。そんなにこの家が嫌いかよ。そんなに父さんと暮らしたいのかよ。智晴は口には出さなかったが、いつになくわくわくした様子の結人を見ると、無性に腹が立った。

結人の荷物が入ったバッグを二階から玄関に運んでいると、車を降りた父に駆け寄る結人が見えた。まるで犬をかわいがるように、父は結人の頭をくしゃくしゃと撫《な》でている。

「智晴。また、背が伸びたな」

顔を見て父は言った。智晴は何も答えなかった。約一カ月ぶりに会う父は、どこかこざっぱりとして、若返ったようにも見えた。そのことが憎らしかった。

結人はにこにこして父の車の後部座席に座り込む。結人のそんな姿も見たくはなかった。

「じゃあ、来週の土曜日、また」

父はそう言うと、車に乗り込んだ。結人がこちらに手を振っている。ばーか、という意味をこめて、智晴は結人に舌を出した。

父と結人の乗った車は田圃の中の道を走り、どんどんと小さくなっていく。

車を見送りながら智晴は思った。父さんも馬鹿だ。結人も馬鹿だ。

結人がいなくなって一番しょげているのは寛人だった。今まで、二人が離れて生活したことはない。次の週末には帰って来る、とわかっていても、寂しいのか、夜になると、

「兄ちゃん、同じ部屋で寝てよ」と智晴にせがんだ。結人が寝ていたベッドに横になると、このまま結人が帰ってこなかったら、と不安になる。兄弟がばらばらに暮らすようになることなど、考えたくもない。

母はいつもと変わらず、忙しそうにしていたが、子どもたちの前では、絶対に気弱な表情を見せない人だから、本心はわからない。

母は幾度か、寛人のことを、結人、と呼んでしまって、

「俺は結人じゃないよ！」と怒られていた。

朝になると、智晴は結人の分まで食事を用意してしまう。皿を一枚多く出して、

「兄ちゃん、一人分多いよ！」と、寛人にあきれられたりもした。

結人は家にいても大きな声を出したり、はしゃいだりするような子どもではなかったが、一人減るだけで、こうも家の雰囲気は変わってしまうのか、と智晴は改めて驚いた。

学校に行くと、シリラットが智晴の顔を見て、いつものように微笑む。弟が世話になっているのだから、何か言ったほうがいいのかとも思うのだけれど、何を言えばいいのか智晴にはわからなかった。

そもそもなんだって、自分の父と再婚した人の子どもと同じ教室で勉強しないといけないのか、

どうやっても嚙《か》み砕くことのできない理不尽さが心のなかに残る。

決して、シリラットが嫌いなわけじゃない。けれど、自分の心のどこかにある傷のようなものを刺激された気分になるのだ。シリラットを見れば、父を思い出したし、父が家を出て行ったあの日のことをおのずと思い出してしまう。

シリラットが自分の顔を見て微笑んでも、智晴は微笑み返すことができない。なんて自分は小さいんだろう、とシリラットの微笑みを見るたび、智晴は心のどこかがきしむような気がした。


結人から家に電話があったのは、金曜日の夜遅くのことだった。

「結人を迎えに行ってくる」

母はそれだけ言って家を出て行った。すぐに母の車が走り出す音が聞こえる。

寛人は、「結人、帰ってくるの、明日じゃなかったっけ?」と言いながらも、うれしそうだった。

しばらく経って、結人を乗せた母の車が戻ってきた。車から降りてきた結人の顔が強張っている。先週、この家を出て行ったときとは、正反対の表情だ。寛人は結人の首にかじりついて、お帰り、お帰り、とはしゃいでいたが、
母は「今日はもう寝かせてあげよう」と無理矢理、寛人の腕を引きはがした。

翌日の土曜日も日曜日も、食事以外の時間、結人は部屋から出てこなかった。食事のときは下に降りてくるが、何もしゃべらない。母も何も聞かなかった。寛人だけがうれしそうだった。

夕飯を終えて、寛人が風呂に入っている間に、智晴は二階に上がった。ジャージ姿の結人はま

るで棒のようにまっすぐにベッドに寝て、瞬《まばた》きもせずに上を見ている。

智晴は結人のそばに座った。何を聞くつもりもなかったが、ただ結人のそばにいたかった。

「兄ちゃん……」

「うん?」

「父さんてさ」

「うん」

「もう、僕らの父さんじゃないんだな」

そんなのわかっていたことじゃないか、と言いかけて、言葉をのみこんだ。

うっ、うっ、としゃくり上げる声が聞こえて、それが、小さな子どもが泣くような、えーん、えーん、という声に変わった。智晴はいつまでも泣き続ける結人の頭を、優しくなだめるように撫で続けた。

それからの結人は、学校に一日行っては休む、という日々を繰り返して、少しずつ登校できるようになった。そして、寛人にはないような大人びた表情をするようになった。そんな顔を結人にさせた父のことを、智晴ははっきりと嫌いだ、と思った。


智晴の高校の体育祭は、期末試験の終わった夏休み前に行われる。体育祭の役員を決めるくじ引きで、智晴は実行委員になってしまった。もう一人は彩菜。家のこともあるし、できればやりたくはなかったが、智晴の家の事情を知っている彩菜は、

「智晴の分も私、働くよ」と言ってくれた。

そうはいっても週に何度か、委員会で時間をとられる。午後五時を過ぎそうになるときは、「すみません、家の飯を作らないといけないので」と先輩たちに正直に話し、早めに帰らせてもらった。

「おまえは主婦かよ」とからかわれながらも、彩菜が智晴の家のことを話しておいてくれたのか、さほど先輩たちの機嫌を損ねずに帰ることができた。

平日にできない分は、土曜日と日曜日に学校に来て作業をした。そんなときは彩菜も学校に来て手伝ってくれた。コピーしたプリントを無心になってホッチキスで留めていると、彩菜が近づいてきて言った。

「あのさ」

「うん」

「私、大地君と会うことになったんだけど」

「そうなんだ」

「智晴も来ない？」

「……なんでよ⁉」

いくら鈍感な智晴でも、大地が彩菜にだけ連絡をしたのだから、二人きりで会いたいと思っていることくらいはわかる。

「僕、行くのおかしいでしょ」

「うん、だけどさ……」

「だけど何？」

「二人きりで会うの、なんか怖いんだよね」

そう言いながら、彩菜は智晴がホッチキスで留めたプリントを手早く数える。彩菜は、自分につきあってこうして休日に学校に出てきてくれている。借りがあるのだ。

「お願い！」

彩菜が自分の顔の前で手を合わせる。

女の子のお願いはずるいなあ、と思いながら、智晴は無言で頷いた。

次の日曜日、智晴は彩菜に指定された時間に町のショッピングセンターに向かった。地方都市によくある大型のショッピングセンターで、映画館やゲームセンターも併設されている。中学生や高校生が遊ぶとなると、この町にはここしかないのだ。

待ち合わせ場所はその中にあるアイスクリームショップの前だった。智晴が店に向かうと、すでに大地と彩菜が来ていた。彩菜は智晴を見つけると、笑顔で手を上げたが、大地はぎょっとした顔をした。

「今日はさ、保育園時代からの友だちの同窓会みたいにしたくてさ。智晴も呼んだよ」

誰にも聞かれていないのに、彩菜は言い訳のように智晴と大地に向かって言い、二人の前に立って歩き始めた。

「なんかごめん」

智晴が思わずそう言うと、

「いや、気にすんなって」と大地が前を見たままつぶやく。

三人はハンバーガーショップで昼食をとり、彩菜がプリクラを撮りたいと言ったので、半ば無理矢理、三人で撮影した。出来上がった写真は彩菜だけが笑顔で、大地と智晴の顔は強張っている。それだけで、もうすることもなくなってしまったので、三人はゲームセンターの中をあてもなく歩き回った。

智晴は、どこかのタイミングで二人を置いて先に帰ろうと思っていたが、どうにもタイミングがつかめない。帰ろうとすると、彩菜に、

「ねえ、これやろう！」と声をかけられる。

大地は小銭を大量投入して、ＵＦＯキャッチャーで彩菜が欲しがっていたぬいぐるみを取り、それをもらった彩菜はうれしそうにぬいぐるみに顔を埋《うず》めている。智晴は、自分がいなければ、これはこの町でよく高校生がするようなデートなのでは、と思い、いたたまれない気持ちになった。

三人それぞれが違う味のアイスクリームを食べ、さて、帰ろうか、という時間になったとき、智晴はすっかり疲れきっていた。

「じゃあね、バイバーイ！」

そう言って自転車に乗って去っていく彩菜の後ろ姿を、智晴は大地とともに見送った。いい気なもんだな、という彩菜に対する怒りに似た気持ちも湧いてきた。

大地と智晴は家が同じ方向なので、並んで自転車を漕ぎ始めた。

「どっかでジュースでも飲まない？」と大地が言うので、蓮の咲く池に向かった。

花蓮《はなばす》はこの前、大地と二人で見たときよりもだいぶ茎が伸びている。

近くにある自動販売機でそれぞれジュースを買い、木のベンチに腰を下ろした。智晴は疲れ切

っていたが、それは大地も同じようだった。

「あーあ……」

大地はそう言いながら、まるでお酒でも飲むように、ちびりちびりと、ジュースを口にする。

「なんか、ほんとごめん。帰るタイミングつかみ損ねたわ……」

「智晴のせいじゃないよ。彩菜がそうしたかったんだろう」

そう言う大地の顔は暗い。大地は言葉を続けた。

「彩菜、なんか好きな人がいるっぽい」

「え、それ、大地のことだろ」

「違う違う。なんか今日、わかってしまった」

「どういうこと？」

大地がごくりとジュースを飲む。智晴も自分が選んだサイダーを飲んでいたが、予想以上に甘ったるく、余計に喉《のど》が渇いた。

「彩菜の好きな人ってさ……」

「うん」

「それってもしかして、智晴じゃないか？」

智晴は思わずサイダーを噴き出した。慌てて口のまわりをパーカーの袖《そで》で拭《ぬぐ》う。

「な、わけない！」

「じゃあ、なんで、今日、智晴を呼んだわけ？」

「便利だからだよ。頼みやすいからだろ」

「二人きりで会うの、なんか怖いんだよね」という彩菜の言葉を正直に伝えるわけにはいかない。智晴は必死で言いつくろった。

「彩菜に告白すればいいじゃないか。いや、その前に、誰か好きな人いるの？　って聞けばいいんじゃないの」

「聞けると思う？　そんなこと怖くて……」

大地は俯《うつむ》く。聞けばいい、と言ったものの、もし、自分が同じ立場なら、やっぱり大地と同じように、怖くて聞くことはできないだろう、と智晴は思った。それと同時に、智晴にとって、いちばん古くて親しい大地という友人をこんなに重苦しい気持ちにさせている彩菜のことが憎らしくなった。

そして、ふわふわのピンクのぬいぐるみに顔を埋めていた彩菜の無邪気な笑顔を思い出すと、なぜだか、智晴の胸に小さな虫ピンで刺されたような痛みが走った。

彩菜め。それは智晴が生まれて初めて体験する種類の痛みだったので、その正体は何だかわからなかった。彩菜が憎らしくて生まれてくる感情だと頭から信じ込んでいた。

もし自分がいなければ、今日、大地と彩菜はつきあうことになったかもしれず、彩菜に頼まれたからと言ってのこのことついていった自分を、智晴は悔いた。

それ以上に思ったのは、人を好きになることの恐ろしさだった。かしこい大地をこんなふうに振り回し、暗い顔にさせる、恋というものの正体。智晴にとって、それははるかかなたの海上で生まれた台風のようなもので、自分にその台風の被害が降りかかってこようとは、このときは思いもしなかった。

その後は会話らしい会話もできず、大地と池の前で別れ、智晴は駅前のスーパーに向かった。明日の朝食で足りない食材があったことを思い出したからだ。手早く買物をすませ、自転車を押して駅前の商店街を歩いた。

駅前には茂雄がよく行く喫茶店がある。智晴も度々、茂雄と出かけてはアイスクリームやクリームソーダを食べたり飲んだりさせてもらった。じいちゃんはいないよな、そう思ってガラス張りの店内を覗《のぞ》いた。

よく知っている顔が目の端に映った気がして、智晴は目を細めて店の奥を見た。母だった。母の前には見知らぬ男の人が座っている。年齢は母と同じくらいだろうか。黒縁の眼鏡をかけている。もちろん話の内容は聞こえないが、二人は深刻そうな雰囲気でもない。智晴が驚いたのは、母の表情だった。智晴は、日々、子どもたちを叱りつけるか、ダイニングテーブルで書類とにらめっこしている顔しか見たことがない。

今、見えている母の表情は、智晴が今まで知らなかったものだった。少し気取っているようにも見えるし、心底リラックスしているようにも見える。時折、目の前の男性に微笑みかける母の顔を見るのは、なんだか気恥ずかしくもあった。

仕事相手なんだろうなあ、と智晴が思ったのは、相手の男の人がスーツ姿で、母も普段着ではなく、仕事に出かけるときのようなワンピースを着ているせいだった。

休みの日まで、仕事相手の人と話をしなければいけないほど忙しいのか、と思い、智晴は家の些細《ささい》な雑務で母の手を煩わせてはいけない、と心に誓った。

店の中に母の姿を見つけたときは、窓ガラスを叩いて、自分の存在を知らせようか、と思ったが、邪魔をしてはいけない、と思い返し、黙ってその場を後にした。

家に向かって自転車を走らせていると、なぜだか、彩菜の顔が頭に浮かんだ。ぬいぐるみに顔を埋めているうれしそうな表情。大地と二人で会うのがなんだか怖いんだよね、と伝えてきた顔。それと同時に、保育園のときのことを思い出した。自分も大地も彩菜も、まだ幼い子どもで、毎日笑って、いっしょに給食を食べて、布団を並べて眠って。それだけで日々は過ぎていったし、それだけで幸せだった。

大地が彩菜を好きなことはわかる。けれど、大地にその気持ちを伝えられたときから、なんだか自分のまわりがどんどん複雑な状況になっていくような気がした。

園庭にしゃがんでだんご虫を拾ったり、母が迎えに来るまで、砂場で泥だらけになって遊んだりしていたような時間はもう二度と戻らないのかと思うと、自分がとてつもなく遠いところにまで来てしまったような気がした。


智晴にとって、月に一度の憂鬱な日曜日がやってきた。父に会う日だ。結人は、もう父には会わないと決めたらしい。朝食をとったきり、二階に上がったまま、部屋から出てこない。智晴もその気持ちはなんとなく察しがついたから、深くは聞かなかった。

結人に代わって、はしゃいでいるのが寛人だった。本当だったら、智晴だって父には会いたくない。けれど、結人のように、寛人が父と暮らしたい、と言い出すのが恐ろしかった。それだけは何としてでも食い止めなければならない。

寛人は迎えに来た父の車の助手席に乗り、智晴は後部座席に乗り込んだ。どこに行くかは、前の月に会ったときに、寛人や結人の希望を聞いて決めているが、今日は寛人の希望で渓流釣りに行くらしい。どこに行っても智晴の心は晴れなかったが、今日は特に、いつも以上にどんよりと気持ちが重い。

結人に何があったんだよ。結人のこと、わかってんのかよ。本当なら、父にそう聞きたいし、兄としてそれを聞く責任があると思っていた。けれど、父に会えて、まるで子犬のように気持ちを浮き立たせている寛人の前で、問いただすことはできない。いつか、父と二人だけで会い、話す必要があるのではないか。それがいつになるかわからないが、絶対にしなくてはならない、と車の揺れに身を任せながら智晴は思った。

それでも、山奥の渓流についたときには、智晴の気持ちも少しは浮き立った。清らかな水が流れる音、どこからか聞こえる鳥のさえずり。自分の家のまわりとは違う、澄んだ空気。大きくて平たい岩の上に寝っ転がると、太陽で温められたほのかな熱を感じて、体がほぐれていくような気がした。

寛人はさっそく父に教えられながら、釣り竿を手にしている。それを見るともなしに見ていた。自分はまるで寛人の見張り役みたいだな、と思いながら、智晴は目を閉じた。温かいお湯に浸ったときのような眠気がやってきて、智晴の瞼《まぶた》は自然に閉じていった。

「おい、智晴」

岩の上ですっかり眠り込んでしまっていた智晴は父の声で目を覚ました。

「おまえもやってみろよ、ほら」

そう言いながら、手にした釣り竿を振る。智晴は気が乗らなかったが、それでものっそりと体を起こし、父に続いて、河原を歩いた。

釣り竿はもうフライと呼ばれる毛針がつけられた状態になっていた。寛人は父と智晴から少し離れた川岸に立ち、真剣な顔で釣り竿を握っている。

釣り竿を前後に振り、父がフライを水面に落とす。キャスティングと呼ばれるその動作も父がすると滑らかだ。子どもの頃、智晴も父に教えられて何度かやってみたことがあるが、ちっともうまくはならなかった。そもそも、智晴は川魚を釣ることよりも、まわりの林で昆虫を探すことに熱心だった。

見よう見まねで、智晴もフライを水面に投げる。

「うまい、うまい」

そんなこと思ってはいないはずなのに、調子のいいことを言う父に智晴は苛立《いらだ》った。父と二人で、釣り竿を持ち、川岸に立った。魚がフライをくわえた、という感触があったら、すぐに釣り竿を引き上げればいい。父は子どもの頃からそう言っていたが、感触、というのがよくわからないし、その感触が手に伝わるまでには長い時間がかかる。ずっと待っていることが、智晴には苦痛だった。

それでも、父と二人、ただ水面を見つめて立っていた。時折、寛人のほうに目をやるが、寛人はものすごい集中力で水面を見つめていて微動だにしない。

父に結人のことを聞くのなら、今なのではないか。そう思った途端、手のひらが汗ばんでくる。智晴の左隣に立った父も寛人と同じく、姿勢を変えず、何も話さない。

そのとき、手のひらに何かが動く感触が伝わってきた。智晴は思わず釣り竿を引き上げる。予いるのが見えた。

想以上の重さを感じた。さらに釣り竿を上げると、釣り糸の先に、銀色に輝く小さな魚が動いて

「岩魚《いわな》だ！」

寛人が自分の釣り竿を置いて駆け寄ってくる。

釣り上げた岩魚を父が器用に針から外してくれた。

「兄ちゃん、すっげえな」

興奮しているのは寛人だけで、智晴の心はどこか醒《さ》めている。魚なんて釣りたくはないのに、どうして自分が釣ってしまったのか。岩魚にあやまりたい気分だった。なんで、寛人ではなく、自分の釣り竿にかかったのか、その偶然が智晴には憎たらしかった。

「俺も絶対釣る！」

そう言って寛人はさっきまでいた自分の場所に戻っていく。父は再び、フライをつけた釣り竿を智晴に渡そうとする。そのときに、ひとりごとのように父がつぶやいた。小さな声だ。寛人には聞かせたくない話だったのだろう。

「シリラットと仲良くしてくれよな」

智晴は思わず、父を睨《にら》んだ。

「僕、いじわるなんかしていない」

「それはわかってる。この前も怪我したところを智晴に助けてもらったって。ありがとうな。ただ、あいつ、ほら、やっぱりクラスで浮いていて仲のいい友だちとかいないみたいなんだよ。だからさ」

「結人は」

父の言葉を遮るように智晴は尋ねた。

「ん？」

「結人はなんで一日早く帰ってきたんだよ。あいつに、何があったんだよ。もう前みたいに笑わない。学校には通うようになったけど、もう以前の結人じゃないんだよ」

「………」

「父さんの家で何があったんだよ」

「何もないよ。ただ、普段通りに飯を作ってみんなで食べて。結人だってにこにこして」

「きっと、もう、自分だけの父さんじゃないって感じたからだろう」

「………」

「そうだろう」

「………」

「全部、父さんの責任だよ」

父は黙ったまま智晴の顔を見ている。

「全部、全部、父さんが悪いんだ」

そう言いながら、智晴はまるで子どもが駄々をこねているようだと思った。

「悪かった。母さんにも智晴にも、寛人にも結人にも、父さん、ほんとうに悪かったと思っている」

そう言って父は智晴に頭を下げた。

「……もう日が暮れる。そろそろ帰ろうか」

父はそれだけ言うと智晴から離れ、寛人のそばに歩いて行った。

言いたいことを言ったのに、言わせたかったことを言わせたのに、智晴の心はちっともすっきりしていなかった。むしろ、心のなかにある澱《おり》のようなものが色濃く、重くなったように感じる。

帰りの車の中では来たときと同じように、寛人だけがはしゃいでいたが、運転席にいる父があまり話さないのを見て、いつの間にか口を噤《つぐ》んでしまった。寛人が振り返って後部座席の智晴を見た。一度、目を合わせたが、智晴が物憂げに目を閉じてしまうと、それきり寛人も何も言わなくなってしまった。

自分があんなことを言わなければ、今日の釣りは寛人にとって楽しい一日になったはずなのに……。いや、父さんがあんなことを言わなければ……。

父さんに言われなくても、シリラットがなんとなくクラスのなかで浮いた存在になっていることくらい気づいている。けれど、自分にどうしろと言うのか。父の再婚相手の子どもと仲良くなんて、到底できっこない。シリラットが目に入るたび、智晴は父を思い出し、そのたび、家庭を壊した父を憎く思ってしまう。そんな自分も嫌いだった。

家に帰ってから、智晴はすぐに自転車に飛び乗り、サドルから腰を上げて、田圃の中の一本道を走った。近頃はいつもそうだった。自分のなかで収まり切らないことがあると、智晴は自転車を全速力で漕ぐ。そうしないと自分の気持ちを落ち着かせることができなかった。

獰猛《どうもう》な動物が自分のなかにいて、大きな口を開けて叫んでいるような気がする。父さんと母さんのいる家庭。それが喉から手が出るほど欲しいものなのに、もうそれは叶《かな》わない。

夕暮れのなか、そこだけが明るい自動販売機の前で、智晴は自転車を停めた。思い切り拳《こぶし》で自動販売機を殴った。

智晴は気がつくと、蓮の池に来ていた。いつも大地と二人で座るベンチの片隅に腰を下ろす。もうすっかり日は暮れ、街灯に数匹の蛾や虫が集まり、近づいては離れている。

今日は母がいるから、夕食の支度はしなくてもいい。けれど、何も言わずに家を出てきてしまったから、今頃心配しているかも。そう思っても、智晴はまだ家には帰りたくなかった。

小石をひとつ池に投げるたびに考える。父と母が離婚したこと。結人が急に大人びた表情をするようになったこと。寛人が父といて、家では見せることのないうれしそうな顔をすること。言いたくはないことを今日、父に言ってしまったこと。思いがけず、父が自分にあやまったこと。そのどれもが気にくわなかったし、そのどれもが自分が望んだことではない。どうしてこうなってしまったのか。それを考えると、やっぱり父のせいだ、と思う。けれど、父が悪い、父が嫌いだ、と思うことも、本当は智晴にとっては苦しいことなのだった。

背後でくすくすと笑い声がした。振り返って、自転車に乗った女の子を見て、智晴はぎょっとした。シリラットだ。今、いちばん会いたくない女の子。智晴は笑い声を無視して前を向き、再び、小石を投げ続けた。

「家に帰らないの？　家族の人、心配するよ」

「うるさい！」

智晴はそう言ってしまった自分に驚いた。女の子にうるさいなどと怒鳴ったのは生まれて初めてだった。けれど、一度、開いてしまった口からは言葉が溢《あふ》れ出た。

智晴は立ち上がって振り向いた。

「おまえの母さんが、僕の父さんを取ったんだ」

おまえ、などと言ったのも初めてだった。

シリラットはなんの感情も浮かんでいない顔で智晴を見た。

「取ったんじゃない。好きになった。智晴君のお父さんと私のお母さんが、お互いを好きになった」

「違う！」

智晴は自転車に飛び乗ってその場を去った。そんなことを言うシリラットが怖かった。いや、シリラットに本当のことを知らされて、怖かったのだ。

第二章　ちはる、こいをする

期末試験も終わり、続けて行われた体育祭も無事に終わった。期末試験の結果は散々だった。体育祭委員は彩菜の助けを借りながら、無事に務めを果たしたものの、競技で智晴が活躍する場面はほとんどなかった。

体育祭のために作った揃いのTシャツを着たクラスメートは、近くのお好み焼き店で打ち上げだ、と騒いでいたが、智晴は到底そんな気持ちにはなれなかった。校庭ではしゃぐクラスメートの群れから離れ、一人、校舎の屋上に向かった。

父さんやシリラットに強い言葉を投げつけてしまったことが、智晴の心のなかに重く留《とど》まっている。言ってしまったことは口に戻せないからな、と思いながら、智晴はフェンスに手をかけて、校庭を見下ろした。

なんだか冴《さ》えない毎日。なんだか冴えない自分。

そういうものを抱えきれず、持てあましていた。

もうすぐ夏休みが始まるというのに、小学生のようなうきうきした気持ちはまったく生まれてこない。大地には一度会おう、と思っていたが、とりたてて楽しい計画というものもない。いつものように母さんの代わりに弟たちの面倒を見て、日々が過ぎていくのだろうとぼんやりと考えていた。

そのとき、ふいに自分を呼ぶ声がした。振り返ると、彩菜が立っている。

「これ」

そう言ってコーヒー牛乳を差し出す。

「ありがと」

智晴は冷たい瓶を受け取った。

「ああ、委員の仕事、いろいろとありがとな。面倒なこと押しつけて」

智晴がそう言うと、彩菜は、

「そんなことはいいよ。ぜんぜん」と言って智晴の横に立った。

「あのさ、少し話があるんだけど」

「うん、何?」

「あのさ」

そう言って彩菜を見ると顔を赤らめて俯《うつむ》いている。

「私さ、智晴のことが好きなんだけど……」

智晴の耳の中できーんと金属音のような耳鳴りがした。

朝、起きると、母がキッチンに立って、コップに牛乳を注いでいた。

「おはよう」と声をかけたのに返事はない。見る見るうちに、コップから牛乳が溢《あふ》れ、床を汚した。

「ちょっ、ちょっと母さん」

「ああっ」

そう言いながら、母は慌ててしゃがみ、首にかけたタオルでこぼれた牛乳を拭《ふ》こうとする。

「いや、そのタオルじゃなくて、雑巾《ぞうきん》で拭いて！」

智晴が急いで雑巾で床を拭くと、

「ごめん、ごめん」とあやまるが、母の声にはどことなく力がない。こんなことが最近、多くなった。なにかをしていても、頭のなかは違うことを考えている様子なのだ。仕事で疲れてるのか、と思いながら、心ここにあらずな母に構わず、智晴は朝食を作り始めた。

テーブルに食器を載せた途端、猛然と朝食を食べ始めた寛人と結人を見ていると、なぜだか食欲がなくなる。母も同じ様子で新聞を広げながら、牛乳だけを口にしている。これから赤点をとった数学の追試を受けに学校に行くのに、智晴は、心のどこからか、まるで泉のようにあたたかいものが湧いているのを感じていた。だけど、まずは追試だ。それ以外のことは考えるな。智晴は自分に言い聞かせて、トーストを牛乳で流し込むように食べ、自転車で学校に向かった。

「ぼーっと外見てんな、試験に集中しろ」

智晴の頭に数学の教師が投げたチョークが当たった。

昨日の夜、一夜漬けをするつもりで教科書を開いたものの、気がつくと彩菜のことを考えていた。今もそうだ。先生の言うとおり、目の前のテスト用紙に集中しなくちゃいけないのに。

「智晴のことが好きなんだけど……」

「いつでもいいから、智晴の気持ちを聞かせてね」

屋上で彩菜に言われた言葉が耳をよぎる。案の定、テストの出来は散々だった。

あの日から、智晴の体は桃色の生暖かい綿菓子で包まれているようなのだ。正直なところ、自分が彩菜を好きなのかどうかはわからない。けれど、そう言われた日から、まるで光度が上がったように、自分を取り巻く世界が明るくなったような気がした。

学校に行けば、彩菜がいないかどうか、目で探してしまう。彩菜の姿が見つかれば、どこかほっとした気持ちになった。彩菜は視線が合うと、いつもの泣きそうな笑顔で微笑んだが、智晴はどんな顔をしていいのかわからず、つい、と目を逸《そ》らした。好きかどうかもまだよくわからないのに、彩菜のことを考えると、胸がかきむしられるような気持ちになった。

弟たちの食事を作っているときも心ここにあらずの状態で、鍋《なべ》やフライパンを焦がした。真っ黒焦げの料理を出しては、寛人や結人に、

「兄ちゃん、何ぼーっとしてんだよ」とぶつぶつ文句を言われた。

それに、なぜだか、自分の顔や髪の毛がやたらと気になる。学校に行く前には、水で撫《な》でるように顔を洗っていた智晴だったが、彩菜に好きだ、と言われてからというもの、目やにはついていないか、にきびができていないか、髪の毛がはねていないか、ということがなぜかやたらに気にかかる。

朝の洗面所を独占して、それにも弟たちから抗議の声が上がった。

「兄ちゃんも母さんもなんなんだよ。二人でぼーっとして、鏡ばっかり見てさ」

寛人にそう言われて、智晴ははたと気づいた。

もしかして、母も、自分と同じ状況にいるのではないか、と。

その日から、智晴は注意深く母を観察した。確かに出勤時間ぎりぎりまで、キッチンのテーブルで念入りに化粧している。今までは、白髪が目立っていても、しばらくそのままにしていた母だったが、最近はこまめに自分で毛染めをしている。今まで、ネイルをしているところなど見たことがなかったのに、母の指先は鮮やかに爪を彩られていた。食事どきにそれに気づいて、智晴はぎょっとした。

近ごろは仕事で疲れて帰ってきて、すぐさま冷蔵庫を開けて、缶のビールを、ぐびり、と飲み干す姿も見ていない。なんというか、母の言葉や行動が、穏やかで滑らかなのだ。

母も、誰かに好きだ、と言われたのだろうか。

そう思って、すぐさま智晴の頭に浮かんだのは、いつか、駅前の喫茶店で母といっしょにいた眼鏡の男の人のことだった。

〈あの人が……〉

そこまで考えて、智晴のなかにふたつの思いが浮かぶ。母だって、まだ若いのだし、戸籍上は独身なのだから、誰かから好きと言われることがあってもいいだろう、という寛容な気持ちと、母が恋愛をしているなんて、気持ちが悪い、という気持ち。

もし母にそういうことがあったとしても、頭では理解しようと思うのに、何勝手なことやっているんだよ、という、父に対する怒りに近いような気持ちも湧く。ふたつの思いが智晴のなかで交錯していた。

「まったくもうじいちゃんは……」

智晴が夕食後、近所に住む茂雄の様子を見に行くと、テレビが大音量でつけられたままになっていた。茂雄は座椅子にひっくり返って、大きな口を開けて深く眠っている。

「仕方がないなあ」と言いながら、智晴はテレビを消し、茂雄を起こそうと、体を揺すった。

「じいちゃん、じいちゃん」

茂雄はうっすらと目を開けて、智晴を見た。

「おう。智久か。久しぶりだな」

「違うよ。智晴だよ」

茂雄に父と間違えられるのはいつものことで、慣れっこになってはいたが、もしかして、茂雄は少し記憶力が衰えてきているのではないか、と智晴は疑っていた。

夕方、散歩に出かけて、自分の家がわからなくなり、近所の人に連れられて帰ってきたことが幾度かあった。茂雄の年齢を考えてみれば、仕方のないことなのかもしれないが、茂雄の老いをすぐそばで実感することがつらかった。

茂雄の腕を取り、隣の居間に敷きっぱなしになっている布団まで運んだ。智晴が夏掛けの布団をかけると、茂雄が大きな声で言う。

「邦子はきれいになったなあ」

「ばあちゃんはもうとっくに死んだよ」

「何言ってるんだ。邦子はおまえといっしょに暮らしているじゃないか」

会話になっていないが、茂雄は多分、母のことを言っているのだろうと思った。

「邦子は浮気してるんじゃないか」

「そんなわけないでしょ」

邦子が母のことを指すのならば、浮気などではない。母が万一、恋をしているのだとしても、それは浮気などではなく、正当な恋愛なのだ。と言いたかったが、そんなことを説明しても茂雄には何のことだかわからないだろうと思って、智晴は口を噤《つぐ》んだ。

寝床から茂雄が智晴の顔をじっと見る。

「おまえ、顔がぴかぴかしておるのう。誰か好きな子ができたんだろう」

智晴はぎょっとした。

「命、短し、恋せよ乙女だ。青年」

「どっちなんだよ」と笑って返しながら、茂雄にすら気づかれてしまった、自分の顔が放つ輝き、というものが、死ぬほど恥ずかしかった。

夏休みまでの数日間、学校では授業が続いたが、教室の中は、どことなく、解放感に満ちていた。

智晴は彩菜の姿が目に入るたび、鼓動が速くなり、目を逸らした。夏休み中には、きちんと彩菜と話をしたほうがいいのでは、と思うけれど、どんなタイミングで会えばいいのか、会っていったい何を話せばいいのか、皆目見当がつかなかった。その前に一度、大地と話したほうがいいのでは、と考えもしたが、どんな顔で会えばいいのかもわからない。

そんなことを休み時間にぼんやり考えていると、教室の後ろのほうで、「おしり、おしり、シリラット」という男子の声が聞こえた。シリラットはそんな声には耳を傾けず、自分の机で、ほおづえをついて教科書を広げている。幾人かの女子が、「あんたら、ばかじゃないの」と抗議の声を上げたが、シリラットはその声にも知らんぷりを決め込んでいる。そんな態度は中学の頃から変わらなかった。だから、というわけではないが、シリラットに親しい友人がいるのを見たことがない。クラスメートとどこか一線を引いている、それがシリラットに対する智晴の印象だった。だからといって、渓流で父に言われたように、仲良くするつもりもないのだった。

ある日、智晴がスーパーで買い忘れた牛乳を買おうとコンビニに立ち寄ると、そこには店員の制服を着たシリラットがいた。池で会ったときに、シリラットに余計なことを言ったから、学校の外とはいえ、顔を合わせるのはバツが悪かった。それでも商品をシリラットに差し出しながら、智晴は言った。

「この前はごめん」

「いいよ。ぜんぜん」

シリラットは笑いながら、商品のバーコードを読み取る。店の中には智晴以外の客はいなかった。

「ここでバイトしてんだ？」

「うん」

「あの……」

「うん？」

「……この前、弟が、結人が世話になって、ありがとうな」

シリラットは智晴が買った牛乳をビニール袋に入れながら言った。

「でも、少し可哀想だったかな……」

「可哀想？」

「うちには、小さな妹もいるから、結人君、父さんを独占できなくて……」

ああ、そういうことだったのか、と智晴は初めて納得した。

シリラットは智晴を見て笑った。

「父さんは優しいから。それで、時々困る人がいるね」

それだけ言うと、シリラットは顔を伏せ、

「お客さん来るから。じゃあね」とそっけなく言った。

家に向かって自転車を走らせながら、智晴はシリラットの言葉についてずっと考えていた。父、という人のことを。

父のことを思うと、今でも、胸にじゅっと複雑な思いが滲《にじ》む。嫌いなわけじゃない。けれど、どうしたって、母と自分たちを捨てて、新しい家族を選んだことが許せない。そのうえ、その新しい家族と、この町に住んでいることも。父の新しい家族の一員であるシリラットと同じクラスになったことも、なんの冗談だよ、と、神様をうらんだ。

父も嫌いだし、シリラットも嫌いだ。できれば関わりたくない。そう思っていた。自分がこんなに傷ついているのは、父のせいだ。父さんが全部悪い。そう思って生きてきた。その思いが智晴を生きさせていたともいえる。

けれど、本当にそうだろうか。

智晴の頭に浮かんだのは、大人の事情と子どもの事情、という言葉だった。自分が複雑な思いをしているのなら、シリラットも同じような思いをしているはずだ。自分ばかりがひどい目に遭っていると思っていたけれど、シリラットだって……。

池で会ったとき、シリラットは言った。

「好きになった。智晴君のお父さんと私のお母さんが、お互いを好きになった」と。

シリラットの母が父を好きになったのが悪いと思い込んでいた。けれど、それはどちらか一方向の思いだけで、成就するものでもない。父もシリラットの母を好きになった。誰かを好きになってしまう、ということの怖さが、この世のなかにあることを、智晴はなんとなく理解し始めていた。


夏休みの智晴の朝は、家族四人分の洗濯物を洗うことから始まる。洗濯機を回しながら朝食を用意する。会社に出かける母と、部活の練習に行く寛人を見送ったあとは、洗濯物を干し、家中の掃除。そうこうしているうちにすぐに昼だ。結人は大抵自分の部屋で絵を描いたり、漫画を読んだりして過ごしているから、時折様子をみながら、なるべく部屋の外に出るように声をかける。

結人と二人で簡単な昼食をとったあとは、夕方まで少し時間ができるが、そんなとき、智晴はリビングのソファで昼寝をしてしまう。目覚まし時計を午後三時にセットしておかないと、夕方まで寝てしまうので注意が必要だ。昼寝のあと二階から結人を呼び、市販の菓子や果物を切って簡単なおやつを出す。

真夏の陽ざしを受けてぱりぱりに乾いた洗濯物を取り込み、畳んで、家族それぞれの簞笥《たんす》にしまう。風呂場《ふろば》の掃除をして、結人に声をかけてから、夕食の買い物に行く。月初めに、母から家族四人分の食費をまとめてもらっているが、ちょっと気を抜くと月末がつらくなるから、買い物にも注意が必要だ。

夕方から夕食の準備を始めて、汗まみれでバスケ部の部活から帰ってくる寛人をせかして風呂に入れ、兄弟三人で夕食を取る。夏休みが始まってから、母はまた以前のように遅くまで仕事をするようになった。

「結人のことは、僕が見ているから大丈夫」と智晴が言ったからだ。

「大丈夫かな」と心配そうな顔をしてはいたが、この家の唯一の稼ぎ手である母がいつまでも早めに仕事を切り上げて帰ってくることは難しいと、智晴にはわかっていた。

母が帰宅するまでに、結人を風呂に入れ、兄弟の最後に風呂に入る。だいたい、智晴が風呂から上がる頃、母が会社から帰宅する。

「ただいま」と言いながら、靴を脱ぐ母は疲れた顔をしている。「お疲れさま」と声をかけながら、智晴は少し思う。家のことをするのは嫌ではないが、自分がバイトをして家計を助けたほうがいいのではないか、と。

母は以前のように、帰宅早々、缶ビールを開けて飲むようなことはしなくなった。食事のときもおとなしく麦茶を飲んでいる。

「結人は、今日はどうしてた？」

食事をしながら、必ず智晴にそう聞く。

「おとなしく部屋にいたよ」

「そう……」と言いながら、母は音を立てて漬け物を齧《かじ》る。

結人が家の外に出るのは、漫画を買いに行くときだけで、それ以外は家に閉じこもっている。友だちと遊びに行く、ということもない。以前のように、「父さんに会いたい」と駄々をこねるわけでもない。どこかしら、何かをあきらめたような顔をしている結人が、智晴には気がかりだった。それでも、作った食事は残さず食べるし、智晴のほうから話しかければ返事もする。それだけで今は十分だろう、と思った。

智晴は母のグラスに麦茶を注ぎながら言った。

「母さん……」

「うん？」

「僕さあ……」

「うん」

「バイトしたほうがよくない？」

智晴の言葉に母は箸《はし》を置いた。

「どうしてそう思ったの？」

「だって、これからお金かかるだろう。結人や寛人の大学のお金や……」

そこまで言うと母が笑って答えた。

「智晴の大学のお金」

「僕は高校を出たらすぐに働くつもりでいるけれど」

「馬鹿言うんじゃないの。大学には行きなさい」

「えっ、だって僕、勉強とか好きじゃないよ」

「好きとか嫌いとか関係ないの。大学に行って、……そうねえ、できれば東京の大学に行って、この町を出なさい」

「僕がこの町を出たら、寛人や結人はどうするの？」

「あのねえ、智晴……」

母が智晴に向き直って言った。

「あんたに今、母親代わりのようなことをしてもらって本当にありがたいと思ってる」

母は麦茶を飲んで話を続けた。

「だけどね、それも期間限定。智晴、まさか、私や弟の面倒をみてずっと暮らしていくわけじゃないでしょう。今、あんたにはいろいろ世話になっているけれど、智晴には智晴の人生のこと、つまりこれからの進路とか、少し考えてほしい。高校を卒業するまで、あと二年と少しある。寛人と結人だって、もう子どもじゃないんだから、自分のことは自分でできるようになる。あんたは、自分がこれから何を勉強したいのか、どんな仕事をしていきたいのか、本気で考えなさい。母さんの都合で申し訳ないけれど、バイトするよりも、できれば今は家にいてほしい。だけど、それもあと少し。それまでの時間だけ、母さんを助けてもらえないかな？」

うん、と智晴は黙って頷《うなず》いた。

「あんたたち三人、大学に行かせるのが母さんの夢なの。そのためには、母さん、どんなことでもするから」

「だけど……」

母の迫力に圧《お》されていたが、それでも智晴は言った。

「僕が家を出たら、母さん、どうするんだよ」

「まだ、寛人と結人がいるじゃない」

「でも、寛人と結人が大学へ行ったら？　家を出たら？」

智晴がそこまで言うと、母は笑った。

「この家でやっと一人よ。ようやく、母さんの役目が終わるんだから」

「一人で寂しくないのかよ」

「せいせいするわよ！」

そう言って母は目を細めて笑った。

そのとき、智晴が思い出したのは、保育園のとき母から聞いた言葉だった。家族の形は変わることもある。母はそう言った。あのとき、幼い智晴は自分の両親が離婚するなんて思いもしなかった。四人家族になって、まだ、先があるのか。この先のことを考えると、智晴は目まいがするような気がした。人生って意外に長いな、十五歳の智晴は心から思った。

翌日、庭の物干し台で揺れている洗濯物を見ながら、智晴は考えていた。自分の将来のことだ。勉強は好きじゃない。得意でもない。でも、少しでも高いお給料をもらうためには、大学を出たほうがいい。母は子ども三人を大学に行かせることが夢だと言ったけれど、子ども三人分の教育費を、母一人で稼げるものなのだろうか。それでも、もし大学に入ることができれば、できるだけ学費は自分でなんとかしよう。けれど、いったい、何を勉強しに大学に行くんだ……。智晴の頭のなかは堂々巡りを続けていた。そのとき、階段から足音が聞こえた。帽子をかぶった結人が降りてくる。

「どこか行くのか？」

「うん、コンビニに少年サタデー買いに行く」

「じゃあ、僕も行く。夕飯の買い物あるし」

智晴のその言葉に、結人の目がほんの少し泳いだような気がした。

智晴と結人は並んで自転車を漕《こ》ぎ出した。かっと照った太陽の光が腕や脚を容赦なく焼いていく。田圃《たんぼ》の稲はもうだいぶ伸びて、青い穂を風になびかせている。

この道を右に曲がれば、コンビニがある。結人は「じゃあ」と言って、一人で道を曲がろうとする。智晴も結人の自転車を追って右に曲がった。結人が漕ぐスピードを上げる。まるでついてくるな、と言うように。何か隠し事があるような気がして、智晴もコンビニに向かった。

結人は黙ったまま、店の前に自転車を停め、智晴を無視するように店内に入り、レジに向かっていく。あっ、と智晴は思った。シリラットがレジに立っている。結人は漫画雑誌を受け取り、小銭を渡すと、シリラットに向かってぺこりと頭を下げた。

店の外に出てきて、智晴を見ても何も言わず、自転車の前かごに漫画雑誌を入れると、結人はそのまま走り出した。おーい、という智晴の声も無視して、みるみるうちに結人の姿が小さくなっていた。いったいなんなんだ、と思っていると後ろから肩を叩《たた》かれた。振り返ると、コンビニの制服姿のシリラットが立っていた。

「毎週、ここに買いに来るよ。はい、これ」

そう言ってシリラットは智晴にペットボトルのジュースを差し出した。財布を取り出そうとした智晴を「これは新商品のサンプルだからいいの」と手で制する。智晴は「ありがと」と頭を下げた。

「今、仕事中だろ。いいの？」智晴が聞くと、

「ちょうど休憩になった」とシリラットが白い歯を見せて笑った。

シリラットと店の前に座り、智晴はジュースを飲んだ。シリラットは野菜ジュースをストローで飲んでいる。

「あいつ、いつも……」

「うん？」

「あいつ、毎週、ここに買いに来る？」

「うん、いつも」そう言ってシリラットは笑った。

「ぜんぜん知らなかった」

「時々、父さんが、……結人君の父さんがここに寄るの。仕事の休憩のときに。一度偶然ここで父さんと結人君が会ったことがある」

ああ、それで……。と智晴は納得した。

「うちにまた遊びに来てくれてもいいんだけどね。だけど……」

父さんの新しい奥さんや子どもには会いたくないということなのだろう。結人の父さんへの気持ちは落ち着いたのだろうと、智晴はすっかり思い込んでいた。いっしょにコンビニに行く、と智晴が言ったときの結人のどこか落ち着かない様子も腑《ふ》に落ちた。

「あのさ、父さんに……シリラットの父さんに、今晩七時半頃、僕の家に電話をくれるよう言っ

てくれない?」

「うん。わかった」

七時半なら、母さんはまだ帰っていない。結人も寛人も夕食を終えて、二階に上がっている頃だ。誰にも気づかれずに父さんと話ができる。

「ごめんな……」

「いいよ。気にしないで」

そうやってシリラットが制服のポケットに手をやったとき、地面に紙の束のようなものが落ちた。智晴はそれを拾いながら目をやった。手作りの単語帳だった。英語の単語がシリラットの小さな字で書き込まれている。

「これ……」

「うん。仕事が暇なときに見てる」

幾度もめくったのか、紙の端が少しくたびれている単語帳をシリラットの手に返しながら智晴は言った。

「あのさ」

「うん」

「大学に行くつもりで勉強しているんだろう?　大学ではなんの勉強をするの?」

シリラットが智晴の顔を見て黙っている。いけないことを聞いてしまったか、と智晴は思わず俯いてしまった。

「誰にも言わない?」

シリラットが真剣な顔で言う。

「父さんとか結人とか誰にも言わないね？」

念を押すので智晴も真剣に頷いた。

「あのね、まだ夢だし、まったく実現するかどうかわからないから……叶《かな》わなかったら恥ずかしいから」

そう言いながら、シリラットは手にしていた野菜ジュースの紙パックを片手でつぶした。

「私、看護師になりたいの」

「へえ――――っ」と子どものように驚いてしまったことに智晴は恥ずかしさを覚えると同時に、高校一年で、すでにそんな夢を抱いて叶えるため努力をしているシリラットを心の底から尊敬した。クラスメートの成績など気にしたことはなかったが、確かにシリラットは英語でも数学でも、授業中に教師に質問されると、淀《よど》みなく答えていた。赤点をとって追試を受け、ぼーっとして教師からチョークを投げられている自分とは大違いだ。

「子どもの頃からの夢だったから」

そこまで言うと、

「あ、休憩終わりだ、またね。本当に秘密だからね」ともう一回念を押して、シリラットは店の中に戻って行った。一人店の外に残された智晴には、シリラットの背中が、自分と同い年ではない大人の女性のように見えた。

子どもの頃の夢ってなんだったっけ？　自転車を漕ぎながら、智晴は考えてみたが、電車と昆虫が好きだったことしか、頭のなかには浮かんでこなかった。

午後七時半。寛人も結人も夕飯を終えて二階に行った。母はまだ帰ってこない。智晴は時計を見ながら電話を待った。午後七時三十五分に電話のベルが鳴った。智晴は慌てて受話器を手にする。

「智晴。どうした?」

聞き慣れた父の声がする。

受話器を手のひらで塞《ふさ》ぎ、智晴は声を潜めて言った。

「あのさあ……」

シリラットが働くコンビニから自宅に向かう途中、自転車を漕いでいる間に考えていたことを智晴は思い切って言った。

「父さんも忙しいと思うんだけど……」

「うん」

「寛人と結人を、できれば泊まりがけで、一泊でもいいから、どこかに連れ出してくれないかなあ……」

「それはもちろんいいけど、智晴は来ないのか?」

「ぼっ、僕は家のことがあるし、母さんが一人になっちゃうし、それに勉強もあるんだよ」

智晴は慌てて、半分嘘をついた。母さんを一人にしておくのが心配なのは本当だが、勉強があるなんていうのは嘘だ。本当のことを言えば、智晴は自分が提案したその旅行に行きたくはないのだ。

「そっか……智晴も高校生だものなあ……」

父の言葉に智晴の胸は少しきしんだ。

「わかった。寛人の部活もあるだろうから、仕事のスケジュールを見て考えておくよ」

「ありがとう」

「智晴……おまえ、元気にしてるのか？」

「元気だよ。なんの問題もないよ」

「母さんは元気か？」

なんだって今更母さんのことなんか聞くんだよ。智晴は苛立《いらだ》った。

「…………」電話の向こうの父も黙っている。父の問いには答えず、智晴は言った。

「寛人と結人のこと頼むよ。特に結人。父さんのことが大好きで仕方ないんだからさ」

「わかった」

「お願いします」

そう言って智晴は電話を切った。


八月第一週の週末。寛人と結人は、リュックサックを背負って、父と旅行に出かけた。前の晩、興奮して眠れないのか、夜遅くまで、二人の部屋からは楽しそうな声が聞こえていた。

「兄ちゃんは行かないの？」

出発直前まで二人に何度も尋ねられたが、智晴は、

「兄ちゃんは勉強があるからさ」と同じ答えを繰り返した。

「そんなに勉強が好きだったのかよ。赤点ばっかじゃないか」と寛人に言われたが、今までして

こなかった勉強をこれからしようと思っているのは、本当のことだった。大学には行け、と母は言った。けれど、自分が勉強をしたいのかはわからない。そのことについて智晴は真剣に考えてみたかった。

二人を乗せた父の車を見送って、智晴は家の中に入った。母がリビングのソファで新聞を読んでいる。一週間前に、寛人と結人を父と旅行させてほしい、と母に頼んだ。

智晴の提案に、母は少し複雑な表情をしていたが、

「結人のことが少し心配だから」と智晴が言うと、

「そうだね。そのほうがいいかもしれない」と、納得してくれた。

昼食は母が作った焼きそばを二人で食べた。

寛人と結人がいない家の中は、驚くほど静かだ。扇風機がぬるい空気をかき回す音だけが聞こえる。母と二人きりで食事をするなんて、いつぶりだろう、と智晴は思った。寛人と結人が生まれる前のことを、智晴はかすかに覚えている。

その頃の母は、今、目の前にいる母のようではなく、もっと穏やかで優しい人だった。けれど、いつも忙しそうだった。智晴が物心ついたときから、母は働く人だった。焼きそばを口にしながら、智晴は母の顔を見る。

ずいぶんと白髪や皺《しわ》が増えたなあ、と智晴は改めて思った。智晴の視線に気づいたのか、母が口を開く。

「あんた、彼女とかいないの？」

智晴は口いっぱいに頬張った焼きそばを噴き出しそうになった。

智晴は麦茶で口の中の焼きそばを飲み下した。

「いっ、いるわけないだろう」

そう言いながら、自分の耳が真っ赤になっていることを智晴は感じていた。

「ふう――――ん」

母は意味深な表情をしたが、それ以上、彼女のことについては聞かなかった。自分だって、好きな人がいるんじゃないのかよ。そう言い返したかったが、智晴はただ黙ってわしわしと、焼きそばを食べた。

「あんたも一緒に行けばよかったのに」

「行きたくないよ」

「どうして?」

「気を遣うもの」

「気を遣う? 父さんに……?」

「違うよ。父さんが僕に気を遣う」

それは月に一度、父に会うたびに感じていたことでもあった。寛人や結人のように、無条件に父が好き、と言えない気持ちが智晴のなかにはあった。寛人や結人と比べて、智晴の両親に対する気持ちは少し複雑だ。二人のように、父さんに会いたい、という気持ちをストレートに出すことができない。そういう気持ちを表すと、母にすまない、となぜだか思ってしまう。

それは智晴が幼い頃から、家のことと仕事で悪戦苦闘したり、父のことで悩んだりする母をいちばん間近で見てきたせいなのかもしれなかった。寛人や結人が父さんに会いたい、と強く思うのであれば、自分は母のそばにいるべきではないか。両親の離婚に関して、くわしいことはわからないが、事の発端は父にあるのだ。それがわかっているから、弟たちのように、手放しで父さんに会いたい、とは言えない。自分は母の味方であるべきだ。

「やっぱり親子だね」母が口を開く。

「なに」

「父さんにいちばん似ているのは智晴だよね」

自分の気持ちも知らずにそんなことを言う母に腹が立ち、智晴はフライパンに残っていた焼きそばの残りを全部、自分の皿にあけた。

昼食を終えた智晴は、図書館に向かって自転車を漕ぎ出した。

父との旅行に行かない理由を、弟たちに「兄ちゃんは勉強があるから」と言ったのはあながち嘘ではなかった。図書館で勉強をするつもりはなかったが、自分の部屋で教科書を広げてみても、将来何をしたいのか、さっぱりわからない。図書館に答えがあるとも思えなかったが、クーラーのない蒸し風呂のような自分の部屋でじっとしているよりはいいだろう、と智晴は思った。

書架の間を回遊魚のようにめぐりながら、気になる本のページをめくってみた。図書館に来るまでにかいた大量の汗が、強すぎるクーラーで瞬く間に冷えていく。『仕事図鑑』という本を手にしてみた。弁護士、教員、建築士……という派手派手しい職業がページをめくるごとに目に飛び込んでくるが、智晴はそのどれにもなれないし、そもそもなりたくはない、と思ってしまった。

「看護師になりたいの」

この前、シリラットが言った言葉が耳に蘇《よみがえ》る。あいつはなんだかすげえなあ、と智晴は心から思った。シリラットなら、いい大学にも入れるし、立派な看護師にもなれるだろうと、根拠もなくそう思った。

そのとき、突然、肩を叩かれた。振り返ると、彩菜が数冊の本を胸に抱えて立っている。うわあ、と声が出そうになるのを智晴は抑えた。

「智晴も勉強?」

「う、ううーん」

曖昧《あいまい》な返事をした。

「私、世界史のレポートの資料探しに来たんだ」

そう言ってそばにある一冊の本を手にとってページをめくる。

「いつでもいいから、智晴の気持ちを聞かせてね」

と、学校の屋上で彩菜に言われたことは、いつも智晴の胸のどこかにあった。しかし、智晴は答えが出せずにいた。だから、見て見ぬふりをしていた。

彩菜は智晴のそばを離れようとしない。何か話したほうがいいのだろう、と思うのだけれど、智晴の口からはうまく言葉が出てこない。

「ジュースでも飲もっか」

まったく喉《のど》など渇いていないが、智晴がそう言うと、

「うん!」と彩菜は満面の笑みを返した。なぜだか智晴はその笑顔にかすかな罪悪感を覚えた。彩菜が真っ正面から自分に告白をしてくれたのに、その返事をまだしていない。告白をされて浮かれた気持ちになっていた自分を思い出して恥ずかしくもなった。

図書館の休憩スペースのプラスチック椅子に座った。こういうときは自分がジュースをおごったほうがいいような気がしたが、彩菜はさっさと自分の分を買ってしまった。

しばらくの間、何も話さずに、二人並んでジュースを飲んだ。

「おうちのこと忙しいの？」

今日は弟たちが父と旅行に行っているから、そうでもない、と言おうとしたが、なんだか説明が長くなる気がして、智晴はただ、

「うん」と答えた。

彩菜にきちんと話さなくちゃ、と思うと、缶を持つ指に力が入る。それでも話さなくちゃ、と智晴は二回、深呼吸した。

「この前のことなんだけど……」

「うん……」

彩菜は俯いてジュースを口にした。

「僕も、同じ気持ちだと思うんだけど……」

「うん」

「たぶん……」

今の一言は余計だったと思ったが、遅かった。

「あの、その前に、大地と話さないといけないと思って」

「うん」

「大地は昔から彩菜のことが好きだろう」

「…………」彩菜は黙ってしまった。

「だったら、僕から大地に、僕の気持ちを言わないといけないような気がする。先に彩菜のことを好きになったのは大地なんだから」

そうは言ったものの、なんて言えば大地が納得するのか、智晴はまったくわかっていなかった。彩菜は智晴の顔を見てしばらく黙っていたが、「うん」と小さく返事をした。

彩菜と図書館で別れたあと、家に戻った智晴は大地の家に電話をし、「これから蓮池《はすいけ》の前で待っているから」とだけ告げた。

今日の夕飯は母が作ると言っていた。だから、夕飯の支度は気にしなくていい。

智晴が池のほとりのベンチに座っていると、ほどなくして自転車の止まる音が聞こえた。よっ、と智晴は右腕を上げたが、大地はそれを無視した。どことなく顔が強張《こわば》っている。

大地は智晴から少し離れたベンチに腰を下ろした。自分のことを好きだ、と言ってくれた女の子のことを好きなのは、自分の保育園時代からの友人で、これからその友人に、その女の子から告白されて、自分もその女の子のことが好きなのだ、と説明する。

話す前から心臓がどきどきする。こんな複雑な人生の局面に向き合ったことがない。いや、両親が離婚するときも、そう思ったが、それとこれとは別のような気がした。自分の人生にこんなことが起こるなんて、思いもしなかった。

「あのさあ……」

思い切って智晴は言った。

「彩菜のことなんだけど」

大地は暗い瞳《ひとみ》で智晴のほうを見た。そんな目をした大地を初めて見た。智晴は怖かった。けれど、言わなくちゃ。言わなくちゃいけない。自分を奮い立たせるようにして言葉を続けた。

「僕、彩菜のことが好きだと思う」

大地が立ち上がり、智晴に近づいてくる。殴られるのではないか、ととっさに身構えた。目の前に大地が立っている。その顔を見上げたけれど、西日の逆光で表情がよくわからなかった。

「智晴、そんなこと今まで一度も言わなかったじゃないか」掠《かす》れた声で大地が言った。

「彩菜に好きだって言われたんだろう。それで、おまえも好きになったような気持ちになっただけだろう」大地の声は震えている。

「おまえ、彩菜の誕生日、知ってるか？　彩菜の好きな色は？　好きな食べ物は？」

何ひとつ智晴は知らなかった。それよりも、大地におまえ、と呼ばれることに慣れない。

大地は智晴を睨《にら》みながら言葉を続けた。

「おまえ、本当に彩菜のことが好きなのか？」

智晴は返事ができなかった。

「僕は彩菜のことが好きで好きで大好きなんだよ！　馬鹿！」

そう叫ぶと、大地は自転車に乗り、走り去ってしまった。

智晴は小一時間、惚《ほう》けた顔でベンチに座ったままでいた。いつのまにか夕暮れが近づいていた。西に傾いた陽の光が智晴の顔を照らす。まぶしかったけれど、目を閉じることができなかった。

さっき、大地に投げつけられた言葉が耳元でわんわんと響いている。最後に「馬鹿！」と言われたのもショックだった。

それでもできるだけ冷静になって考えてみる。今まで誰かを好きになったことなどなかった。誰かに自分を好きだと言われたことなどなかった。

今まで彩菜のことを一人の異性として見たことなどなかったのだから、大地の言うように、告白されて、その気になっているだけなのかも……。憂鬱《ゆううつ》な考えのほうに智晴の気持ちは傾く。それでも、あの日、あの屋上で、彩菜に告白された日から、彩菜のことを思うたびに、地上から足が十センチくらい浮き上がった気持ちになるのは確かなのだ。それが誰かを好きになる、ってことなのかどうか、人を好きになったことのない智晴にはわからない。

自分はやっぱり馬鹿なのかもしれない、と思う。彩菜が好きかどうかもよくわからない。それに自分が将来何をしたいのかもはっきりしない。曖昧模糊《もこ》とした膜のようなものに自分が包まれていて、その実体がつかめない。そんなはっきりしない自分を智晴は気持ちが悪い、と思った。

家に帰り、母の作った夕食を母と二人だけで食べたあと、智晴はふらふらと二階に続く階段を上った。母に「体調でも悪いの？」と声をかけられたが、無視した。

自分の部屋のドアを開けて、ベッドにつっぷした。なんにもはっきりしない自分がもどかしい。シーツに顔を埋《うず》めていたら、なんとなく泣きたい気持ちになったが耐えた。

智晴が母と二人きりの一晩を過ごした翌日、寛人と結人が父の車で帰って来た。智晴が気になっていたのは、どちらかといえば結人のほうだったが、結人はこの前、一人で父の家に泊まりに行ったときとは違って、にこにこと車から降りて来た。

「キャンプしたキャンプ！」

「釣りもした！」

「たき火もして寝袋で寝た！」

寛人と結人は智晴にまとわりつきながら、父との旅の思い出を口にする。智晴の視線の先には、車のそばで父と話し込む母の姿があった。父の言葉にうん、うん、と無表情で頷いている。視線に気づいたのか、父は智晴に向かって笑いかけたが、智晴は無表情を装った。

しばらくして父の車が去って行く。

「こんどから、いつでも父さんと会っていいんだ」

「月に一度じゃなくてもいいんだ」

「家に泊まりに行ってもいいんだって」

寛人と結人が同じ顔、同じ声で智晴に伝える。二人ははしゃぎながら、家の中に入っていった。

母が智晴に近づく。母も智晴の顔を見ると、さっきの父と同じような気弱な笑みを浮かべた。

「どういうこと？」

「そういうことにしたの」

「どうして……」

「昨日、寛人が泣いて父さんに頼んだんだって。夜中に電話が来たの」

「寛人が？」

「そう寛人。結人だけがそういう気持ちが強いのかと思っていたけれど、やっぱり双子だね」

「それで、母さんは……」

「ん？」

「母さんはそれでいいの？」

「仕方がない。それが二人の希望だから」

そう言うと、智晴のもとを離れ、家の中に入っていこうとする。智晴は母の背中を見た。どこか寂しげなその背中を見ながら、仕方がない、という言葉が妙に耳に残った。母は今まで何度も、そう思ったことがあるのではないかと、智晴は思った。

結人と寛人はいつでも父に会えるようになった。寛人はもちろん、結人の表情も心なしか明るくなったように智晴には感じられた。

弟たちが父に会いたいというのなら、それでいいし、そうすることに反対する気持ちもなかったが、智晴は今までどおり、自分が父に会うのは、月に一度まで、と心に決めた。

父に対する複雑な気持ちと、彩菜のことと、将来のこと、三つがこんがらがって智晴の頭のなかにあった。夜もなかなか眠りにつけず、うわあ！　と叫びだしたいこともある。それでも智晴は今までどおり家事をして、母や弟たちとの生活を支えた。

お盆が始まる前の週、母方の祖母が家にやってきた。祖母は二カ月か三カ月に一度、車を飛ばして、娘や孫たちの様子を見にくる。母方の祖父は、智晴が中学生になったときに亡くなった。祖母はそれきり一人暮らしで、母は何度も「一緒に住もう」と声をかけたらしいが、「男の子が三人もいるうちなんてうるさくて！」と、その提案をつっぱねていた。

智晴は茂雄のことも好きだったが、この祖母のことも好きだった。子どもの頃は、母に内緒で、幼い智晴を喫茶店に連れて行き、ホットケーキを食べさせてくれた。煙草を吸いながらコーヒーだけを飲む祖母を、かっこいい、と幼い智晴は思っていた。

祖母は玄関のドアを開けると、

「子どもの多い家はほこりっぽくていやねえ」と言いながら、サンダルを脱いだ。上がり框《がまち》に立つ智晴にずっしりと重い紙袋を渡す。中を覗《のぞ》くと、いくつものタッパーと保冷剤が入っていた。智晴の家に来るとき、祖母はいつも、手作りのおかずを大量に持って来てくれる。智晴の好物もたくさんあって、そんなとき、智晴は弟たちよりも、ほんの少し、この祖母に可愛がられている気がして、うれしくなった。

「あんた、家のことばっかりさせられて夏休みらしい夏休みもないんだろう。今日と明日《あした》は泊まるつもりで来たんだから、好きなことしなよ」そう言いながら家に上がると、祖母はすぐさま煙草に火をつけた。明日は彩菜と会う予定になっている。そのことを母にも祖母にも話すつもりはなかった。

好きかもしれない同級生と待ち合わせする場所なんて、この町では、ショッピングセンターか、蓮池くらいしか知らない。

この前、大地と話をした蓮池のほとりで彩菜と話すのを、智晴はなんとなく避けたかった。そう考えると、大地と彩菜と三人で行ったショッピングセンターも避けたかったが、ほかに行くところがないのだから仕方がない。

この前と同じアイスクリームショップの前で彩菜と待ち合わせた。

智晴よりも先に彩菜が来ていた。ピンク色の膨らんだ袖《そで》のブラウスにミニスカート。透明なリップクリームを塗っているのか、普段の彩菜の唇よりもつやつやとしていた。

そんな彩菜にどぎまぎしながら、智晴はハンバーガーショップに彩菜を誘った。二人で向かい合わせになってセットメニューを食べる。学校の誰かに見られたらやだな、と思いながら、智晴は何気なく店内を見回した。幸いなことに知った顔はいない。

「食べようか」

そう言ったものの、彩菜はハンバーガーの端っこを齧っただけでトレイの上に置いたままで、ジュースばかりを飲んでいる。智晴もポテトばかりをただ齧った。

「……大地君と話、したの?」

「うん」

それきり智晴は口をつぐんでしまった。正直に今の気持ちを伝えよう。それが昨夜《ゆうべ》寝ないで考えた結論だった。

〈僕、彩菜のことが好きなのかどうか、本当のところはよくわからない〉

それが正直な気持ちだったが、彩菜を前にすると、唇の手前で言葉がつっかえてしまう。彩菜の姿が視界に入るだけで胸の鼓動が高まる。それは好き、ってことじゃないのか。素直にそれを伝えるべきじゃないのか。

「僕は彩菜のことが好きだと思う」

そう言った瞬間、ハンバーガーショップの喧噪《けんそう》が消えたような気がした。彩菜は頬を紅潮させて、俯いている。お互いに好きなのだ。その相手とこうしてハンバーガーを食べている。幸せなはずなのに、智晴の心のどこかには、自分がずるをしているのではないか、という疑念が残った。

大地になんて言えばいいか。そう思いながら、智晴は自分の右手を見た。昨日、彩菜と初めて手をつないだ。正確に言えば、初めてではない。保育園の頃は、数え切れないほど手をつないでいたはずだし、布団を並べて寝ていたのだ。けれど、お互いに好意がある、とわかってから、手をつないだのは初めてだった。彩菜の手の小ささと温かさを思い出すと自然に顔がにやけてくる。

「なんだい、一人でにやにやして気持ちが悪い」

キッチンのテーブルに突っ伏していた智晴の頭を祖母が布巾ではたいた。昨日からやって来た祖母は、朝から母と智晴、弟たちの朝食を作り、洗濯機を回し、普段、智晴の手が行き届かない、家のあらゆる場所の掃除をしていた。智晴が手伝おうとすると、

「私のやり方があるんだから！」と、しっ、しっ、しっ、と子犬を追い払うように手を振る。

七十を超えた祖母だが、そんな年齢には見えないし、動きは機敏だ。智晴の二倍のスピードで家事をこなしていく。

椅子に座って煙草をふかし始めた祖母に、智晴は麦茶を注いだ。

「ばあちゃん、少し休んだら」

「今、休んでるよ」

「そんなに動いていると、倒れるぞ。今日、暑いし」

「暑いときに横になってたら、ますます動けなくなる！」

そう言ってまるでお酒を飲むようにぐびりと、麦茶を飲んだ。

「あんた、今日、どこにも出かけないの？」

「今日は出かけない」

「いい若いもんがなんだい。だらしがない」

彩菜と次に会うのは一週間後、図書館でだ。もちろん祖母にはそれを言わなかった。

「ならさ、そこの池の遊覧船にでも乗りに行くかい」

智晴の返事も聞かずに、祖母は出かける準備を始めた。夏になると、蓮池に観光客目当ての遊覧船が出るのだ。それに乗ろう、と祖母は子どものようにはしゃいでいる。智晴ものろのろと立ち上がり、出かける用意をした。

お盆休み前の平日のせいか、蓮池の遊覧船にはそれほど待たずに乗ることができた。乗客は、ほとんどが祖母と同じくらいのおじいさん、おばあさんばかりで、智晴が唯一の若者だった。薄桃色の蓮の花は、間近で見ると、池のほとりで見るのとは違う迫力があるなあ、と智晴は思った。

「きれいだねえ」

「本当にきれい」

遊覧船に乗っている者は皆、蓮の花を見ては同じようなことを口にする。智晴の隣に座る祖母もハンカチで額の汗を拭きながら、きれい、きれい、とはしゃいでいる。その祖母を見て智晴もうれしくなった。

遊覧船は二艘《そう》あって、もう一艘が向こうからやってきた。智晴が乗っている船と同じように、高齢のお客さんばかりを乗せた船が近づいてくる。智晴は見るともなしにその船を見た。一人の乗客の背中に、なんだか見覚えがあると思った瞬間、祖母が智晴の腕に手をかけた。

「あら」

祖母の声で、もう一度、智晴は一人の女性の背中を見た。紺色のワンピース、あの髪型、あれは母ではないのか。智晴は目をこらした。隣にいる男性と、何やら話をしている。黒縁眼鏡の男性は、いつか、駅前の喫茶店で見たあの人ではないか。

母は今日、いつもと変わらず、会社に行ったはずだ。なぜ母が今ここにいるのか。智晴の頭は混乱した。

「ふ———ん」

祖母はなんの感情もこめずにそう言って、また船のそばに咲く蓮の花を見て、きれい、きれい、とはしゃいだ。

智晴はもう一度、母のほうを見て、目を逸らした。なんだか見てはいけないものを見たような気がした。母は母のようではなく、智晴が今まで見たことのない顔をして、男性に微笑みかけている。きれい、きれい。まるで母のことを言っているかのように、祖母はまた同じ言葉を繰り返した。

祖母は車を運転しながら、前を向いたまま智晴に言った。

「あんた、さっきのこと、弟たちに言ったらだめだからね」

「わかってる……」と答えたものの、智晴の胸のうちには、いろいろな思いが浮かんでは消えていった。

そもそも、母は今日、通勤用の重たそうなバッグを肩にかけて、いつもと同じように「行ってきます」と、家を出たのだ。今日が休みだとは聞いていない。だとすれば、母は仕事であの池の遊覧船に乗ったのではないか。そもそも、母の隣にいる男の人は仕事関係の人なのではないか。その人を案内するために、蓮池に行ったのではないか。そう、仕事だったんだ。そう思えば智晴の心は一瞬、落ち着きを取り戻したが、その推測を台無しにするのは、遊覧船に乗っていたときの母の表情だった。

　幸せそうな顔をしていた。

　あんな母の顔を智晴は長い間、見たことがなかった。それと同時に、彩菜のことが思い浮かぶ。一人よがりの思いかもしれないが、彩菜も智晴といっしょにいるとき、あの母のような表情をする。だとするなら、母の顔は誰かを好きになったときの女の人の表情なのではないか。

　複雑な気持ちの智晴とは裏腹に、祖母は口笛を吹きながら、自動車を走らせている。どこかしら上機嫌なのが、智晴には不可解だった。

　母はいつもと同じくらいの時間に帰って来て、祖母の作った夕食に箸をのばした。仕事で蓮池に行ったのなら、自分から言うはずだ。けれど、母は黙ったまま食事を続ける。

「今日、智晴と蓮池に行ってきたよ」

　祖母の一言に、智晴はおいっ、と心のなかでツッコミを入れた。

「ああ、そうなの。もうきれいだろうねえ蓮の花が」と味噌汁《みそしる》を口にしながら母は言う。けれど、智晴と祖母のほうをまるで見ようとはしない。

　祖母は智晴に、軽く目配せした。智晴と同じように母も嘘をつくのが下手だ。

　やっぱり、蓮池で見たのは母だったのだろう、と智晴は思った。

　祖母は智晴の家に泊まるとき、智晴の部屋に布団を敷いて寝る。一階の母の部屋は風の通りが悪くて暑くてたまらない、というのが祖母の言い分で、智晴のベッドの横に自分でさっさと布団を運んできて横になってしまう。

　智晴が風呂から上がって自分の部屋に入ると、祖母は布団に横になって、文庫本を読んでいた。

開け放たれた窓から、蛙と虫の大合唱が聞こえてくる。

　智晴はどさり、とベッドに体を横たえた。

　母に好きな人がいるのかもしれない、と思うと、正直なところ、複雑だった。その気持ちを突き詰めていくと、母が恋愛をしている、ということが気持ち悪いのだった。子どもがいるとはいえ、母は独身なのだから、恋愛をすることはあるかもしれない。子どもとしての気持ちを譲ってそう考えてみても、どこか割り切れなさは残る。

「あのさ……」

　智晴は祖母に声をかけた。

「なにさ」と言いながら祖母が体を起こす。

「母さんの恋人なのかな、あの男の人」

「そうかもしれないねえ」

　なぜだかまた、祖母はうれしそうに言うのだった。

「あの人と再婚するのかな？」

「まあ、そういうこともあるかもしれないね」

「再婚して、あの人が僕たちの新しい父さんになるかもしれないってこと？」

　母が恋愛をしているかもしれない、ということまではまだ許せる。けれど、母が再婚して、今日見たあの男の人が新しい父さんになるなんて、勘弁してくれ、と智晴は思った。

　再び布団に横になって祖母は言った。

「まあ、あの子の性格からいって、あんたたちがこの家にいる間は再婚なんかしないだろうけどねえ」

「僕、この家にずっといたらだめなのかなあ」

智晴の言葉に、祖母がまた起き上がって寝巻きの前をかき合わせながら言った。

「あんたたちがこの家にずっといたら、あの子、ずーっと母親でいなくちゃいけないじゃないか」

祖母は智晴に向かって言葉を続けた。

「由紀子はいつも言っているだろう。あんたたち三人を大学に行かせるのが夢だって。私にも同じこと言ったよ。……どこの大学に行くのか、そもそも、あんたたちが大学に入れるのかどうかも私は知らない。だけどね、智晴のあとに寛人と結人が十八になったら、由紀子はもう母親卒業でいいんじゃないのかね」

母親卒業⁉　祖母の言葉に智晴は目を丸くした。そんなことがあるのだろうか。母は死ぬまで自分の母でいてくれるんじゃないのか。今の今まで智晴はそう思っていた。

「あんたたちだって、近い将来、自分の人生を歩き始めるだろうに。そのとき、由紀子が、母親が、母親が、ってあんたたちの前にしゃしゃり出てきたら、それこそ、あんたたち、足手まといに感じるんじゃないのかい？」

「………」

自分の人生。智晴にとってそれは、子どもである今の時間だ。息子として、母を支えること。それが今の智晴にできる精一杯のことだった。けれど、自分が大学に入るなり、この町を出るなりしてしまえば、自分の人生は変わる。そのときこそ、祖母の言うように、自分の人生を歩き始めるときなのかもしれない、と智晴は思った。

「智晴は智晴、寛人は寛人、結人は結人、由紀子は由紀子。今はおだんごみたいに一緒にくっついているけれど、そこから一人離れ、二人離れていくんだよ。家族ってそういうもんだろう」

そこまで言うと、祖母は枕元にあった水差しからグラスに水を注ぎ、一気に飲んだ。

「まあ、そうはいっても親離れも子離れも難しいもんだから……」

そう言って祖母は再び、布団に横になる。

「それでも家族は家族。離れて暮らしていても、心さえ通じ合っていればそれでいいんだよ。智晴の父さんと母さんは離婚したけど、あんたの父さんはずーっと、あの人なんだから……」

田圃の向こうの幹線道路をバイクが走っていく音が遠ざかっていく。

いつの間にか祖母は寝入ってしまったのか、かすかに寝息が聞こえてきた。

智晴は眠れずに、ベッドに横になったまま、天井を見上げていた。今日あったこと、祖母に言われたことが智晴の頭のなかで回り灯籠《とうろう》のようにめぐっていく。

思い出したのは、父方の祖母、邦子が亡くなったときのことだった。智晴はそのときのことをぼんやりと覚えている。棺《ひつぎ》に寝かされ、顔のまわりを花で飾られた邦子の姿。次に思い出したのは、父が家を出て行った日のことだった。父の荷物がなくなって、がらんとした部屋のすみっころころと風で転がっていくほこりのかたまりを智晴は手でつまんだ。

智晴の十五年という短い人生のなかでも、確かに祖母の言うとおり、家族の形は変わっていった。だとしたら、ちゃんと自分のことを考えなくちゃ、と改めて智晴は思った。

今までは、両親の離婚に巻き込まれて、遊園地のウォータースライダーに乗っているように、ただ、流れに身を任せてきた。今までの母を支える暮らしを後悔はしていないし、これからもしばらくはその生活を続けるつもりでいる。けれど、その先を考えなくちゃ。自分がこれから生きていく方向性を、自分で人生の舵《かじ》を取らなくちゃ。

じゃあ、まず、何をするべきか？

何から手をつけるべきか？

そう考えて、まず頭に浮かんだのは大地のことだった。彩菜に好きだと伝えたのなら、大地にもきちんと話をするべきだ。明日、連絡をして、大地に会う。彩菜とつきあうことを話す。

何が起こるのか、考えただけで智晴は恐ろしくなったが、逃げたらだめだ、と心を決めた。

タオルケットに頭をつっこむ。何度も寝返りを打った。智晴がぐっすりと眠ることができたのは、明け方近くだった。夢で見たのは、蓮池の遊覧船に並んで乗っている、母と彩菜の二人の姿だった。

蓮池のそばにある神社の前で、智晴は大地を待った。夏休みの間は蓮池には観光客も多い。できれば人気《ひとけ》のない場所で大地と話をしたかった。

手水舎《ちょうずや》のそばに立っていると、大地が自転車でやってきた。話す前から、大地は不機嫌な顔をしていた。

「ごめんな、勉強で忙しいのに呼び出して」

そう言う智晴の声を無視したまま、大地は手水舎の後ろに座りこむ。智晴も少し距離を置いて座った。

「あのさ……」

口を開いたものの声が掠れた。

「僕は彩菜のことが好きだよ。だから、彩菜とつきあう」

そう智晴が言った瞬間、頬に硬いものが当たった。最初は何が起こったのかわからなかった。頬が熱を持って痛む。しばらく呆然《ぼうぜん》としていたが、大地に殴られたのだと気づいた。

「最初から、三人で出かけたときからそうだったんだろう。二人して僕のことを笑いものにしていたんだろう」

智晴が今まで聞いたことのない大地の声だった。

「そうじゃない。そうじゃないんだよ」

言っているそばから、大地の拳《こぶし》が飛んできた。こめかみのあたりがひどく痛んだ。

「あのときは、そうじゃなかった。だけど」

「彩菜に告白されて、そういう気持ちになったんだろう。おまえ、なんか、ずるいよ」

大地は肩で息をしながら、智晴を突き飛ばした。大地が智晴の体に馬乗りになり、頭や顔を叩き続ける。智晴は抵抗をせず痛みに耐えていた。そうだな、大地。僕、ずるいかもしれない。だけど、彩菜のこと、ほんとうに好きになってしまった。誰かを好きになって、誰かに渡したくないって思う僕はずるい。ずるい。思っていることを口にしたかったが、智晴の口からは、「ごめんな」という言葉しか出てこなかった。

「彩菜にはいじわるしないで、な」

やっとそう言った智晴の頬を大地はまた殴った。二人のそばを通りかかった大人に「やめなさい！」と言われるまで、智晴は大地に殴られ続けていた。

大地はぐったりした智晴をそのままにして、自転車を漕いで行ってしまった。

通りかかった人は智晴の母くらいの年齢の女性で、

「警察を呼ぼうか？　救急車？」と言ってくれたが、智晴は首を横に振った。

顔中が、特にこめかみと頰のあたりが痛かった。口の中に血の味がする。

「もう、本当に大丈夫です。大丈夫」と智晴は言って、その場に座った。女性はハンカチを貸してくれようとしたが、智晴はそれも「大丈夫です」と断った。

智晴を振り返り、振り返りしながら、女性が智晴のそばを離れる。智晴は彼女に頭を下げたが、その瞬間、ずきんと、重い痛みがこめかみに走った。

着ていたTシャツは汚れて、所々に血がついている。こんなことに使ってはいけないのでは、と思いながら、智晴は手水舎に近づき、手桶《ておけ》で水をすくって幾度かうがいをした。水面《みなも》に顔を映してみたが、今、自分がどんな顔をしているのかわからない。右目の視界がわずかに狭まっている気がする。それよりもなぜだかサイダーをごくごくと飲みたかった。甘い炭酸水。それが今の智晴に必要なものだった。

蟬時雨《せみしぐれ》のなかをふらふらと立ち上がり、智晴は自転車に乗った。コンビニに行ってサイダーを買おうと思った。コンビニの前に自転車を停め、腕で顔を隠してサイダーを探した。冷蔵庫の扉に手をかけた瞬間、力が抜け、その場に倒れこんでしまった。

「ちょっと、ちょっと」と言いながら、店長らしき男の人が智晴のそばに駆け寄ってくる。智晴はもう目を開けていられなかった。閉じた瞼《まぶた》の向こうから声が降ってくる。

「智晴君！」

聞き覚えのある声だった。ああ、そうだ。このコンビニ、よりによってシリラットがバイトしているコンビニだった。

「智晴君！　大丈夫？」

意識ははっきりしていた。シリラットにこの顔を見せたくなかったなあ、と智晴は痛みに耐えながら思った。

コンビニのバックヤードのソファに智晴は寝かされていた。頭と顔と口の中は心臓があるみたいに脈打ち、ずきずきと痛んだ。

うっすら目を開けると、シリラットがソファのそばにしゃがんでいる。

「父さん、すぐ来るって」

えっ、と思って声を出そうとしたが、うまく口が開かない。シリラットがコットンに消毒液を浸して、智晴の口のまわりを拭く。消毒液が染みて智晴は顔をしかめた。

「その顔で帰ったら、智晴君のお母さん、心配する」

確かにシリラットの言うとおりだった。大地に殴られた顔を見せて、いちばん心配をかけたくない人は母さんだった。智晴は目を閉じた。このまま、ここでぐっすり眠ってしまいたかったが、そうはさせないとでもいうように傷が痛む。

ほどなくして、父がバックヤードに顔を見せた。シリラットが何かを話しかけ、父が頷いている。父は智晴のそばに近づいてきて言った。

「病院に行くか？」

ううん、と智晴は黙ったまま首を横に振った。骨が折れているような痛みはない。それよりも智晴は大事にはしたくなかった。

「一度、家に運ぼう」

父はそう言って、シリラットが頷いた。その家とは、自分の家ではなく、父とシリラットの暮らす家だとわかっていたが、智晴には拒否する余力もなかった。

父が智晴に肩を貸し、その場に立たせた。ふらふらするがなんとか立つことはできる。そのまま父に支えられながら、店を出て、すぐそばに停まっていた父の車の助手席に乗った。抱えられているとき、ふいに父のにおいが智晴の鼻をかすめた。なつかしい、と思うのと同時に、目から涙が溢れた。

殴られて痛かった。殴られて怖かった。

わんわんと声をあげて、子どものように泣きたかったが、父の前でそうすることが死ぬほど恥ずかしかったので、声を堪《こら》えて智晴は泣いた。

「ずいぶんと派手にやられたなあ」

そう言いながら父は一度智晴の顔を見て、車を発進させた。

智晴は父が今住んでいる家がどこにあるかを知っているが、そこを訪れたことは一度もない。今では、寛人も結人も、好きなときに行くことができるようになった父の家だが、智晴は絶対に行かないと心に決めていた。

その父の家の一室に布団を敷いてもらい、智晴は寝ていた。タオルケットからも、漂う空気からも、智晴の家とは違う香りがする。家の中には父以外、誰もいない。

父は智晴の両足首と両手首をぐるりと回し、両膝《りょうひざ》を曲げ、両肩を上下させた。

「骨が折れてるわけではなさそうだな」

そう言うと、少しほっとしたような顔をして、智晴の額に手を置いた。

「誰にやられた？」

智晴は黙っていた。

「誰かに一方的にやられたのなら警察に行かないといけない」

智晴は首を振った。

「喧嘩《けんか》か？」

智晴は黙ったまま頷いた。

「おまえも殴り返した？」

ううん、と智晴は掠れた声で返事をした。

「だろうなあ」と父が小さな声で笑った。

「顔の腫《は》れは二、三日もすれば引くよ。口を開けてみて」

言われたとおりに智晴は口を開けた。

「歯は折れてないみたいだな。切れたところが染みるだろうけれど」

父は小さな保冷剤にガーゼを巻いたものを、額と頬に乗せてくれた。その冷たさが心地良かった。

「母さんにはなんて言うかな」

父が母さん、と言うのを智晴は久しぶりに聞いた。

「自転車で……」

「うん?」

「自転車で転んだって……」

父がにやりと笑った。すぐばれそうな嘘だが、好きな女の子をめぐって友だちに殴られた、という本当のことを知られるよりもずっといい。何より、智晴は母を心配させたくなかった。

「智晴が自転車で派手に転んだらしいんだ。そこにたまたまシリラットが通りかかって。……いや、病院に行くほどじゃない。だけど、今晩はうちで預かってもいいだろうか?」

父が母に電話をしているのを智晴は布団の中で聞いていた。

横になったまま智晴は部屋の中をぐるりと見回した。開いた襖《ふすま》の向こうにもうひとつ小さな部屋がある。部屋の隅には年代物の勉強机がひとつと本棚が置かれていた。部屋の床には、幼い子ども用のおもちゃが転がっている。あっちの部屋がシリラットと、シリラットの妹の部屋なのか、と智晴は思った。勉強机の上はきちんと整理され、本棚には一冊の本も入り込む余裕がないほど、本が詰まっている。シリラットらしいな、と智晴は思った。

台所、居間、子ども部屋、智晴が寝ているのは、父の寝室だろうか。決して広い家でも裕福そうな家でもないが、それでも部屋の中は隅々まで掃除が行き届いていた。

電話を切った父が智晴のそばに来て言った。

「明日、智晴の家に送っていくから」

父の言葉にうん、と智晴は頷いた。

「父さん、仕事の途中だったんだ。しばらく仕事に行って夜には戻るけれど、その前にカンヤラットもシリラットも帰ってくるから。一人で寝ていられるな?」

「うん」

おなかに力が入らないので、どうしても気弱な返事になることが智晴は恥ずかしかった。

「父さん」

「うん？」

「ありがとう……」

父の大きな手のひらが智晴の額を撫でた。

「喧嘩ぐらい、するさ。父さんなんか、学生時代は喧嘩ばっかりだった。ばあちゃんによく叱られた」

そう言って父は立ち上がった。

「じゃあ、行ってくるからおとなしく寝てろよ」

玄関ドアが閉められたあと、智晴は深く息を吐いて、目をつぶった。そうして、喧嘩ばかりしていたという父の学生時代を想像してみようとした。幾度かそれを繰り返すうちに、智晴は深い眠りのなかに引きずりこまれていった。

「にーたん！」

智晴が目を開くと、見たことのない小さな女の子が布団のそばに立っていた。ぼろぼろになったぬいぐるみを手に智晴の顔を指さしている。

「こら、さくら、お兄ちゃん、寝ているんだから邪魔しないの」

シリラットがそう言って、さくら、と呼ばれた女の子を抱き上げた。

「結人？　寛人？」

さくらが声をあげる。

「結人と寛人のお兄ちゃん、智晴兄ちゃん」

シリラットは歌うようにそう言って台所に向かった。智晴兄ちゃん。そう呼ばれたことが少し気恥ずかしかった。考えてみれば、父と父の新しい奥さんとの間に生まれた子どもと、智晴には血のつながりがある。異母兄弟と言うんだっけ、と、すっかりぬるくなってしまった保冷剤を手にしながら智晴は思った。

トイレに行こうと体を起こす。台所にいたシリラットが気づいて、手を貸そうとした。

「大丈夫。一人で歩けるから」

頭はふらふらしたが、智晴はなんとか歩いてトイレに向かった。

トイレから出ると、さくらが智晴の顔を指さして声を上げた。

「にーたん！　けがしてる」

「そうだよ。自転車で転んだの」

エプロン姿のシリラットはそう言うと、智晴に軽く目配せをした。

「いたい、いたいねー」

「そうだよ、痛い痛い」

言いながらシリラットは鍋の中に醤油《しょうゆ》を回しかけた。香ばしい香りが広がる。シリラットの足もとではさくらが遊んでいるのが見えた。

「いつも……」

柱につかまりながら、掠れた声で智晴は聞いた。

「いつも、夕飯作っているの？」

「だいたいそうだよ。さくらを保育園に迎えに行って。母さんの仕事も遅いときがあるからね。智晴君と同じだよ」

シリラットはそう言ったが、智晴はそうは思わなかった。シリラットはさらにバイトもして、勉強もしている。自分とはぜんぜん違う、と思った。

「ただいまー」と大きな声がして玄関のドアが勢いよく開いた。

「ママー」とさくらが入ってきた女の人に駆け寄る。父さんの今の奥さん、カンヤラットだ。

「さくらー、いい子にしてた？」と言いながら、カンヤラットはさくらの頰に幾度もキスをしている。智晴の姿を見つけると、泣きそうな顔で近づいてきた。

「うわあ！　智晴、大けがじゃないの」

そう言って、智晴の顔の腫れたところをおそるおそる触る。触ったあとに、まるで小さな子どもにそうするように、智晴の髪の毛をくしゃくしゃにした。

カンヤラットにいきなり、智晴、と呼ばれたことに驚いて、何を話せばいいのかわからず黙ってしまった。けれど、呼び捨てにされることが嫌なわけじゃない。カンヤラットは、自分が誰かと接するときに築きがちな心の壁のようなものをぴょんと飛び越えてくる人なのだ、と智晴は理解した。そんな智晴の様子を気にすることなく、カンヤラットとシリラットは会話をしている。智晴のわからない言葉だった。

「智晴、おなかすいたでしょう。ごはんにしよう。父さんももうすぐ帰ってくる」

カンヤラットにそう言われ、台所にあるテーブルの椅子に智晴は座らされた。

「にーたん、これ見て」

絵本を手にしたさくらが智晴の膝に乗ってこようとする。

「にーたんは痛い痛いだからだめよ」

シリラットはそう言ってさくらの体を智晴から引き離そうとしたが、

「大丈夫。脚は痛くないから」と智晴はさくらを膝に乗せた。

さくらの頭から汗臭い子どものにおいがする。小さな子どもと接するのは久しぶりで懐かしかった。結人も寛人も昔はこんなふうだった。

智晴がさくらに絵本を読んでやっているうちに、父が帰ってきた。ドラッグストアの名前が入ったビニール袋を手にしている。駆け寄ったさくらを父が抱き上げた。

「湿布薬とか、いろいろ入っているから」

そう言って袋をシリラットに渡した。父の家に、自分がこうして座っていることが智晴は不思議でたまらなかった。

父さんの今の奥さんであるカンヤラットと初めて話すまでは、智晴は彼女のことをひどい悪女だと思っていた。父さんと母さんを離婚させた人、悪い、悪い女の人。いつしか、その思いは、智晴の心のなかでねじれ、絶対に父さんの新しい家族には会わない、という冷たいしこりになっていた。

けれど、目の前にいるカンヤラットは、とても悪い人には見えない。この人が、母さんから父さんを奪い、子どもたちから父さんを奪った悪い女の人だとは到底思えない。

いつか、シリラットに言われた言葉が智晴の頭のなかに浮かんだ。カンヤラットが父さんを好きになった。父さんもカンヤラットを好きになった。人を好きになるということに、理屈もなにも通用しないことを、今の智晴はほんの少しだけ理解し始めていた。

大地にずるい、と言われようと、頭や顔を殴られようと、自分が彩菜を好きだという気持ちには変わりがない。人を好きになる、ってことは、知らず知らずのうちに台風に巻き込まれるような出来事だ。自分もそれに巻き込まれた。父も巻き込まれた。

だからといって、母と子どもたちから離れた父を百パーセント許せるわけでもない。けれど、父を許す、という自分は、果たして父よりも上の場所にいるのだろうか、と智晴は思った。

「智晴、もっと食べて」

カンヤラットが智晴の皿におかずを盛る。

「傷は痛むか?」父が尋ねた。

「ううん」と智晴は首を振った。口の中にはまだ少し血の味がしていたけれど、智晴はカンヤラットがくれたおかずを頬張った。

その夜は父さんの部屋に二人布団を並べて寝た。カンヤラットとさくらは、子ども部屋で寝ると言う。

昼間に眠ったせいかいつまでも寝つけなかった。幾度も浅い眠りを繰り返しては、目が覚める。真夜中に目が覚めると、襖の向こうから灯《あか》りが漏れている。かすかにシリラットの声が聞こえた。英単語を繰り返す声だった。その声を聞きながら、智晴は眠りについた。

翌朝、智晴が目を覚ますと見慣れない天井が見えた。ここはどこだ、と思いながら体を起こすと、頭の芯《しん》が痛んだ。顔に手をやると、湿布薬の感触がした。そうだ、昨日、大地に殴られて、父の家に運ばれて……。

智晴はゆっくりと体を起こし、布団の上に立ち上がった。昨日は感じなかったが、殴られて地面に転んだときにぶつけたのか、右肩と太腿《ふともも》が鈍く痛む。

「おはようございます……」

小さな声で言ってみたが、返事はなかった。智晴はそろそろと、台所のほうに歩いていった。テーブルの上の小さな紙片が目に入った。

「私はバイトに、母さんはパートに、さくらは保育園に出かけます。父さんがお昼頃戻って智晴君を家まで送ってくれるそうです。朝ごはんを食べて、それまでゆっくり休んでください。牛乳や野菜ジュースは冷蔵庫にあります。シリラット」几帳面《きちょうめん》な字でそう書かれていた。

ラップがかけられたハムエッグの皿がテーブルの上にあった。智晴はその横の皿に盛られたロールパンを手に取って一口齧り、いいのだろうか、とためらいながらも、冷蔵庫を開けた。食材や調味料が整然と並べられている。うちの冷蔵庫とは大違いだ。智晴は牛乳パックを手に取り、テーブルの上のコップに注いだ。

母や弟たちは心配しているだろうな、と思いながら、智晴は多分シリラットが用意してくれたはずの朝食をもそもそと食べた。足を動かしたとき、何かが当たった。テーブルの下をのぞきこむと、小さなうさぎのぬいぐるみが転がっているのが見えた。

「にーたん！　にーたん！」

と智晴の寝ている布団に近づいては、シリラットに叱られていた昨夜のさくらの様子が目に浮かんだ。思い出したら、気づかぬうちに智晴は笑顔になった。そして思った。さくらちゃんも僕の妹なんだ、と。

智晴は父のタクシーに乗って自宅へ向かった。田圃の中の道をまっすぐ車は進んでいく。窓の外に目をやると、すっかり伸びた緑色の稲が、風に吹かれているのが見えた。智晴はなんだか息苦しい気がして窓を開けた。

「母さんには自転車で転んだってことにしてるからな」

車の中に入ってくる風の音に負けないくらい大きな声で、父が言った。

「わかった」

智晴も大声で返事をした。

「おまえ、またいつでも来いよ。さくら、泣いてたぞ。お兄ちゃんが帰っちゃうって」

「行かないよ」

「どうして」

智晴はしばらくの間、黙った。

「母さんが一人になっちゃうだろ」

父はその言葉を聞いて智晴の顔を見て笑った。

「いちばんのお母さん子だもんな、智晴は」

そう言う父が憎らしくて、智晴は運転している父の左腕を叩いた。ちっとも痛くないような顔をして父が笑う。

家が近づくと、結人と、なぜだか仕事があるはずの母が庭に立っている。車から降りると、母がはっとした顔で智晴を見た。今朝、父の家の鏡で見たとき、智晴も自分の腫れた顔に驚いたくらいなのだから、仕方がない。

「兄ちゃん、なんかすげえな」

結人だけがなぜかはしゃいでいる。父は智晴を送り届けると、すぐに仕事に戻っていった。

母は智晴の体を支えて、二階に上がらせ、ベッドに寝かせた。母がタオルケットをかけてくれる。ふわりと家の洗剤の香りがした瞬間、智晴の目から涙が噴き出した。タオルケットに顔を埋めて智晴は泣いた。背中を母の手のひらが上下する。

「泣きな、泣きな」

そう母に言われて智晴はまた泣いた。大地に殴られたこと、シリラットの家で感じたこと、そんなことすべてを母は知っているのではないか。そう思いながら、智晴は子どものように泣いた。


「今日まで寝ていなさいよ」

母にそう厳しく言われて、翌日も智晴はベッドの上で過ごした。母が仕事に出かける前に用意した昼ごはんを結人と二人で食べ、再びベッドに横になっていると、

「兄ちゃん、お客さん」

結人がにやにや笑いながら部屋に入ってきた。智晴は体を起こした。結人の後ろに彩菜が立っていた。この顔を見せたくはなかったが、もう遅い。

結人はグラスに溢れそうな麦茶を二つ、お盆に載せて運んできた。智晴と彩菜の前に置いて部屋を出ると、ドアの陰から顔を出し、笑いながらべえっと舌を見せて、階段を駆け降りていった。

すっかりぺちゃんこになっているクッションに彩菜を座らせた。智晴も足を伸ばしてその前に

座った。まだ右の腿が痛くて膝を曲げることができなかった。彩菜は小さな花束を差し出した。ありがとう、と言ってはみたものの、女の子から花束をもらうのは初めてなので、そのあと、なんと言っていいのかわからなかった。

智晴の顔をじっと見て、彩菜がしくしくと泣き出す。智晴は面食らった。

「昨日、大地君から電話があったの。智晴君にひどいことをしたって。会ったらあやまってほしいって。それに……もう私にも智晴にも会わないって。その怪我……大地君にやられたんでしょう？」

智晴は慌てて言った。

「違うよ。僕が自転車ですっ転んだんだ。それで、運のいいことにたまたまシリラットが通りかかってさ。あっ、僕の父さんの娘だってことは知っているよね？」

彩菜がこくりと頷く。

「だから、昨日は父さんの家で治療をしてもらったんだ。シリラットは父さんの義理の娘だからさ、僕とシリラットはきょうだいなんだよね。僕の父さんがシリラットの母さんを好きになって……」

「うん、知ってる」

彩菜だけじゃなく、そのことはこの町の人なら誰でも知っているだろうと智晴は思った。

「ちょっと複雑だろう？　僕の家」

「うん」

「そんなことも僕、本当はちょっと恥ずかしいんだよ」

自分の家族が複雑でちょっと恥ずかしい。

思わず彩菜に話してしまった智晴の心のうち。それは両親が離婚をし、父が再婚をして新しい家庭を築き、その再婚相手の娘であるシリラットと同じ学校に通わなくてはならなくなったときから、智晴の心を占領していた思いだった。父さんが悪い。父さんのことが恥ずかしい。そんな思いがいつしかねじれ、重石《おもし》のように智晴の心を塞いでいた。

彩菜は智晴の顔をじっと見つめていたが、グラスから溢れそうな麦茶を一口飲んで言った。

「恥ずかしくなんかないよ。智晴のお父さん、いい人だよ」

「いい人なんかじゃないよ」

「ううん。そんなことないよ」

「そうかなあ……」

「そうだよ。保育園のときだって」

「保育園？」

「そう、保育園のとき、智晴のお父さん、よく仕事帰りにお迎えに来ていたでしょう」

そうだった。忘れていたけれどそうだった。母さんではなく父さんが迎えに来てくれる日は、智晴にとってうれしい日でもあった。

「ほかの子のお父さん、お母さんはさ、自分の子どもでないと、遊んでくれない人が多かったけど……みんな夕方は忙しいからね。智晴のお父さんは、私やほかの子が智晴のお父さんだ！って言うと、どの子でも必ず肩車してくれたよ。智晴のお父さん、背が高いから、肩車してくれると怖いけどおもしろいんだよ。それで園庭を一周してくれて」

思い出したように彩菜が笑った。花が咲いたような笑顔だな、と智晴は思った。彩菜の言葉をきっかけに保育園のときのことを思い出していた。蛹《さなぎ》が蝶《ちょう》になっていくのをじっと見つめていたこと。そのそばに大地がいたこと。今となっては、もうずいぶん昔になってしまった気がした。

彩菜の手のひらが智晴の膝の、すりむいたところをそっと撫でた。智晴の耳が真っ赤になった。彩菜のことをこんなふうに恋しくなるなんて、あの頃は思ってもみなかった。そう思いながら、智晴は彩菜の手の上に自分の手を重ねた。

第三章　あたらしいかぞくのかたち

智晴の傷は日を追うごとに良くなっていった。頬にはまだうっすらと痣《あざ》が残ってはいるが、もう痛みはない。いつもと同じように母の代わりに家事をこなす日々が戻ってきた。

一日の終わりに近くに住んでいる祖父・茂雄の様子を見に行くが、智晴のことをすっかり息子の智久と思い込んでいる様子が気がかりでもあった。

ある日の夜、智晴が訪ねると、家のどこにも茂雄がいない。部屋の照明はついたまま、玄関の鍵《かぎ》も開いたままだ。智晴は家のまわりを捜してみたが、茂雄の姿はどこにもない。まずいことになるかもしれない。智晴は悪い予感を抱えながら、自宅の居間でテレビを見ていた寛人と結人に声をかけて、茂雄を捜すように伝えた。

茂雄は自転車にも車にも乗らないから、家を出て行ったのがついさっきならば、それほど遠くへは行ってはいないはずだ。三人は田圃《たんぼ》の中の一本道をそれぞれの自転車で走り、「じーちゃーん！」と叫びながら、公園や神社、保育園や家のまわりで、茂雄の姿を捜した。

智晴は蓮池《はすいけ》のそばまで行ってみたが、やはり茂雄の姿はなかった。家を出たのが昼間で、電車に乗ってどこか遠くに行ってしまっていたら……。そんな悪い想像が智晴の頭をよぎった。警察に連絡するのは、もう少し捜したあとにしよう、と智晴は思った。

どこを捜しても茂雄の姿はなく、智晴はその後もしばらく田圃の一本道を走り回った。智晴の自転車のライトを見つけたのか、はるか遠くから、寛人の声がする。

「にいちゃ――ん。じいちゃんここにいたよー」声のするほうに智晴は自転車を漕《こ》いだ。

その場所に到着すると、寛人と結人が田圃の中でひっくり返っている茂雄の腕をつかんで立たせようとしていた。

「邦子がいないんだよ。いつまで経っても帰ってこないんだ」

泥だらけの茂雄が真顔でそう言って、智晴と寛人と結人の三人は顔を見合わせた。じいちゃんがおかしい。三人が三人とも心のなかでそう思ったはずだ。

泥だらけの茂雄をなんとか立たせ、寛人と智晴で体を支えた。茂雄の体を調べてみたが、怪我をした様子はない。茂雄を支えている寛人も智晴も、そして、結人も泥だらけだった。

「……田圃の中に大の字になっていてさ。邦子ー邦子ーって大声で叫んでいたんだよ」

智晴たちの後ろからついてくる結人がまるでひとりごとのように暗い声でつぶやいた。

茂雄は素足で、いつも履いているサンダルも見あたらない。夜の道にぺたり、ぺたりと茂雄の足音が響く。

茂雄の家でなく、智晴の家に連れて行くことにした。まずは風呂《ふろ》だ。濡《ぬ》れた服を苦労して脱がせ、智晴と寛人、結人の三人がかりで茂雄の体を洗った。茂雄は何も言わず、されるがままになっている。智晴が家から取ってきた下着とパジャマを着せ、茂雄の髪をドライヤーで乾かしていると、母が帰ってきた。事の顚末《てんまつ》を結人が説明する。それを聞くと、「とにかく見つかってよかった」と大きなため息をついた。

「おじいちゃんには今日はこっちで寝てもらおうか」

母はそう言って和室に布団を敷くよう寛人に伝えたが、その言葉を聞くと茂雄がすっくと立ち上がった。

「家に帰らないと邦子が心配するから」

そう言って家を出て行こうとする。

「じいちゃん、今日はこっちで寝ないとだめだよ」と結人が腕を引っ張ったが、その手を振り払う。素足で玄関を出ていこうとする茂雄に慌てて智晴は自分のビーチサンダルを履かせ、その後を追った。

「邦子、帰ったよ」

茂雄は玄関の戸を開け、大声で言う。智晴は急いで布団を敷き、そこに茂雄を寝かせた。布団に入ると茂雄はすぐさまいびきをかき始めた。

その寝顔を見ながら、智晴は思った。もしかして、これはいつかどこかで聞いたことのある、認知症、というものなのではないか、と。

「じいちゃんってさ、認知症、ってやつなんじゃないかな……」

家に戻って風呂に入った智晴はずっと考えていたことを母に告げた。

「うーん……」

母は腕を組み、それきり何も言わなくなった。寛人と結人は茂雄の一件で疲れて眠ってしまったのか、二階からは物音がしない。開け放した網戸の向こうから蛙の鳴き声と虫の音だけが聞こえてくる。

「そうはいっても、じいちゃんは父さんの父さんじゃないか。父さんが面倒を見ればいいんだよ」

少し尖《とが》った口調でそう言った智晴に、母は何も返事をしない。言った智晴だってわかってはいるのだ。父の家には茂雄の面倒をみるような余裕がないことを。母だってそう考えているに違いない、と智晴は思った。それに母が茂雄のことを父に相談している様子もない。

「すぐにではないけれど、施設に入ってもらうことも考えたほうがいいのかもしれないね」

「それはいやだよ！」

思わず大きな声が出た。母が口に人さし指を当て、それから二階を指す。

「施設に預けるくらいなら、僕が面倒をみるよ。結人だって家にいるんだから」

「でもね、これ以上、あんたたちに迷惑もかけられないよ。今だって家のことで手一杯だろうに、私は仕事で昼間この家にいないし」

母はぽつり、ぽつり、と言葉にした。智晴は母の負担をこれ以上増やしたくはなかった。

「あのさ、なるべく昼間はじいちゃんの家に様子を見に行くよ。これからどうなるかわからないけど、夏休みの間はそうしてみようよ。そのあとのことはこれから考えようよ」

「うーん……」としばらくの間、母は考えていたが、智晴の説得に最後は首を縦に振った。

「ほんとうにごめんね。智晴に助けられてばっかりだ」

困り顔の母を見るのはつらかった。でも、それ以上に、母にこんな顔をさせる父に対して、智晴はまたひどく腹を立てた。

夏休みの間、智晴と結人は少しでも時間があれば茂雄の家を訪れて、顔を見、話をすることを心がけた。

「邦子はどこだ?」と聞かれると、またいなくなってしまうのでは、とどきっとした。

茂雄はほとんどの時間を縁側の籐《とう》の椅子に座って過ごしていたが、時々、不思議な動きをする。右手を上げて何かを回すような仕草をし、両足をパタパタと上下させる。それから両手の指先を合わせて前に動かす。何かの体操だろうか、と智晴は思ったが、尋ねることはできなかった。

「じいちゃん、それなんだ?」

とまっすぐに聞いたのは、そのとき一緒に茂雄の家に来ていた結人だった。

「これか、これがわからんか」

そう言いながら、茂雄が両足を踏むように動かして両手を前に進める。智晴と結人は顔を見合わせた。また、じいちゃんがおかしくなった……。そんな恐ろしさが湧き起こる。

「これはミシンだろう。見てわからんのか。うちの仕事じゃないか」

そう言って茂雄は、智晴と結人には見えないミシンを踏み続けていた。茂雄と邦子、そして、自分たちの両親がかつてミシンを踏む縫製の仕事をしていたことは知っているが、智晴にはその頃の記憶がぼんやりとしかない。物心ついたときには、母も父も外で働く人だった。

茂雄は立ち上がり、和室に向かう。智晴と結人は頷《うなず》きあい、後を追った。茂雄は押し入れの襖《ふすま》を開け、中に入っていた段ボール箱を畳の上に出した。箱の口を開け、中から布らしきものを何枚も取り出す。ただの布のかたまりだと思っていたものが、女物のスカートやジャケット、男性用のスーツだとわかるまで、それほど時間はかからなかった。

「これも、これも、これも、みーんなじいちゃんが縫った」

今風のデザインではないし、ずいぶん昔のもののようだったが、そのどれもがデパートで売られているような高級な洋服である、ということは、智晴の目から見てもわかった。

茂雄が床に投げ出すように広げた洋服を見て結人は、

「じいちゃん、すげえなあ！」と驚嘆の声をあげた。

「これを着てみろ」と茂雄が一枚の上着を結人に着せようとする。結人は抵抗もせずに茂雄のなすがままになっていた。

茂雄が結人に着せた上着はサイズが大きすぎ、袖《そで》も結人の手が覗《のぞ》かないほどに長い。小さな子どもが上着を着ているようでおかしかったが、茂雄の真剣な様子に、智晴は笑うことすらできなかった。

「これは智久が作った最初のスーツさ」

そう言って、上着を着た結人の背中を、まるで愛《いと》おしいものを撫《な》でるように茂雄の手のひらが上下する。

「あいつの腕は良かった。仕事の飲み込みも早かった」

結人と智晴は顔を見合わせてから茂雄の話に耳を傾ける。

「由紀ちゃんも手先が器用でなあ。教えたことはすぐに覚えた」

茂雄は畳の上に座りこんで片膝《かたひざ》を立てて、話を続ける。茂雄のズボンの裾《すそ》から、茶色い股引《ももひき》が見えた。

「邦子はわしの片腕だった。二人で一人さ。どんな大変な仕事でも二人でこなしてきた。二人で徹夜したことも数え切れない」

そう言うと、茂雄は大きな咳《せき》を立て続けにした。智晴が近寄って背中をさすろうとすると、大丈夫、というふうに、その手から逃れようとする。

「毎日、毎日、みんなでミシンを踏んでいた。ミシンさえ踏んでいればみんな、幸せだった。今でもミシンさえみんなで踏んでいられたならば、おまえたちの両親が離婚することもなかったのさ。わしに甲斐性《かいしょう》がないから、仕事場を畳むことになって……。おまえたちが苦労しているのはわしの責任だ」

そう言ったあと、茂雄は声を出さずに涙を流した。どんな言葉をかけていいかわからず、智晴と、大きな上着を着たままの結人は、黙って泣いている茂雄をただ見つめていた。

泣いている茂雄のそばで、智晴と結人は、散らかった服を片付け始めた。茂雄はさっき語ったことなどまるでなかったかのように、今は、縁側の籐椅子に座りこんで、庭のどこかを見ている。

「じいちゃん、また来るからさ」

智晴はそう言って結人と、茂雄の家を出た。

結人は茂雄に着せられた上着をまだ着ていた。

「おまえ、暑いだろ。早く脱げよ」

智晴がそう言っても首を横に振る。

「いやだよ。これ父さんが作ったんだろう。僕、大きくなったらこれ着るよ」

と結人は上機嫌だ。

夜になってもう一度、智晴は茂雄の家を訪ねた。茂雄は布団の中で安らかな寝息を立てている。ほっとしたような気持ちで、智晴は茂雄の家を後にした。

真夜中、どこか遠くから聞こえてくるサイレンの音で智晴は目を覚ました。その音がどんどん家に近づいてくるような気がする。ベッドから飛び出して、智晴は窓を開け、顔を出した。茂雄の家の方角が白い煙に包まれている。まさか、と思いながら、智晴は部屋を飛び出し、隣の部屋の寛人と結人を起こして、階段を駆け下りた。下の部屋では母が青い顔をして、パジャマの上にカーディガンを羽織っている。

智晴と結人と寛人、母は家の外に飛び出した。目の前を赤い消防車が走り去っていく。智晴は走ってその後を追いかけた。消防車が茂雄の家の前で止まる。ホースを伸ばしてすぐに放水が始まった。焦げくさい臭いがあたり一面に広がる。

智晴が茂雄の家の前に着くと、もうすでに幾人もの近所の人が心配そうな顔でたたずんでいる。警察官がいたので、智晴は叫んだ。

「中に、中に、じいちゃんがいるんです！　たった一人で寝ているんです」

そう言いながら、智晴は泣きそうになっていた。火は見えないが、開かれた玄関からは煙がもくもくと流れてくる。智晴は家の中に飛び込んでいこうとした。そのとき、腕をぐっとつかまれた。

智晴が振り返ると、父が立っていた。

「おまえはここにいろ」

父はそう叫ぶと、庭の水道の蛇口をめいっぱい開け、すぐそばにあったバケツに溜《た》め、その水をかぶった。まわりの人の制止をふりきって玄関から家の中に飛び込んでいった。父のあとを消防隊員が慌てて追いかける。

「父さん！」

智晴がそう叫んだときには、煙で父の姿はもう見えなくなっていた。

「父さんが！　父さんが！」

泣き叫んで家に入っていこうとする結人を、智晴は羽交い締めにして止めた。隣にいる母を見ると、さっきと同じように青い顔をして口元に手をあて、不安げに家を見つめている。

茂雄と父に万一、何かあったら……。結人の体を押さえている智晴も気が気ではなかった。時間の進みが驚くほど遅く感じられる。

そのとき、縁側のガラス戸がばりん、と割れる音がした。まず見えたのは、オレンジ色の消防服を着た男の人だった。その後ろから、茂雄を背負った父が煙と共に出てきた。父が庭に茂雄を寝かせると、茂雄の全身から煙が上がる。寝巻きの裾は少し焦げていた。

「父さん！　父さん！」

父の呼びかけに茂雄が少し手を上げる。意識はあるようだ。父の顔も体も真っ黒だった。寛人と結人が駆け寄る。

「父さん！　父さん！　死んだかと思ったよ」

そう言って二人は小さな子どものように泣いた。二人に囲まれた父はその場に座りこんでしまった。体全体で荒く息をしている。

「大丈夫だから。死なないから」

そう言う父の首に寛人と結人がかじりついた。智晴もそうしたかったが、母の前ではできなかった。

「よかった……」

そう言って顔を覆った母の肩に、智晴は手を置いた。その肩がかすかに震えている。

遠くから救急車のサイレンが近づいてくる音が聞こえてきた。

「おなかが空《す》いてしまったんだよ。それで鍋《なべ》を火にかけて……」

病院のベッドに寝かされた茂雄は、智晴たちの顔を見ると、それだけ言って、すぐさまいびきをかいて眠り始めた。

「何はともあれ、命に別状がなくて良かった」

そう言いながら、父が茂雄のかけ布団を肩まで引っ張りあげる。幸いなことに、父もかすり傷を負っただけだった。病院には父と智晴、寛人と結人がついて来ていた。同じ頃、母は近所の人に頭を下げて回っていた。

「家まで送るから」

そう言って父は自分の車に智晴と、寛人、結人を乗せた。時間はわからなかったが、朝が近いのか、空はもう真っ暗闇ではなく、東のほうはうすらぼんやりと明るくなっていた。

車の中では誰も何もしゃべらなかった。後部座席の寛人と結人は頭をくっつけあって口を開けて眠っている。

「智晴はなんにも心配しなくていいんだよ。父さんと母さんでなんとかするんだから」

黙ったままの智晴に父が言った。なんとかする、というのはじいちゃんのことだ、とわかってはいた。何か言葉を返したかったが、言葉にできなかった。

家の前に車が停まると、母がすぐさま玄関から出て来た。後部座席で眠りこけている寛人と結人をたたき起こし、車から降ろすと、智晴も二人といっしょに二階に上がった。緊張がとけたせいなのか、とにかく今すぐ眠りたかった。それでも、ベッドに入る前に開けたままの窓から庭を見下ろした。

父と母が真剣な顔で話をしている。言い争っているわけではない。けれど、仲良く話している、という感じでもない。

そんな顔をずいぶんと昔、見たような記憶がある。そうだ。父と母が離婚する直前、二人は夜になると、いつもあんな顔で話をしていた。襖の陰から、自分はそれを見ていた。

そんなことを思い出した途端、引きずり込まれるように、智晴はベッドに体を横たえた。眠りに落ちる瞬間、かすかに何かが燃える臭いが智晴の鼻をかすめた。

父と母が話し合い、茂雄が町のはずれにある特別養護老人ホームに入ったのは、ぼや騒ぎから一週間後のことだった。たまたま空きがあったから、と母は智晴に言ったが、そんなにすぐ施設に入れるなんて、茂雄がぼやを起こしたことも関係しているのかもしれない、と思った。

実際、茂雄の起こした火事は、台所のガス台のそばにあった布巾《ふきん》から近くに散らばっていた洋服に火が燃え移り、もう少し遅かったら、家全体が炎に包まれるところだった。母と智晴は菓子折を持って近所の人たちの家に挨拶《あいさつ》に回った。

「そんなこと気にしないで」と優しい言葉をかけてくれる人がほとんどだったが、「火事を起こすような老人が一人で暮らしているなんて怖くて仕方がない」と言葉を投げつける人もいた。そのたび、母は深く、幾度も頭を下げた。

父は父で動いていた。特別養護老人ホームに茂雄を入れる段取りをすべてつけたのは父だった。

現実問題として、父の家でも、智晴の家でも、茂雄を預かることは難しい。施設で見てもらうのが最善の選択だ、と頭ではわかっていても、智晴のなかにはどこか茂雄を施設に追いやってしまった、という思いがある。それは父も母も同じだろうと思った。それ以上に、茂雄を施設に預けることにはまたお金がかかる。母はそのことについて一切智晴には言わなかったが、父一人でその費用を払えるはずもなく、どういう割り振りかはわからないが、母は自分の親ではないのに、その負担をいくらか負ったような気がした。そのことがまた、智晴の心を苦しくさせた。

智晴は日に一度は施設に茂雄の顔を見に行った。最初のころ、智晴に会えば笑顔を見せていた茂雄が、日に日に言葉が少なくなっていくのは気がかりだったが、智晴にはどうしようもなかった。薬を飲んでいるせいなのか、起きている時間よりも、寝ている時間のほうが長いような気がした。

「じいちゃん、また、ミシン踏もうよ」

智晴は眠っている茂雄に話しかけたが、反応はない。智晴は布団の上に投げ出されて動かない茂雄の手のひらを見た。そして、その手にそっと触れた。茂雄の手のひらは分厚くて熱かった。こんな無骨な手で、いつか見せてもらったようなあんなに繊細な服を幾枚も幾枚も縫ってきたんだ、と思ったら、智晴の鼻の奥がつん、とした。

茂雄の顔を見に行った帰り道、スーパーに向かおうと智晴が自転車を押して駅前の商店街を歩いていると、後ろからチリン、チリン、と自転車のベルの音がする。智晴が振り返ると、大地が立っていた。

なんと声をかけていいかわからず、智晴はしばらくの間黙っていた。無言のまま、自転車を押して進み始めると、大地の自転車が横に並んだ。智晴の体が少し緊張する。大地に殴られた傷も痛みももうすっかり癒《い》えてはいたが、また殴られるのではないか、と身構えている。

「智晴……」

大地が自転車と共に足を止める。智晴も立ち止まって、大地の顔を見た。ずいぶんと痩《や》せたような気がした。

「この前、本当にごめん。……僕が悪かった。ついかっとして……怪我、大丈夫だったか？」

「……もう、どこもなんともないよ」

智晴がそう言うと、大地はかすかにほっとした顔をした。

「本当にすまなかったと思ってる。本当にごめん」そう言って大地は頭を下げる。

「もう、本当にいいんだよ」

「僕さ……」

「うん」

「二学期から違う高校に行くことになったんだよ」

「え」

「母さんが再婚するんだ。それで東京で暮らすんだ。転校する高校の試験にも受かって、それで……」

「えっ、じゃあもう大地と会えないの？」

「東京なんてここからすぐだよ。それに智晴が東京の大学に入ったらいつでも会えるじゃないか」

易々と東京の大学に入れるとは思わなかったが、そのときふと頭に浮かんだことがあった。

「なあ、大地。蓮の花が咲くところ、見たくないか？」

「蓮の花？」

いったい何を言い出すのか、という表情で大地が智晴を見つめている。

「保育園のときみたいにさ、蝶《ちょう》の羽化を見たときみたいに、大地と二人で見たいんだよ」

大地と夏休み最後にそれを見たかった。

大地がこの町を離れるのは八月三十一日の午後だという。それなら、その日の早朝に蓮池で会おうよ、と智晴は半ば強引に約束を取り付けた。殴られたときの衝撃や痛みを忘れたわけではない。けれど、この町を出ていく親友と最後にひとつ、一緒に何かをしてみたかった。

思わず蓮の花が咲くところを見たいと言ってしまったが、本当は大地と一緒なら、なんでも良かった。けれど、智晴が植物や動物に興味があることは確かだった。

家事の合間に彩菜と図書館に通うようになって、最初は彩菜に会うことだけが目的だったけれど、子どものとき以来、久しぶりに見たカラフルな図鑑に夢中になってしまったのだ。

毎日、世界中のどこかで蕾《つぼみ》を開いている花、誰にも知られることなく生まれてくる虫たち。図鑑のページをめくるたび、自分はいのちに興味があるのではないかと思った。いのちがどんなしくみでこの世に生まれてくるのか、それを智晴は知りたかった。

幸い、生物の成績はそれほど悪くはない。自分がもし大学に行くとしたら、いのちのことを学びたい。それが智晴の小さな目標になりつつあった。生物学を学べる大学について調べた。自分の今の成績では到底受かるはずもない。けれど、まだ時間はある。

大地に商店街で会ったその夜、彩菜から家に電話があった。週に一度か二度、彩菜は智晴の家事が落ち着いた頃を見計らって、電話をかけてくる。

「今日、大地と会ったよ」

智晴がそう言うと、受話器の向こうで彩菜は黙ってしまった。

「大地、僕にあやまってくれたよ。それに大地……」

「ん？」

「二学期から転校してしまうんだ。だから、夏休みの最後の日に会う約束をした」

「そっか……」そう言いながら、彩菜の声はどこか不安げだ。

「もう大丈夫だよ。仲直りしたんだから」

「うん、わかった。あ、あと」

「何？」

「花火大会の約束、忘れないでね」

智晴の住む町では毎年八月の第四金曜日に花火大会が行われる。去年は寛人と結人と母さんとみんなで行った。好きな人と一緒に花火を見に行くと、その人と結婚するのだ、という噂を耳にしたこともあるが、高校の同級生がたくさんやってくる花火大会だ。好きな人と二人で行けば、自分たちはカップルで相思相愛なのだ、とまわりに表明していることと同じだ。彩菜は夏休みに入ったときから、この花火大会を楽しみにしていた。浴衣《ゆかた》もお母さんが新調してくれたのだという。智晴も彩菜と二人で行きたい気持ちは同じだが、母や弟たちに何と言ったらいいのか気がひけた。

「じゃあ、本当に来てよ。花火大会」

待ち合わせ場所を何度も繰り返して、彩菜は電話を切った。

受話器を置いたとき、母が疲れた顔をして帰ってきた。ここのところ、仕事で遅くなる日が続いている。もう午後九時に近かった。茂雄の一件も母の心を重くしているのだろう、と智晴は思った。

「おかえり」と言いながら智晴は母の分の夕食を温め始めた。

「あー、今日もよく働いた」

そう言いながら、冷蔵庫から出した麦茶をグラスに注ぎ、智晴のそばで一気に飲み干す。最近はビールも飲まないなあ、と思いながら、智晴は母を見るともなしに見た。

「母さん」

「ん？」

「あのさ、今度の花火大会」

「ああ、もう来週だもんね」

「……うん、僕、一緒に行きたい人がいるんだよね」

顔から火が出るというのはこういうことなのか、と智晴は思った。母にからかわれるようなことを言われたら、死にたい気持ちになりそうだ。

母は智晴の顔をじっと見ていたが、噴き出したり茶化したりはしなかった。

「智晴もそういう年齢になったか」

そう言って真顔で智晴のおしりをぺしっと叩《たた》いた。

「なんだか安心した」

母は智晴の作った夕食を普段以上においしい、おいしい、と言いながら食べてくれた。

花火大会の花火は蓮池の真ん中から打ち上げられる。池のまわりには屋台も出て、この町だけでなく、遠くのほうからもたくさんの見物客が来る。池のまわりは人であふれ、智晴は乗ったことがないが、東京の満員電車ってこんななのかな、とぼんやり思っていた。

どん、と彩菜の体に走ってきた子どもがぶつかって、思わずよろけそうになる。智晴は慌てて、彩菜の体を支えた。その瞬間、彩菜が智晴の手を握った。智晴も握り返した。自分の手は汗で濡れていないだろうか、と思いながらも、智晴はその手を離さなかった。

赤い朝顔の柄の浴衣を着た彩菜は、ほんとうに可愛かった。だから、顔を向けるのも恥ずかしかった。幾人かの、高校の同級生とすれ違った。カップルで来ているのもいたし、グループで来ているのもいた。

手をつないでいる彩菜と智晴を見ると、皆、にやにやと笑い、そういうことか、という視線を投げてよこした。うるせっ、と智晴は心のなかで叫びながらも、すれ違う女の子の誰よりも彩菜が可愛いと思った。

寛人は友だち同士で出かけたが、結人は父と行く約束をしたという。

「兄ちゃんはもうあんたたちといっしょには行かないんだから」

と言ってくれたのは母だった。

「なんでだよ。兄ちゃんと行くの楽しみにしてたのにー」と二人は口を尖らせたが、

「兄ちゃんは恋人と行くんだよ」

と母は強い口調でつっぱねた。

「あんたたちも将来は好きな人と行くのよ」

母はそう断言した。

自分が恋をすることを、母に許されているような気がしてうれしかった。

日が暮れて、頭の真上でバチバチと音を立て、夜空に大きな輪を広げる花火を見ながら智晴は思った。

「行ってらっしゃい」と智晴たちを送り出した母は疲れた顔をしていた。働きすぎなんじゃないのかな、と心配しながらも、智晴は彩菜と手をつないで心から花火を楽しんだ。この夜見た花火はどんなことがあっても忘れないぞ。そう思いながら、智晴はめいっぱい後ろに反らした首の痛みに耐え、花火を目に焼き付けた。

彩菜と花火を見た智晴が家に帰り着いたのは、午後九時過ぎだった。家に入ると、すぐさま電話が鳴った。受話器を取ると父さんからで、寛人と結人を今日は父の家に泊める、という。

「うん、わかった」と言い、智晴はそっと受話器を置いた。

母はどこにいるのだろう、と思いながら、智晴は居間に進んだ。ソファの上に母が青い顔で横たわっている。

「母さん！」

智晴は母に近づいた。

「具合悪いの？」

「なんでもないのよ。ちょっと疲れただけよ」

鼻にかかった声で言う。智晴は思わず母の額に触れたが、熱はないようだ。

隣の和室に布団を敷き、母を寝かせた。風邪をひいたわけでもないようだが、かなり体がだるそうだ。

母にタオルケットをかけ、麦茶を飲ませようと、智晴はキッチンに向かった。冷蔵庫に近寄ると、シンクに置いたままのコーヒーカップがふたつ目に入った。来客用のものだ。麦茶を注いだグラスを差し出しながら、智晴は寝ている母に尋ねた。

「誰か来たの？」

母はだるそうに体を起こし、智晴からグラスを受け取った。

「仕事先の方よ、近くに来たからって、ちょっと寄ってくださったの」

智晴の頭のなかで小さな光が瞬いた。その人は母さんを花火大会に誘いに来たんじゃないだろうか。

「母さん、その人って……」

蓮池で一緒に遊覧船に乗っていたあの男の人なんじゃないだろうか。智晴は心のなかに浮かんだことを一息に言った。

「その人って、母さんのことが好きな人なんじゃないの？　母さんと花火が見たくて、この家に迎えに来たんじゃないの？」

母は智晴の目ではなく、グラスの中の麦茶をただ黙って見ていた。母のそんな目を智晴はいつかどこかで見たことがあるような気がしたが、それがいつのことなのか、どうしても思い出せなかった。

智晴は言葉を続けた。

「母さんに好きな人がいたっていいじゃないか。つきあっている人がいたっていいじゃないか」

「何言っているの。私にはそんなことをしている暇はないもの」

母はそう言いながら目を伏せる。

「だけど、僕や寛人たちが、大学に行ってこの家を出たら、母さん一人っきりになるんだよ」

言いながら、これはいつか祖母に言われたことの受け売りだな、と智晴は思った。

「そんな将来のことはわからない。だけど、今はそんなことしている場合じゃない」

「人を好きになるのに、今じゃだめとか、そんなことあるの？　母さんはその人のことが好きなんじゃないの？」

「やめて、やめて」

そう言いながら眉間《みけん》に皺《しわ》を寄せ、母が手のひらで両耳を塞《ふさ》ぐ。

「自分の母親に好きな人がいるとか、智晴だってそういうの、気持ち悪いでしょう」

智晴は黙った。母が言うような気持ちがまったくないわけではない。本音を言えば、母にはいつまでだって母でいてほしいし、母は恋愛と無縁であってほしい。けれど、母には幸せに生きてほしいのだ。それが智晴の本音だった。

「家事を智晴に任せっきりで、ってご近所の人に言われていることも知っている。私はね、父さんと離婚したことで、あんたたちをずいぶんひどい目に遭わせてきたと思っているの。離婚したことはもう仕方のないことだけれど、これ以上、あんたたちに恥ずかしい思いをさせたくはないのよ」

「僕、恥ずかしい思いなんて、なんにもしていない」

正直に言えばそれは嘘だった。けれど、今言わなくちゃ、と心に決めて智晴は口を開いた。

「僕の家のこと、父さんや母さんのこと、寛人や結人はどう思っているのか知らないけれど、僕はもう、まったく恥ずかしいなんて思っていない」

母は声も立てずに泣いた。智晴はその肩に手をおいた。こんなに小さな肩だったろうか、と思った。

「保育園のとき……」

智晴の言葉に母が顔を上げる。

「母さんが僕に言ったんだ。家族の形は変わることもあるって。だけど、離れて暮らしていても、父さんのことも、じいちゃんのことも僕は家族だと思っている」

開け放った窓から虫の音が聞こえてくる。

「父さんのことなんて僕は嫌いだったよ。なんで母さんを捨てたのに、まだこの町で新しい家族と暮らしているんだと思っていた。高校でさ、シリラットといっしょのクラスになったときなんて、もうどうしたらいいのか本当はわからなかった。みんなに自分の家のことを知られているようで、そのときは恥ずかしくて恥ずかしくて」

母が腕を伸ばして智晴の頭を撫でる。

「だけどさ、今は、シリラットも、シリラットの妹のさくらちゃんも、僕の家族なんだと思っている。そう考えられるようになるまで、ずいぶんと時間がかかったんだ。だけど、もう恥ずかしい気持ちなんてないんだ。本当だよ、本当のことだよ」

母の目から涙が一筋零《こぼ》れる。

「僕の家には、僕の家族には、恥ずかしいことなんて何ひとつないんだ。誰かから何か言われても、僕、もう気にしない。言いたい人には言わせておけばいいんだ、だから」

そこまで言って智晴は母のグラスを取り、麦茶を一口飲んだ。

「母さんにだって、好きに生きてほしいんだ。好きな人がいるのならつきあえばいいじゃないか。母さんは独身なんだから。もしそうなっても寛人や結人に僕は言わない。僕と母さんの秘密にするよ。だって、母さんには僕、幸せになってほしいんだ」

母は布団につっぷして泣いた。

その頭を智晴は手のひらで撫でた。そんなことをしたのは生まれて初めてだった。

小さな子どもみたいに泣くんだな、と智晴は母の泣き声を聞きながら思っていた。


「その人に一度会ってほしい」と母から言われたのは、母が泣いたのを見た日、花火大会から三日後のことだった。母と落ち合うことになったのは、茂雄がよく行っていた駅前の喫茶店だった。一度、この店で男の人と向き合っている母を、偶然見たことがある。

夕食の支度を済ませて、智晴はその店に向かった。緊張していないといえば嘘になる。母とつきあうことになる人と顔合わせをする高校生というのが、日本中にどれくらいいるのかわからないが、少なくとも自分のまわりにこんな経験をしている人間はほとんどいないだろうと智晴は思った。

けれど、そのとき頭に浮かんだのは大地のことだった。大地の母親は再婚するのだと聞いた。だとすれば、大地も母親の再婚相手と顔を合わせていないわけがない。今の自分の所在なさを、いつか大地に話してみたい。そんなことを考えながら、智晴は喫茶店のドアを開けた。チリン、と鈴が鳴る。

いちばん奥のテーブルにこちらを向いて母が一人で座っている。まだ相手の人は来ていないようだった。どこに座ったらいいのか、と迷って、智晴は母の隣に腰を下ろした。店員さんに紅茶を頼んでからは、母も智晴も無言だった。しばらくして運ばれてきた熱い紅茶に口をつけたとき、ドアが開いた。

いつか、この店を外から覗いたとき、母と一緒にいた男の人が入ってきた。その顔も母や智晴と同じように緊張していた。

まだ暑い時期なのにスーツ姿で、しきりに白いハンカチで額を拭《ふ》きながら、テーブルに近づいてくる。智晴は男の人と目が合った。母が立ち上がる。

「智晴、君？」

「はっ、はい」

智晴の声が掠《かす》れる。

「お母さんと顔がそっくりだからすぐにわかった」そう言って笑った。

「あのね、こちらいつもお仕事でお世話になっている成瀬《なるせ》さん」

母の声も智晴と同じように掠れていた。なぜか三人がそれぞれ、同時にお辞儀をしてしまい、成瀬さんは小さな声で笑った。

向かいに座る黒縁眼鏡の成瀬さんの顔を見ながら、ああ、やっぱりあのとき、蓮池の遊覧船に母と乗っていた人だ、と思った。けれど、あの日、二人の姿を見たことは死ぬまで言わないつもりでいた。祖母と二人だけの秘密にしようと思った。

「智晴君と初めて会った気がしないな。なにせ、由紀子さんは子どもたちの話しかしないから」

由紀子さん、と成瀬さんが母を呼ぶことに、驚きと戸惑いを感じた。成瀬さんにとって、母は母でなく、由紀子さんなのか。そう思ったら、急に母のことが遠くに感じられた。

成瀬さんも緊張しているのか椅子に座ってからはあまり口を開かなくなった。毎日暑いだとか、たわいもない話をしているが、今日の話をそんなくだらないことで終わらせるわけにはいかない。言いたいことは言わなくちゃ。智晴は深呼吸をして立ち上がり、一度お辞儀をしてから口を開いた。

「あのっ、母を」

母と成瀬さんが驚いたような顔で見る。

「母を幸せにしてください」

再び頭を下げた勢いでテーブルに額をぶつけてしまった。じんじんとする痛みに智晴は耐えた。

「ちょっと智晴、何言い出すの」

母も慌てて立ち上がり、智晴の腕を引っ張る。それでも智晴は座らなかった。

「どうかお願いします。母はいい人なんです」

「ちょっと、ちょっといい加減にして」

「わかった。智晴君、わかったから」そう言いながら、成瀬さんが椅子に座るよう促す。

額に手を当てながら智晴は座った。向かいの成瀬さんの顔を見る。成瀬さんがどんな人かはわからない。けれど、悪い人じゃないはずだ、と思った。母が好きになった人なのだから。

「智晴君の大切なお母さんとおつきあいさせてください」

そう言って成瀬さんは頭を下げた。智晴は自分が母の保護者にでもなったような気分になった。

「よろしくお願いします」

智晴が顔を上げると成瀬さんの満面の笑みが見えた。


彩菜と図書館で勉強するときに、バイトがない日はシリラットも加わるようになった。シリラットは保育園に妹のお迎えがあり、智晴は夕食の準備があったから、午後五時まで勉強して解散する日々が続いた。

三人は自習室でそれぞれ勉強をし、図書館にいる間は、隣にいても滅多に口をきかなかった。それでも二時間に一回くらいは、誰からともなく「休憩しよう」と声をかけて席を立ち、休憩室にある自販機でサイダーを買って皆で飲んだ。

彩菜と智晴がつきあっていることを、シリラットはとうに知っていた。

「だって、花火大会のときに二人でいたでしょ。クラスの、っていうか、高校中のみんなが知ってることじゃない？」

とシリラットは涼しい顔で二人に言う。

そう言われて、彩菜は耳まで真っ赤にして俯《うつむ》いている。

「あのさ、明日《あした》の夜、二人で家に遊びに来ない？　私、夏休み中、バイトと図書館の往復で、なんにも楽しいことがないんだもの。なんかおいしいもの作ってみんなで食べようよ。寛人と結人も来ればいいよ。智晴君のお母さんはちょっと来にくいかもしれないけど」

「母さんは一人でも大丈夫だよ」

成瀬さんがいるんだから、と智晴は心のなかで続けた。

「私もケーキ焼いていこうかなあ」

彩菜がそう言うと、

「うわあうれしい」とシリラットが顔をほころばせた。

翌日の夜、彩菜と智晴、寛人と結人は皆で、シリラットの家に行った。寛人と結人は智晴の隣にいる彩菜を見て、

「兄ちゃんの彼女かよ!? まじ!?」と目を丸くした。

「あんまり、じろじろ見るなよ」

智晴がふざけて拳《こぶし》を振り上げると、きゃーと叫びながら家の中に駆け込む。

「狭いとこだけどごめんね。入って入って」

シリラットの母であるカンヤラットが智晴と彩菜を手招きする。家に上がろうとすると、カンヤラットが智晴のおしりを軽くつねって、冷やかすようにウインクをした。

居間のテーブルの上には智晴が見たこともないような色とりどりのご馳走《ちそう》が並べられている。寛人と結人はまるで自分の家のようにはしゃぎ、遠慮もせずに料理に手を伸ばそうとする。

「寛人! 結人! 行儀よくしろよ」

と智晴に叱られておとなしくなったが、それもつかの間のことで、すぐに大きな笑い声を上げ

始める。子どもたちのなかで一番はしゃいでいるのはさくらだった。寛人と結人の間に座り込んで、楽しそうににこにこ笑っている。さくらの世話を一番やいているのも寛人と結人だった。

寛人がそう言ってさくらの皿に料理を取り分けている。

「ほら、これ食べな」

「はい、あーん」

と、結人がフォークに刺した肉を差し出すと、さくらが大きな口を開ける。

「あのこれ、おいしいかどうかわからないけど……」

そう言って彩菜が銀紙に包んだケーキをシリラットに差し出す。

「うわあ、おいしそうなフルーツケーキ」

シリラットがそう言うと、寛人と結人もケーキをのぞきこんで、「すげえ！」「うまそう！」と声を上げる。

「あの、父さんは？」

智晴がカンヤラットに尋ねると、

「もう少しで帰ってくるよ」

という言葉を言い終わらぬうちに、父が玄関ドアを開けた。

「なんだ、もうみんな揃っているのか」

そう言いながら洗面所のほうに行き、戻ってきた。父がテーブルに着くと、彩菜が居ずまいを正し、頭を下げた。

「あっ、君、彩菜ちゃんか。ずいぶんと大きくなったなあ」

「はい。智晴君のお父さんによく肩車してもらいました」

彩菜がそう言うと、

「ずるい！　ずるい！」と言いながら、寛人と結人が父の肩に乗る真似をする。

「おまえらいい加減にしろよ」と智晴が大きな声で怒鳴っても、二人は順番に父の肩にじゃれついて満足気だった。さくらは父の膝のなかに、隣には寛人と結人が座り、それを見てカンヤラットが笑いながら聞いた。

「パパの取り合いだね。智晴はいいの？　パパに肩車してもらわなくて？」

「まさか！」

「もう可愛い彼女がいるから、そんなことしてほしくはないか」

そう言って、カンヤラットはまた笑った。その言葉に智晴と彩菜は耳まで赤くなった。

血のつながったきょうだいなんだなと、はしゃぎ続ける弟たちとさくらを見て、智晴は思った。

父が煙草の箱とライターを手にベランダに出て行こうとする。智晴は父の後を追った。智晴のほうに煙が流れないよう、父は立つ場所を変えた。くらやみのなかで父が吸う煙草の先端がオレンジ色に光る。

智晴はひと思いに言った。今日どうしても父に伝えたいことだった。

「母さん、恋人ができたんだ」

「…………」

父は智晴の顔を黙って見つめている。

「大きな会社の、サラリーマンの人だよ。だから、母さんはもう父さんなんかに未練も興味もないんだよ」

そこまで言うと、父がははっ、と声を出して笑った。

「そうか。良かった」

前を向いたまま父が言う。

「ほんとうに良かった。智晴……」

父が言葉を続ける。

「今日もおまえだけ来ないかと思ってた。ありがとうな。……本当に悪かったと思っている。おまえには……」

「父さんがあやまる必要があったのは、もっとずっと前のことだよ。それは僕にじゃない。母さんにだよ。だけど、もうそんなことどうでもいいんだ。母さんは恋人と幸せになるんだから」

父の大きな手のひらが智晴の頭をがしっとつかんだ。その手が智晴の体を引き寄せる。懐かしい父のにおいを感じながら、智晴は思った。肩車、僕もしてもらいたかったな、と。


智晴は図書館での勉強の合間に、蓮の花について調べた。

原産地はインドといわれ、英語ではロータスと呼ばれていること。種子の寿命はとても長いこと。今から二千年前の弥生《やよい》時代の地層から発見された蓮の実が、発芽したこともあること。

百科事典の説明を時間をかけて読んだ。項目の最後に目をやると「蓮の花が開くときにぽんっと音がするというのは俗説」という説明があった。

智晴は今まで何度も蓮の池に行ったが、開花の瞬間に立ち会ったことはない。俗説と書かれているけれど、大地と蓮池で会う朝、蓮の花が開く音を聞くことができたら……。

「なんだかうれしそうだね、智晴」

自転車でいっしょに帰る彩菜にそう言われて、突然、恥ずかしくなり、

「そんなことないよ」

と思わず口を尖らせた。彩菜には夏休み最後の日に大地に会うことを話していた。彩菜は「大地君に元気でね、って伝えてね」とだけ言った。一緒に行きたいとは言わなかった彩菜に、智晴は心のなかで頭を下げた。

自宅に戻る前に、茂雄のいる施設に行った。茂雄は智晴が会いにいってもずっと眠っていることもあるし、起きているときに話しかけても、どうやっても嚙《か》み合わないこともあった。そのたびに智晴の心は晴れたり曇ったりした。話が通じていない、と思っても、智晴はかまわず話をするようにしていた。智晴は図鑑で読んだ蓮の話を茂雄に聞かせた。

「蓮の花が開くとき、ぽんって音がするんだって。俗説って書いてあったけど、本当かなあ？　だけど僕、その音を聞いて……」「本当じゃ」

それまで目を閉じていた茂雄が瞼《まぶた》を重たげに開き、智晴を見た。

「午前三時四十五分」

「えっ。どういうこと？」

「蓮の花が開く時間だ」

「そんなに早く？」

「生きとし生けるものの音がすべて止むとき」

茂雄はそれだけ言うと、また深い眠りに引きずりこまれていった。

茂雄の施設から帰って来た夜、智晴は大地に電話をかけた。自分の声が興奮しているのがわかったが、その勢いを止めることはできなかった。

「蓮の花が開くのは午前三時四十五分なんだ。蓮の花が開くときには音がするんだって。僕、大地にその音を聞かせたいんだよ。だから、午前三時半頃、蓮池に来られる？」

「……」

電話の向こうの大地は黙っている。

「僕の家に泊まっていっしょに行く？」

「……それはちょっと難しいかもしれない」

「引っ越しの前だもんな……」

「だけど、僕、なんとかして行くよ。絶対に行く」

ちょっと強引だったかな、と思いながらも、大地の言葉にほっとして電話を切った。

八月三十日の夜、智晴は早々とベッドに入った。目覚まし時計を午前三時に合わせる。自転車を漕いでいけば、三十分もかからずに蓮池に着くことができるだろう。うとうととしては、はっ、と目が覚める。それを幾度か繰り返して、鮮やかな夢を見た。泥の池の中から細い茎がすばやく伸びて、空に向かっていく。茎はあっという間に智晴の背を越してどこまでも伸びていく。もうこれ以上は無理だろう、というところで、空に轟《とどろ》くような音がした。雷のような自動車の衝突事故のような激しい音だった。ええっ、こんな音⁉「嘘だろ」と言いながら、智晴は体を起こした。まだ夜は明けていない。慌てて智晴は枕元にある目覚まし時計の針を確認した。午前二時五十五分。少し早いが、このまま寝てしまったらもう起きられない気がした。

足音を忍ばせて、隣の部屋のドアを開け、眠っている寛人と結人を見た。二人ともタオルケットを足もとにぐしゃぐしゃにして大の字になってぐっすり眠っている。まったく同じ姿勢だ。赤んぼうの頃からそうだった。二人が深く眠っていることに安心した。

音を立てずに階段を降りた。洗面所で顔を洗い、歯を磨く。襖が開いたままの和室をのぞくと母の頭が見えた。右頬の下に両方の手を置いて、寝息も立てずに眠っている。

母さん、と智晴は心のなかで語りかける。幸せになって。それは智晴の心からの願いのひとつだった。

まだ夜は明けていなかった。田圃の中の一本道を智晴は自転車で走った。はるか遠くの国道から風に乗ってくる車の音、田圃や森から届く蛙や虫の声。そして、智晴が自転車を漕ぐ音。それ以外の音は聞こえてこない。耳をすませば誰かの寝息だって聞こえてきそうだった。茂雄の言うような、生きとし生けるものの音がすべて止むとき、なんて、そんな一瞬が本当にあるのだろうか、と智晴は思った。

自転車を漕ぎながら智晴は空を見上げた。星がたくさん瞬いている。この前空を見上げたのは彩菜と行った花火大会の夜だ。あのときは花火に夢中で、そのそばで光っている星になんて目もくれなかった。ひゅっと視界の端で光が流れたような気がした。流れ星だろうか。星は流れてどこに消えるのか。ふと怖くなって、智晴は「わあああああ」と声を上げた。そんなことをするのは久しぶりだった。力一杯張り上げたつもりの自分の声も、暗闇のなかに溶けていってしまいそうだ。

智晴は母のことを考え、寛人と結人のことを考え、父のことを考え、茂雄のことを思い、母方のばあちゃんのことを、そして今はもういない邦子の顔を思い浮かべた。シリラット、カンヤラット、さくらちゃん。最後に、彩菜の顔が浮かんだとき、自分の心の奥底にあたたかな光がぽっと灯《とも》るような気がした。

僕の家族、僕のガールフレンド、そして僕の町。いつか出て行くかもしれないこの町。大地が出て行ってしまうこの町。そのことを考えると胸のあたりが爪でつねられたようにきゅっと痛んだ。

大地と二人、蝶の羽化を待ってプラスチックケースの中に目をこらしていたときのことをふいに思い出した。あの頃、僕はまだ何も知らなかった。今だって僕は多分何も知らない。だけど、あの頃よりは、いろんなことを知っている。家の中へ、この町へ、僕という体全部から細い触手が伸びて、世界を広げていく。そのことがうれしかった。今、健康で、どこも痛いところはなく、友だちの待つ蓮池に自転車を走らせている自分。そのことがただ、智晴はうれしかった。

小さな虫の音が重なり合うように聞こえてくる。夜明け前のこんな時間、もちろん公園には誰もいない。智晴はそれを、とても自由に感じた。

東の空にひときわ輝く三つの星がある。あれはオリオン座。冬の星座と呼ばれるオリオン座が夏にも見られることを智晴は図書館で学んだ。空が、地球が動いていく。今、眠っている人もいれば、起きている人もいる。泣いている人もいれば、笑っている人もいる。そのことの不思議を智晴は全身で感じていた。

同時に、智晴のなかで猛烈に湧き上がってきたのは、もっともっと勉強したい、という思いだった。今の自分には知らないことが多すぎる。自分が住んでいる世界のしくみ、自分の体のこと、この町、この国以外のどこかの暮らし。

それでも、勉強してもわからないこともあるだろう。

自分と自分につながる人たちの心のうち。どうして自分は彩菜が好きなのか、母は成瀬さんと再婚するのだろうか、寛人と結人はこれからどんなふうに生きていくのか。

父さんを許せなかったこと。それでも父さんが好きなこと。それを素直に言えないこと。

それでも、どんなに許せないことであっても自分に起きるすべてを、智晴はできるだけ肯定していきたいと思った。

池の上にはミルク色の靄《もや》がかかっている。大きな黒い鳥が一羽、飛んできて湖面に降りた。鳥が着水したときの波紋が、幾本もの蓮の花を揺らす。ほんとうに蓮の花が開くときには、ぽんっと音がするのだろうか。けれど、それが本当でなくても良かった。大地が引っ越す前に、ここで会っておきたかった。

智晴はベンチに腰を下ろした。

遠くから自転車の走る音が近づいてくる。靄のなかから大地の姿が次第にはっきりと見えてくる。チリンとベルの鳴る音がする。

大地は智晴の姿を見ても何も言わずに、自転車を停め、隣に座った。

東の空はもうぼんやりと明るくなっていた。漆黒一色だった空は青みがかってきて、はるか向こうの稜線《りょうせん》を浮かび上がらせている。

智晴は大地の横顔を見た。さっきまで、くらやみのなかでぼんやりとしていた大地の顔が、次第にはっきりと浮かび上がってくる。この友だちの顔を覚えておきたかった。

智晴は池に目をやった。目の前に固く閉じた蓮の花の蕾がある。その先端は鮮やかな紅色に染まっていた。虫の声は止まない。本当に茂雄の言うように生きとし生けるものの音がすべて止む一瞬がやってくるのだろうか。

智晴と大地はただ黙って、池のほうを見つめていた。二人で耳をすます。ひらひらとした大きな蓮の葉の上に溜まった朝露がひとつにまとまり、大きな水滴になっている。それが風に吹かれて、ころころと揺れる。なんてきれいなんだろう、と智晴は思った。

そのとき、きーんと耳鳴りがしたような気がして、智晴は頭を振った。ちりん、と誰かが鈴を鳴らしたような音が聞こえた。小さな小さな鈴の音。それを智晴は確かに聞いた。智晴と大地は顔を見合わせた。今の音は自分一人だけに聞こえていたのではなかった、と知って智晴は少しほっとした。

目の前の蓮の蕾がゆっくりと開いていった。透き通るように鮮やかな紅色の花びらが智晴と大地の前にあらわれた。そこから先はあっという間だった。いつのまにか智晴と大地はベンチから立ち上がり、池の柵《さく》から身を乗り出すようにしていた。

今、咲いたばかりの、今、生まれたばかりの蓮の花を見た。ちりん、と音がして次々に蓮の蕾が開いていく。池の上は今、満開の蓮の花でいっぱいだった。

聞こえたね。聞こえた。見えたね。見えた。智晴と大地は目で確認しあった。智晴はなんだか自分も生まれ変わったような気分だった。この朝のことは、自分がこの世界からいなくなるまで、多分、一生忘れないだろう。智晴はそう思った。

この作品は学芸通信社の配信により、「信濃毎日新聞」「高知新聞」「熊本日日新聞」「秋田魁新報」「北國新聞」「中國新聞」「神戸新聞」にて二〇一八年七月～二〇一九年九月の期間に掲載されたものを加筆修正の上、単行本化しました。

窪 美澄（くぼ　みすみ）
1965年、東京都生まれ。フリーの編集ライターを経て、2009年「ミクマリ」で第８回「女による女のためのR-18文学賞」大賞を受賞。11年、受賞作を収録した『ふがいない僕は空を見た』で第24回山本周五郎賞を受賞、本屋大賞第２位に選ばれた。12年、『晴天の迷いクジラ』で第３回山田風太郎賞を受賞。19年、『トリニティ』で第36回織田作之助賞を受賞。その他の著書に『アニバーサリー』『よるのふくらみ』『水やりはいつも深夜だけど』『さよなら、ニルヴァーナ』『やめるときも、すこやかなるときも』『じっと手を見る』『いるいないみらい』『たおやかに輪をえがいて』『私は女になりたい』などがある。

はははのれんあい

2021年１月28日　初版発行

著者／窪《くぼ》 美澄《みすみ》

発行者／堀内大示

発行／株式会社KADOKAWA
〒102-8177　東京都千代田区富士見2-13-3
電話　0570-002-301（ナビダイヤル）

印刷所／旭印刷株式会社

製本所／本間製本株式会社

ISBN 978-4-04-105491-8　C0093